éternels

tome 5 : une étoile dans la nuit

alyson noël

Traduit de l'anglais (États-Unis)
par Maud Desurvire

Michel
LAFON

Titre original : *Night Star*, par Alyson Noël
© 2010, Alyson Noël, LLC.
Publié avec l'accord de l'auteur. Tous droits réservés.

© Éditions Michel Lafon, 2011, pour la traduction française
7-13, boulevard Paul-Émile-Victor – Ile de la Jatte
92521 Neuilly-sur-Seine Cedex
www.michel-lafon.com

À Bill Contardi
— le meilleur agent qui soit.

remerciements

Une fois de plus, je tiens à remercier chaleureusement…

L'équipe éditoriale de St Martin's : Matthew Shear, Rose Hilliard, Anne Marie Tallberg, Brittany Kleinfelter, Katy Hershberger, Angela Goddard et tous les autres, pour leurs précieuses contributions.

L'équipe de Brandt & Hochman : Gail Hochman, Bill Contardi et Marianne Merola, qui accomplissent un travail fantastique !

Mes éditeurs étrangers : les Immortels vous sont *à jamais* reconnaissants de votre dur labeur !

Ma famille et mes amis (toujours les mêmes !), pour l'amour et le soutien infinis qu'ils m'apportent, et en particulier Jim et Stacia : quoi de mieux que nos rendez-vous mensuels pour me changer les idées ? Rien ! Ces dîners étaient parfaits. Merci encore.

Comme toujours, merci du fond du cœur à Sandy, sans qui, c'est indéniable, je n'y serais jamais arrivée.

Et surtout, merci à tous mes lecteurs : décidément, il n'y a pas à dire, vous êtes les meilleurs !

« C'est au cœur des ténèbres
que l'homme voit le mieux les étoiles. »

RALPH WALDO EMERSON

un

— **Tu ne gagneras pas, Ever.** Pas cette fois. Impossible.
Tu n'y arriveras jamais, alors inutile de perdre ton temps.

Les yeux mi-clos, je la dévisage, glissant de la crinière
brune qui encadre sa figure livide à son regard haineux,
dénué de tout éclat.

Les dents serrées, je réplique à voix basse, d'un ton
mesuré :

— N'en sois pas si sûre. Tu risques de tomber de très
haut. Et tu sais pourquoi ? Parce que tu te surestimes. Ça,
tu peux me croire.

Elle ricane. D'un rire bruyant, moqueur, qui résonne à
travers la grande pièce vide et se répercute du parquet
jusqu'aux murs blancs dépouillés, exprès pour m'effrayer,
ou tout au moins m'intimider, me faire perdre mes moyens.

Mais elle peut toujours essayer, ça ne prendra pas.

Pas avec moi.

Je suis trop concentrée.

Toute mon énergie est focalisée sur un seul et unique
point, si bien que tout le reste s'efface, me laissant seule,
le poing serré, en tête à tête avec le troisième chakra de
Haven, aussi connu sous le nom de plexus solaire, foyer
de la colère, de la peur, de la haine et d'une fâcheuse

tendance à accorder trop d'importance au pouvoir, à la gloire et à la vengeance.

Comme sur le mille d'une cible, mes yeux sont braqués sur le centre de son buste revêtu de cuir.

Je sais qu'il suffit d'un direct rapide et bien placé pour qu'elle ne soit plus qu'un triste détail de l'histoire.

L'exemple édifiant d'une force autodestructrice.

Réduite à néant.

En un instant.

Ne laissant derrière elle qu'une paire de bottes noires à talons aiguilles et un petit tas de poussière, seules preuves tangibles de son existence.

Je n'ai jamais voulu en arriver là, j'ai essayé d'arranger les choses, de lui faire entendre raison, de la convaincre de chercher avec moi un terrain d'entente pour conclure un accord, mais en vain.

Elle a refusé de céder.

De renoncer à sa quête arbitraire de vengeance.

Ne me laissant d'autre choix que celui de la tuer – sinon, c'est elle qui me tuera.

Et je n'ai aucun doute sur l'issue de ce duel.

– Tu es trop faible, Ever...

Elle me tourne autour. Avance lentement, prudemment, sans jamais me quitter des yeux.

– Tu n'es pas de taille à lutter contre moi, ajoute-t-elle, tandis que ses talons pilonnent le sol. Tu ne le seras jamais.

Elle s'arrête, pose les mains sur ses hanches et penche la tête, laissant une de ses longues boucles brunes tomber en cascade sur son épaule, jusqu'en dessous de sa taille.

– Tu as eu ta chance il y a dix mois. Tu aurais pu me laisser mourir, mais tu as préféré me faire boire l'élixir. Et aujourd'hui, tu t'en mords les doigts car tu ne supportes pas ce que je suis devenue ?

Elle roule des yeux, l'air mauvais.

– Dommage ! Tu ne peux t'en prendre qu'à toi-même. C'est toi qui as fait de moi celle que je suis. Et puis, n'importe comment, où as-tu vu jouer qu'on pouvait tuer sa propre création ?

– Je t'ai peut-être rendue immortelle, Haven, mais la suite est entièrement ta faute.

Tendue, je prononce chaque mot d'un ton dur et décidé, bien que Damen m'ait conseillé de rester calme, concentrée, pour qu'on en finisse vite et bien, sans provocations inutiles.

Garde tes regrets pour après, a-t-il dit.

Hélas, le fait qu'on en soit arrivées là signifie qu'il n'y aura pas d'après pour Haven. Et, en dépit des circonstances, je reste déterminée à essayer de la raisonner avant qu'il soit trop tard.

– Rien ne nous oblige à continuer.

Mon regard, qui se veut persuasif, se plante dans le sien.

– On peut tout arrêter sur-le-champ et limiter les dégâts.

– Ça t'arrangerait bien, hein ! claironne-t-elle d'un ton railleur. Je le vois dans tes yeux : tu n'as pas le cran. Tu as beau estimer que je le mérite et t'efforcer de t'en convaincre, tu es trop bonne. Alors pourquoi ce serait différent, cette fois-ci ?

Parce que aujourd'hui tu es un vrai danger, pas seulement pour toi-même, mais aussi pour les autres. Aujourd'hui, la donne a changé, comme tu vas bientôt t'en rendre compte…

Serrant le poing si fort que mes phalanges en deviennent blanches, je m'accorde un instant pour me concentrer pleinement à nouveau et recharger mes accus, comme Ava me l'a enseigné, les bras le long du corps, le regard braqué sur elle, l'esprit affranchi de toute pensée superflue, et le visage impassible, comme Damen me l'a récemment appris.

La clé est de ne rien laisser transparaître, a-t-il affirmé. *D'agir vite et dans un but précis. De passer à l'acte avant qu'elle ait le temps de le voir venir, ou même de comprendre ce qui lui arrive, du moins pas avant qu'il soit trop tard.*

Pas avant que son corps se désagrège et que son âme s'envole pour cet endroit morne et désolé.

La privant ainsi de toute occasion de se défendre ou de riposter.

Une leçon assimilée jadis, sur un champ de bataille, que je n'aurais jamais pensé mettre en pratique dans ma propre vie.

Mais, malgré les mises en garde de Damen, je ne peux m'empêcher de m'en vouloir. De laisser les mots *Pardonne-moi* filtrer de mes pensées jusqu'aux siennes. Pour toute réaction, je vois une lueur de pitié adoucir son regard, bientôt chassée par l'habituel mélange de haine et de mépris qui l'habite.

Elle arme son poing, se jette sur moi, mais trop tard. Déjà en mouvement, je lui décoche un violent coup, en plein plexus, qui l'envoie valser en arrière et la pulvérise en mille morceaux, direction le gouffre sans fond.

Le pays des Ombres.

Éternel abîme des âmes errantes.

Consciemment, je retiens ma respiration en la regardant se désintégrer à toute vitesse et avec une telle facilité qu'on a peine à croire qu'elle a un jour été faite de chair et de sang.

J'ai l'estomac noué, le cœur dévasté, et la bouche si desséchée qu'aucun mot ne peut en sortir. Mon corps réagit comme si ce qui venait de se produire sous mes yeux, comme si l'acte que j'avais commis à l'instant n'était pas qu'un jeu où l'on s'amuse à faire semblant, mais bien l'atroce réalité.

— C'était parfait ! Tu as mis dans le mille, pile au bon moment, me félicite Damen en traversant la pièce en une fraction de seconde.

Ses bras robustes et rassurants m'enveloppent pour m'attirer contre lui, et sa voix mélodieuse résonne doucement à mon oreille.

— Cela dit, tant qu'elle est encore en vie, il faut vraiment que tu arrêtes avec tes « Pardonne-moi ». Crois-moi, je sais que tu t'en veux, Ever, et j'avoue que je te comprends, mais on en a déjà discuté : c'est elle ou toi. Il ne peut y avoir qu'un survivant. Et si tu n'y vois pas d'inconvénient, je préférerais que ce soit toi.

Il m'effleure la joue d'une main, replace une mèche blonde rebelle derrière mon oreille.

— Tu ne peux pas te permettre de la laisser pressentir ce qui l'attend. Alors, s'il te plaît, garde tes excuses pour après, d'accord ?

J'acquiesce, m'écarte, bataillant toujours pour retrouver mon souffle. Je jette un coup d'œil dans mon dos, au petit tas de cuir et de lacets noirs par terre. C'est tout ce qu'il reste de la Haven que j'ai matérialisée. D'un simple battement de paupières, j'en efface toute trace.

Je m'étire la nuque de gauche à droite, puis remue chaque membre d'une façon qui peut laisser penser soit que je décompresse, soit, au contraire, que j'en redemande – et c'est cette seconde interprétation que Damen choisit, à en croire le sourire qu'il m'adresse.

— On s'y remet ?

Je lui lance un regard, et me contente de secouer la tête. J'ai ma dose pour aujourd'hui. Marre de faire semblant de tuer l'avatar fantomatique et sans âme de mon ancienne meilleure amie.

C'est notre dernier jour de vacances, notre dernier jour de liberté, et on pourrait en profiter de mille autres façons.

Observant le mouvement de la mèche brune ondulée qui lui barre le front et tombe dans ses sublimes yeux marron, mon regard glisse ensuite sur l'arête de son nez, sur ses pommettes saillantes, puis se pose un moment sur ses lèvres charnues, le temps de me souvenir de leur douceur au contact des miennes.

– Si on allait à la rotonde ?

Mon regard cherche le sien avec enthousiasme, puis dévie sur son tee-shirt noir dont le tissage soyeux dissimule le talisman à son cou, puis sur son jean bleu délavé et, enfin, sur les tongs en plastique marron qu'il porte aux pieds.

– Viens, allons nous changer les idées ! j'insiste, prenant le temps de fermer les yeux pour matérialiser une nouvelle tenue.

Je troque le tee-shirt, le short et les baskets que j'avais enfilés pour l'entraînement contre la réplique de l'une des plus belles robes décolletées à crinoline que j'ai portées au cours de ma vie parisienne.

À son air troublé, je comprends que c'est dans la poche. La rotonde exerce sur lui un attrait quasi irrésistible.

C'est le seul endroit où l'on peut vraiment s'étreindre sans que nos boucliers énergétiques interfèrent, le seul où nos peaux peuvent entrer en contact et nos ADN se mêler sans qu'un danger pèse sur l'âme de Damen.

18

Le seul où l'on peut s'éclipser dans un monde différent, qui ne recèle aucun des dangers inhérents à celui dans lequel nous vivons.

Bien sûr, j'accepte mieux les contraintes de ma nouvelle vie à présent, je n'y attache plus autant d'importance maintenant que je sais que c'est une conséquence directe du choix que j'ai fait, le bon et le seul possible, que de ma décision de faire boire l'antidote de Roman à Damen dépendait sa présence aujourd'hui à mes côtés. C'était la seule solution pour lui éviter la damnation éternelle au pays des Ombres. C'est pourquoi je me résigne avec bonheur à ces contacts simples, quelle que soit la forme qu'ils prennent.

Cependant, comme je sais aussi qu'il existe un endroit où nous pouvons nous rapprocher, je suis déterminée à m'y rendre, et pas plus tard que tout de suite.

— Et l'entraînement, alors ? La rentrée a lieu demain et je n'ai aucune envie que tu sois prise au dépourvu, Ever.

Damen s'efforce visiblement d'être raisonnable, même s'il est évident que nous finirons par aller à la rotonde.

— On ignore tout de ses plans, donc on doit se préparer au pire. En plus, on n'a même pas commencé les leçons de tai-chi, pourtant on en a vraiment besoin, tu sais. Tu vas voir, c'est incroyable comme ça aide à équilibrer et recharger l'énergie…

— Je connais aussi un autre truc qui m'aide bien à recharger mes batteries. Tu sais ce que c'est ?

Je souris et plaque un rapide baiser sur ses lèvres, sans lui laisser le temps de répondre, impatiente de le voir simplement acquiescer et de gagner cet endroit où nous pourrons nous embrasser pour de bon.

La chaleur de son regard déclenche en moi une salve

brûlante de frissons, que lui seul me procure. Je m'écarte en l'entendant capituler.

— C'est bon, tu as gagné. Remarque, comme d'habitude, pas vrai ?

Il sourit à son tour, nos regards dansant ensemble d'une lueur espiègle.

Il me prend la main, se concentre, et nous disparaissons à travers le voile scintillant d'une douce lumière dorée.

deux

Nous atterrissons au milieu du champ de tulipes. Les longues tiges vertes des centaines de milliers de sublimes fleurs rouges aux pétales soyeux oscillent sous la brise que Damen vient lui-même de convoquer.

Nous nous allongeons sur le dos pour contempler le ciel et rassemblons une grappe de nuages au-dessus de nos têtes pour les façonner en toutes sortes d'animaux et d'objets, d'un simple tour de l'imagination, avant de finalement tout effacer et d'entrer dans l'édifice. Nous nous affalons côte à côte dans le grand canapé blanc, moelleux comme un marshmallow géant ; mon corps s'enfonce confortablement dans les coussins tandis que Damen attrape la télécommande et se blottit contre moi.

— Alors, par quoi on commence ?

Son sourcil levé me fait penser qu'il est aussi impatient que moi de s'y mettre.

Je replie mes jambes sur le côté, appuie la joue sur mon bras et lui lance un regard séducteur.

— Hmm… pas facile. Rappelle-moi quels sont mes choix, déjà ?

Je fais glisser mes doigts sur le bord de son tee-shirt, consciente que, d'un instant à l'autre, je sentirai sa peau.

— Eh bien, il y a ta vie parisienne ; tu es justement habillée pour la circonstance.

D'un signe de tête il désigne ma robe, son regard s'attardant sur le décolleté plongeant, avant de revenir à moi.

— Ensuite, bien sûr, il y a ta vie puritaine, qui, pour être honnête, n'était vraiment pas ma préférée…

— Ce ne serait pas lié à ses codes vestimentaires, par hasard ? À toutes ces couleurs ternes et sombres, et à ces cols étriqués ?

Tout en posant la question, je me remémore les robes affreuses que je portais à l'époque, incommodes au possible et dont le tissu me démangeait constamment. J'avoue que je ne suis moi-même pas très fan de cette vie-là.

— En revanche, je parie que je te plaisais beaucoup durant ma vie londonienne, en tant qu'enfant chérie d'un puissant magnat de l'immobilier, possédant une incroyable penderie bourrée de robes moulantes à paillettes et une montagne de chaussures démentes.

Ça, je dois bien reconnaître que j'avais adoré. Ne serait-ce que pour la simplicité de mon quotidien de l'époque où, en général, j'étais seule instigatrice des drames auxquels j'étais confrontée.

Damen me dévore des yeux tout en me caressant la joue, l'épais film d'énergie s'obstinant à vibrer entre nous, puisque nous n'avons toujours pas choisi notre scène.

— Pour tout te dire, j'ai un faible pour Amsterdam. Tu sais, quand j'étais artiste, et toi ma muse…

— Et que je me trimballais à moitié nue la plupart du temps, tout juste couverte d'une longue crinière rousse et d'un ruban de soie riquiqui !

Je secoue la tête en riant, pas le moins du monde étonnée par son choix.

– Mais je suppose que ça n'a rien à voir, c'est une pure coïncidence, n'est-ce pas ? J'imagine que c'est le pan purement artistique de cette vie qui t'intéresse avant tout...

Je me penche vers lui pour détourner son attention d'un baiser sur la joue et lui piquer la télécommande. Damen adopte un air faussement outré en me voyant prendre un malin plaisir à l'écarter de façon impromptue chaque fois qu'il essaie de la récupérer.

– Qu'est-ce que tu fabriques ?

Subitement inquiet, il tente une énième fois de s'en emparer d'un geste vif.

Mais je ne céderai pas. Je ne me laisserai pas faire. Chaque fois qu'on vient ici, c'est lui qui prend le contrôle de ce machin et, pour une fois, j'aimerais être en mesure de le surprendre.

Je brandis la télécommande au-dessus de ma tête, bien décidée à la maintenir hors de sa portée. Ma respiration se fait plus haletante sous l'effort, tandis que je le fixe intensément.

– Bon, vu qu'il est décidément impossible qu'on tombe d'accord sur une séquence, pourquoi je n'appuierais pas au hasard sur un bouton ? On verrait bien où on atterrit...

Il me fixe, le visage soudain blême et le regard sombre. Son attitude tout entière change radicalement, d'une façon si saisissante, si sérieuse et, pour être honnête, si exagérée et injustifiée eu égard à la situation que je suis à deux doigts de lui rendre son bien, mais je change brusquement d'avis et enfonce une touche, sans réfléchir.

Pendant que je marmonne sur son besoin typiquement masculin de tout contrôler, l'écran devant nous s'anime tout à coup, et fait défiler l'image de...

... Quelque chose que je n'ai jamais vu.

— Ever ! souffle-t-il d'une voix posée, quoiqu'un tantinet pressante. Ever, s'il te plaît, rends-moi la télécommande…

Il tente de nouveau de l'attraper, mais trop tard, je l'ai déjà enfouie, à l'abri, sous un coussin.

Sans toutefois perdre une miette des images qui défilent devant nous.

C'est… le sud des États-Unis avant la guerre de Sécession. Je ne peux pas situer où exactement, mais a priori, vu les maisons et leur architecture le style plantation je crois, vu le changement de climat, le grand ciel bleu, le temps lourd et humide comme jamais je n'en ai connu, je dirais que c'est le Sud profond.

En un claquement de doigts, on se retrouve à l'intérieur de l'une de ces maisons. Notre attention est tout de suite attirée par une fille, qui se tient devant une fenêtre qu'elle est censée nettoyer mais qui regarde dehors, d'un air calme et rêveur.

Elle est grande, étroite de carrure et mince. Sa peau foncée est lumineuse, ses longues jambes grêles semblent interminables et, sous l'ourlet de sa robe de coton, on devine des chevilles maigrelettes. Il est clair que l'habit, usé jusqu'à la corde, a été reprisé maintes et maintes fois. Cependant il paraît net et propre, comme tout le reste chez elle. Bien que je ne la voie que de profil, je distingue à l'arrière de sa tête la torsade complexe de nœuds et de nattes que forment ses longs cheveux bruns.

Lorsqu'elle se retourne complètement, de sorte que je vois distinctement son visage, mon regard se fige sur ses grands yeux marron. Je m'aperçois alors que cette fille…

C'est moi.

Stupéfaite, je laisse échapper un petit cri étouffé, qui se répercute sur les murs de marbre en arrondi, tandis que je contemple ce visage si jeune et si beau, quoique gâté par un air trop triste pour son âge. L'instant d'après, lorsqu'un homme de race blanche bien plus âgé fait irruption, tout devient très clair.

C'est le maître des lieux. Je suis son esclave. Et ici, il n'y a pas de place pour les rêveries.

— Ever, je t'en prie ! m'implore Damen. Rends-moi tout de suite la télécommande avant de voir quelque chose que tu vas regretter et que tu ne pourras jamais effacer de ta mémoire.

Pas question.

Je ne peux pas, plus maintenant.

Je suis fascinée par cet homme que je ne resitue dans aucune de mes existences antérieures, et qui prend un plaisir sadique à brutaliser cette fille dont le seul péché est d'avoir osé rêver quelques secondes à une vie meilleure.

Je ne suis pas là pour espérer, rêver ou quoi que ce soit de ce genre. Ni pour m'imaginer des contrées lointaines ou un amour salvateur.

Rien ni personne ne me sauvera !

Ni aucun autre endroit sur Terre.

Aucun prince ne volera à mon secours.

C'est ainsi que je vis, ainsi que je mourrai !

La liberté n'existe pas pour les gens comme moi.

Et plus tôt je m'y ferai, mieux ce sera, m'assène-t-il, ponctuant chaque mot d'un coup de son fouet.

— Comment se fait-il que tu ne m'en aies jamais parlé ? je chuchote à Damen, de façon presque inaudible.

Je suis sidérée par ces images, où je me vois résister à un déluge de coups comme jamais je ne m'en serais cru capable. À mesure que je les encaisse c'est à peine si je tressaille, mais je me jure intérieurement de garder le silence absolu et, surtout, ma dignité.

– Comme tu peux le voir, cette vie-là n'avait rien de romantique, répond Damen d'une voix rauque et pleine de regrets. Certains épisodes, comme celui auquel tu assistes, sont très désagréables, et je n'ai pas eu le temps de les monter, ni même de les retoucher. C'est uniquement pour ça que je ne t'en ai pas parlé. Mais dès que ce sera fait, promis, je te laisserai le visionner. Je sais que ça peut sembler difficile à croire, mais il y a eu des moments heureux. Ça n'a pas toujours été comme ça. Mais Ever, s'il te plaît, pour ton bien, éteins avant que ça empire.

– Que ça empire ? C'est-à-dire ?

Je me tourne vers lui, les yeux embués de larmes face à cette fille sans défense que j'ai été autrefois.

Damen se contente de hocher la tête, puis sort la télécommande de sa cachette et s'empresse d'éteindre. On se retrouve assis là, silencieux et ébranlés par les horreurs que nous venons de voir. Mais je n'ai aucune intention de laisser ce silence pesant s'installer trop longtemps.

– Dis-moi… toutes mes autres vies, toutes ces scènes qu'on aime bien revoir, est-ce qu'elles aussi ne sont que des montages ?

Il me regarde d'un air contrarié, le front plissé.

– Oui. Je croyais te l'avoir expliqué la première fois que nous sommes venus ici. Ces scènes pénibles, c'est exactement ce que je voulais t'épargner. Revivre le traumatisme d'un passé qu'on ne peut pas changer n'a aucun intérêt.

Je ferme les yeux en secouant la tête, mais en vain : les images continuent de tourner en boucle dans mon esprit.

– Je n'avais pas vraiment compris que tu étais l'auteur de ces montages ; je croyais que c'était cet endroit qui faisait tout, comme si dans l'Été perpétuel rien de mal ne pouvait filtrer ou que…

Je perds le fil et décide en fin de compte d'en rester là. Je n'ai pas oublié cette autre séquence, pluvieuse et sinistre, sur laquelle j'étais tombée un jour, et j'ai conscience que, comme le yin et le yang, toute chose possède sa part d'ombre – y compris l'Été perpétuel, semble-t-il.

– J'ai créé cet endroit, Ever. Je l'ai construit exprès pour toi. Pour nous. Voilà pourquoi c'est moi qui monte les séquences.

Il rallume en prenant soin d'en choisir une plus sympa, où l'on nous voit tous les deux nous éclipser d'une fête qui bat son plein. Un heureux moment extrait de cette vie londonienne frivole que j'aime tant – tentative flagrante de sa part de détendre l'atmosphère, de chasser l'obscurité dans laquelle nous avons été plongés. Mais c'est peine perdue. Quand on les a vues, ces terribles images ne s'effacent pas si facilement.

– Si on oublie ses existences antérieures à chaque réincarnation, ce n'est pas pour rien. Ce que tu viens de subir en est une des raisons. Certaines expériences sont trop douloureuses, trop dures à surmonter. On est tous hantés par des souvenirs. J'en sais quelque chose, ça fait six cents ans que je bataille avec les miens.

Mais il a beau m'inviter d'un geste à regarder l'écran pour que je m'imprègne d'une image plus reluisante de moi-même, ça ne sert à rien. Il n'existe aucun remède miracle pour me faire oublier ce que je sais désormais.

Jusqu'à présent, j'étais persuadée que ma vie d'humble domestique parisienne était ce que j'avais vécu de pire. Mais une esclave... Je secoue la tête. Je n'avais même pas imaginé une situation pareille, et l'avais encore moins vue venir. Et, pour être franche, la violence qui en découlait me laisse sans voix.

– Le but de la réincarnation est de vivre autant d'expériences que possible, m'explique Damen en lisant dans mes pensées. C'est comme ça qu'on tire les plus grandes leçons d'amour et de compassion : en se mettant concrètement à la place des autres pour finalement s'enrichir de son propre vécu.

– Je croyais que le but était d'équilibrer son karma ?

Les sourcils froncés, je m'efforce de donner un sens à tout ça.

Il acquiesce, le regard patient et doux.

– Nous développons notre karma en fonction des décisions qu'on prend, de notre rapidité – ou lenteur – à apprendre les choses essentielles de ce monde, et de notre promptitude à accepter la véritable raison de notre présence dans cet Univers.

– À savoir ? je réplique, toujours aussi déroutée. Quelle est cette « véritable » raison ?

– S'aimer les uns les autres.

Il hausse les épaules, l'air penaud.

– Ni plus ni moins. Ça paraît simple, dit comme ça, aussi facile à faire qu'à dire. Mais il suffit de se pencher un instant sur notre histoire pour comprendre que ce précepte est très dur à appliquer pour bon nombre d'entre nous.

– Autrement dit, tu essayais de me protéger ? je rétorque, piquée par la curiosité.

D'un côté j'ai envie d'en savoir plus, de découvrir comment la moi d'autrefois s'en sort, de l'autre j'ai conscience que quelqu'un qui a appris à encaisser de telles raclées en gardant le silence et la tête haute en a forcément vu d'autres, et non des moindres.

– En dépit de ce que tu as vu, sache qu'il y a eu des

points positifs. Tu étais très belle, rayonnante, et dès que j'ai réussi à t'arracher à cette existence…

— Attends… tu es venu à mon secours ?

Je le fixe avec des yeux ronds, comme si j'étais face au prince charmant en personne.

— Tu m'as fait libérer ?

— On peut dire ça comme ça…

Il hoche la tête mais son regard vacille, et je devine sans mal qu'il est pressé de changer de sujet.

— Et ensuite… on a été heureux ? je demande, brûlant de l'entendre de sa bouche. Je veux dire : vraiment heureux ?

Il acquiesce. Un bref mouvement de tête de haut en bas, rien de plus.

— Jusqu'à ce que Drina me tue… j'ajoute, apportant cette précision qu'il refuse de me donner.

C'était toujours elle qui précipitait ma mort, alors pourquoi en aurait-il été autrement dans ma vie d'esclave ? Je vois bien que le visage de Damen s'assombrit et que ses mains commencent à s'agiter mais, tant pis, je décide d'enfoncer le clou.

— Comment s'y est-elle prise, cette fois ? Elle m'a poussée sous les sabots d'un cheval au galop ? Balancée du haut d'une falaise ? Noyée dans un lac ? Ou bien elle a opté pour une toute nouvelle tactique ?

Nos regards se croisent, et visiblement il préférerait ne pas répondre, bien qu'il présume à juste titre que je ne lâcherai pas l'affaire tant qu'il ne m'aura pas tout dit.

— Elle a toujours été très inventive…

Il soupire, le visage grave et fermé.

— Sans doute parce que ça lui plaisait. Elle adorait élaborer de nouveaux stratagèmes.

Cette fois, il grimace.

– Sans doute aussi parce qu'elle ne voulait pas que je me méfie. Mais écoute, Ever, même si ce que tu as vu était affreux, finalement on s'est aimés, et notre amour a été merveilleux et magique tant qu'il a duré.

Je détourne les yeux pour tenter coûte que coûte d'assimiler, d'intégrer tout ça. Mais ça fait beaucoup. Trop d'un coup, c'est évident.

– Tu me le montreras un jour ? je demande en relevant les yeux vers lui.

D'un regard, il m'en fait la promesse.

– Oui, mais laisse-moi d'abord le temps de faire des coupes, d'accord ?

J'acquiesce et, le voyant relâcher les épaules et desserrer les dents, je comprends qu'il a autant souffert que moi de cette époque.

– Si on oubliait les surprises, pour l'instant ? Pourquoi ne pas aller dans un endroit plus joyeux ? Ça te dit ?

Je reste assise un moment, si profondément plongée dans mes pensées que c'est comme s'il n'était pas là.

Le son de sa voix au creux de mon oreille me sort bientôt de ma torpeur.

– Regarde, ils arrivent au meilleur passage : si on se remettait dans leur peau ?

Mon regard dévie lentement jusqu'à l'écran, où une version très différente de moi-même affiche un sourire radieux. Mes cheveux bruns scintillent, recouverts d'un assortiment d'épingles et de bijoux spécialement conçus pour aller avec ma sublime robe vert émeraude, cousue main. J'observe la manière dont je me tiens avec une assurance implacable, certaine de ma beauté, de ma supériorité, d'être en droit de rêver et d'obtenir tout ce que je veux, de mettre le grappin sur quiconque me fait envie, y compris ce bel inconnu ténébreux que je viens de rencontrer.

Comparés à lui, tous les prétendants que j'ai laissés à l'intérieur paraissaient vraiment insipides.

Cette version de moi contraste tant avec celle que j'ai découverte quelques minutes plus tôt que c'en est presque absurde. J'ai bien l'intention d'en apprendre davantage sur cette part cachée de mon histoire, mais rien ne presse. Si nous sommes venus ici, c'est pour profiter une dernière fois des vacances, et je vais faire en sorte que ce soit le cas.

Les mains jointes, nous nous levons et nous dirigeons vers l'écran, avançant jusqu'à ce que nous nous fondions dans la scène et ne fassions plus qu'un avec elle.

Ma robe à crinoline est aussitôt remplacée par le long fourreau vert émeraude. Du bout des lèvres, je mordille les contours anguleux du visage de Damen, le taquine, l'aguiche, puis tourne brusquement les talons en soulevant le pan de ma robe. Je l'entraîne au fond du jardin, dans son recoin le plus sombre, un endroit où personne ne pourra nous surprendre, ni mon père, ni les domestiques, ni mes soupirants, ni mes amis…

Je brûle d'embrasser ce séduisant inconnu, qui semble toujours surgir de nulle part, toujours connaître mes pensées, et qui m'a électrisée de frissons au premier regard.

Dès lors qu'il a sondé mon âme.

trois

– **Tu ne devrais pas être déjà en route** pour le lycée ?

Tout en dévissant le bouchon de ma bouteille d'élixir, je tourne la tête vers la table de la cuisine où Sabine est assise. En détaillant ses cheveux blonds au carré soigneusement placés derrière ses oreilles, son maquillage harmonieux et impeccablement appliqué, son tailleur propret parfaitement repassé, sans le moindre pli, je ne peux m'empêcher de me demander quel effet cela fait d'être dans sa peau. De vivre dans un monde où tout est ordonné, discipliné, méthodique et réglé comme du papier à musique.

Un monde où chaque problème a sa solution logique, chaque question une réponse théorique, et où chaque dilemme peut se résumer à un simple verdict : innocent ou coupable.

Un monde où tout est soit noir, soit blanc, et où l'on s'empresse de chasser toute nuance de gris.

J'ai longtemps appartenu à ce monde, mais aujourd'hui, après tout ce que j'ai vu, je serais incapable d'y retrouver ma place.

Sabine continue de me fixer, le visage sévère, la bouche pincée, sur le point de se répéter.

– C'est Damen qui m'emmène aujourd'hui. Il ne devrait pas tarder, je réponds enfin.

La façon dont son corps se raidit à la seule évocation de son nom ne m'échappe pas. Elle s'entête à le tenir responsable de mes déboires, alors qu'il était à dix mille lieues de la boutique ce jour-là.

Acquiesçant, elle m'observe attentivement. Elle me scrute, m'examine de la tête aux pieds, et inversement. À l'affût d'un mauvais présage, d'un voyant rouge, d'un signe de danger, n'importe quoi indiquant des ennuis en perspective – tous ces symptômes révélateurs dont regorgent ses manuels d'éducation pour ados –, elle n'obtient guère plus que l'image d'une jeune fille au teint légèrement hâlé, blonde aux yeux bleus, en robe d'été blanche et pieds nus.

– J'espère qu'il n'y aura plus de problèmes cette année.

Elle me lance un regard par-dessus la tasse qu'elle vient de porter à ses lèvres.

– Je me demande bien à quel genre de problèmes tu fais allusion…

Je m'en veux de me laisser aller aussi facilement au sarcasme, mais tant pis, j'en ai plus qu'assez de devoir sans cesse être sur la défensive.

– Je crois que tu le sais.

Son ton est sec, son front plissé.

J'inspire un bon coup pour me retenir de lever les yeux au ciel.

Je suis tiraillée entre l'immense chagrin que j'éprouve d'en être arrivée là avec elle, à cette interminable liste de reproches quotidiens que rien ne peut effacer, et un sentiment d'exaspération face à son refus de me croire sur parole, d'accepter que je dis la vérité, que désormais je suis comme je suis, que ça lui plaise ou non.

Je me contente de hausser les épaules.

– Eh bien, dans ce cas, tu seras ravie de savoir que je ne bois plus. J'ai arrêté peu de temps après mon exclusion. D'une, parce que ça ne me réussissait pas des masses, et de deux, bien que tu n'aies pas envie de l'entendre et que tu ne me croiras sans doute même pas, parce que l'alcool émoussait mes dons de la pire façon qui soit.

En m'entendant prononcer le mot « dons », elle se hérisse. Littéralement. Elle m'a déjà cataloguée comme une petite frimeuse, avide d'attention, qui réclame visiblement de l'aide à grands cris, et dès que j'emploie ce mot elle voit rouge. Et que je refuse de revenir sur ma position, de me ranger à son avis, la fait fulminer plus que tout.

– Et puis… j'ajoute en tapotant ma bouteille contre le plan de travail, le regard braqué sur elle, je me doute bien que tu as déjà engagé Munoz pour m'espionner et te soumettre un rapport complet tous les soirs.

À peine les ai-je prononcées que je regrette aussitôt ces paroles car, si elles s'appliquent à Sabine, elles sont très injustes envers Munoz. Non seulement il me soutient et me témoigne une gentillesse à toute épreuve, mais en plus il n'a jamais tenté de me culpabiliser d'être celle que je suis. À la limite, je l'ai senti intrigué, fasciné, et même étonnamment bien informé. Mais, manifestement, il n'arrive pas à rallier sa petite amie à son point de vue, et c'est dommage.

Cela dit, puisque Sabine refuse catégoriquement de m'accepter telle que je suis, pourquoi, moi, devrais-je admettre d'emblée qu'elle est amoureuse de mon ancien professeur d'histoire ?

Sans doute parce que ce serait plus intelligent.

Pas seulement parce que, en général, on ne répare pas une injustice par une autre, mais aussi parce que, en dépit de ce qu'elle peut penser de moi et de ce que je peux dire d'elle, en fin de compte, tout ce que je souhaite, c'est son bonheur.

Son bonheur, et aussi qu'elle passe enfin à autre chose, pour que tout redevienne comme avant entre nous.

– Écoute… je tempère avant qu'elle ait l'occasion de réagir.

Je dois la jouer fine si je veux éviter que la situation s'aggrave. Si la tension monte encore d'un cran, inévitablement on va finir par se crêper le chignon comme on sait si bien le faire depuis qu'elle m'a surprise, sous le pseudonyme d'Avalon, en pleine séance de voyance avec son amie.

– Je ne voulais pas dire ça. Vraiment. Je suis désolée.

J'insiste d'un hochement de tête sincère.

– Si on concluait une trêve ? Tu m'acceptes comme je suis, et vice versa, comme ça, à partir d'aujourd'hui, tout le monde vivra heureux dans la joie et la bonne humeur ?

Je lui lance un regard, un regard quasi implorant pour qu'elle cède. Hélas elle se borne à secouer la tête en marmonnant : « À partir de maintenant et jusqu'à nouvel ordre, tu as intérêt à rentrer directement à la maison après les cours. »

Mais même si je l'aime de tout mon cœur et lui suis infiniment reconnaissante de tout ce qu'elle a fait pour moi, elle ne m'imposera rien du tout, ni punitions ni interdictions de sorties ou autres. Car au fond, rien ne m'oblige à rester vivre ici et à supporter ses crises d'autorité. J'ai d'autres solutions, plein. Et elle n'a pas idée des ruses de Sioux dont j'use pour lui faire croire le contraire. Faire mine de manger alors que je n'en ai plus besoin, étudier alors que ce n'est plus la peine, prétendre être une adolescente de dix-sept ans comme les autres, qui dépend des adultes pour se nourrir, avoir un toit et de l'argent, en somme, pour assurer son bien-être, alors que je suis tout le contraire d'une fille ordinaire… On ne peut faire plus différente ! Dorénavant, il m'appartient de veiller à ce qu'elle ne découvre jamais rien de plus que ce qu'elle sait déjà.

— Qu'est-ce que tu en dis ?

Je fais tourner le breuvage dans sa bouteille, et le regarde rougeoyer le long du verre.

— Je vais redoubler d'efforts pour être sage et ne pas me mêler de tes affaires… si tu acceptes d'en faire autant. Marché conclu ?

Les sourcils froncés, Sabine me dévisage en essayant manifestement de déterminer si oui ou non je suis sincère, ou si c'est une sorte d'ultimatum de ma part. Elle pince les lèvres un moment, le temps de trouver ses mots :

— C'est que… je me fais beaucoup de souci pour toi, Ever.

Secouant la tête, elle fait glisser son index sur le rebord de sa tasse.

— Que tu l'admettes ou non, tu es extrêmement instable, et je ne sais plus du tout comment je dois m'y prendre pour te raisonner, t'aider…

Brusquement, je revisse le bouchon de ma bouteille, ma dernière once de bonne volonté s'évanouissant d'un coup. Je plante mon regard dans le sien.

— Eh bien, pour commencer, voici un ou deux tuyaux : d'abord, si tu veux vraiment m'aider comme tu l'affirmes, commence par ne plus me traiter de folle.

Agacée, j'enfile mes sandales, sentant en parallèle Damen qui se gare dans l'allée, à point nommé.

— Ensuite…

Je balance mon sac sur l'épaule et lui retourne le regard furieux qu'elle me lance.

— … arrête de parler de moi comme d'une menteuse instable qui manque cruellement d'attention, et tous tes autres délires du même genre.

Je hoche la tête, très sérieuse.

— Rien que ça, déjà, ce sera un bon début pour m'aider.

Sans lui laisser le temps de répliquer, je sors en trombe de la cuisine puis de la maison, claque violemment la porte sans vraiment le vouloir mais sans m'en inquiéter pour autant, et me dirige droit vers la voiture de Damen.

— Alors, voilà à quoi on en est réduits ? murmure-t-il tandis que je me glisse sur le siège en cuir.

Du coin de l'œil, je regarde dans la direction que son doigt indique : la fenêtre du salon, derrière laquelle est postée ma tante. Elle ne se fatigue pas à jeter un coup d'œil furtif à travers les stores, ni même par la fente des rideaux. Non. Elle veut qu'on sache qu'elle nous a à l'œil — moi comme Damen. La bouche figée, le visage dur, les mains sur les hanches, elle nous jauge sans ciller.

Je pousse un soupir, fuyant son regard en faveur de celui de Damen.

— Estime-toi heureux que je t'aie épargné l'interrogatoire que tu aurais subi si tu avais mis un pied dans cette maison.

Je secoue la tête.

— Crois-moi, si je t'ai demandé de m'attendre dehors, ce n'est pas pour rien.

— Elle n'a toujours pas digéré ?

J'acquiesce en roulant des yeux.

— Tu es sûre que je ne peux pas aller lui parler ? Ça pourrait arranger un peu les choses.

— Laisse tomber.

Je secoue de nouveau la tête, dépitée qu'il n'ait pas déjà enclenché la marche arrière pour m'emmener loin d'ici.

— Il n'y a pas moyen de discuter, elle est persuadée d'avoir raison, et je te garantis que si tu essaies ce sera pire.

— Pire que le regard assassin qu'elle vient de me décocher ?

Un rictus sur les lèvres, un peu trop taquin à mon goût, il alterne les coups d'œil entre le rétroviseur et moi, tandis qu'on redescend l'allée en marche arrière.

C'est du sérieux.

Je suis sérieuse.

Peut-être qu'à ses yeux ce n'est pas si grave, mais moi ces tensions commencent sérieusement à me rendre dingue.

Cependant, lorsque mon regard croise à nouveau le sien, je décide de lâcher prise et d'être indulgente à son égard. Car je sais que du simple fait de son âge, de ses six siècles d'existence, il est devenu plus ou moins imperturbable face aux petits tracas du quotidien qui occupent pourtant une place monstre dans la vie.

Tout ce qui ne me concerne pas, ou presque, tombe dans la catégorie « Peu importe ». À tel point qu'il semblerait que la seule chose qui compte pour lui ces derniers temps, la seule qui accapare ses pensées, encore plus que de mettre la main sur l'antidote qui nous permettrait enfin de vivre ensemble après quatre siècles d'attente, c'est de protéger mon âme du pays des Ombres. Pour lui, tout le reste est dérisoire par rapport à cet objectif.

Mais j'ai beau comprendre parfaitement la situation, visualiser le tableau dans son ensemble, c'est plus fort que moi, mon esprit est inlassablement encombré par des broutilles.

Et, malheureusement pour Damen, le meilleur moyen de m'aider à y voir plus clair et de résoudre le problème c'est d'en débattre.

Crois-moi, tu me dois une fière chandelle. Si tu avais insisté pour entrer, ça aurait dégénéré. Les mots se propagent de mes pensées aux siennes tandis que je regarde fixement devant moi, à travers le pare-brise, surprise de constater que le ciel est déjà incroyablement lumineux et le temps chaud et ensoleillé alors qu'il est à peine 8 heures. Qui sait si je m'habituerai un jour à tout ça, si j'arrêterai de comparer ma nouvelle vie californienne, à Laguna Beach, à celle que j'ai laissée à Eugene, dans l'Oregon ?

Serai-je un jour capable de ne plus me retourner sur le passé ?

Je reviens au présent en sentant Damen me serrer le genou.

— Ne t'en fais pas, elle finira par changer d'avis.

Si son ton est confiant, son expression dégage tout autre chose. Cette affirmation se fonde bien plus sur l'espoir que sur une conviction intime car, comme toujours, son besoin de me rassurer prend facilement le pas sur son souci de franchise. Mais pour ma part, si Sabine n'a toujours pas changé d'avis à l'heure qu'il est, je doute fort qu'elle en change un jour, en tout cas pas dans l'immédiat.

— Tu sais ce qui m'embête le plus ? je reprends alors qu'il a déjà entendu cent fois ce couplet. J'ai beau lui dire tout ce que je veux, essayer mille fois de lui prouver que je dis la vérité en lisant dans ses pensées et en révélant toutes sortes de pépites bizarres sur son passé, son présent, et son avenir – avenir que je ne pourrais pas connaître si je n'étais pas médium –, ça ne lui fait ni chaud ni froid ! C'est même tout le contraire. On dirait que ça la pousse à camper encore plus sur ses positions, sans tenir compte de mes arguments ou de tout ce que j'ai d'autre à dire sur la question. Elle est complètement hermétique et refuse de voir plus loin que le bout de son nez. Elle se contente de me lancer des regards sévères et de me faire la morale, persuadée que j'affabule, que j'ai tout inventé dans une pathétique tentative d'attirer l'attention. Comme si j'étais complètement siphonnée !

Je secoue la tête avec rage et ramène mes longs cheveux blonds derrière mes oreilles, les joues en feu. C'est toujours à ce passage que je m'enflamme et que, hors de moi, je deviens écrevisse.

– Même quand je lui demande pourquoi, bon sang, mais pourquoi ! je gaspillerais autant de temps et d'énergie à dissimuler mes facultés si je me souciais uniquement de l'attention que je pourrais en retirer, même quand je la supplie de réfléchir deux secondes aux arguments stupides qu'elle me sort, pour réaliser à quel point ils ne tiennent pas du tout la route, elle reste inébranlable et me traite de menteuse ! Non mais j'hallucine !

Les paupières closes, je fronce les sourcils à mesure que je revois la scène, avec une telle lucidité que c'est comme si elle se déroulait en ce moment sous mes yeux.

Sabine fait irruption dans ma chambre à l'aube, le lendemain de la mort de Roman, après que j'ai perdu tout espoir de vivre pour de bon avec Damen et de récupérer un jour l'antidote. Elle ne me laisse pas le temps de bien me réveiller, de me passer un peu d'eau fraîche sur le visage, de me laver les dents ou de me préparer un minimum. D'emblée, elle se laisse aller à une explosion de colère, ses yeux bleus incendiaires plantés dans les miens : « Dis donc, Ever, tu ne crois pas que tu me dois une explication pour hier soir ? »

Secouant la tête pour chasser ce pénible souvenir, je me tourne vers Damen.

— Tout ça parce que Madame a décrété que les pouvoirs parapsychologiques, les perceptions extrasensorielles et tous les trucs de ce genre n'existent pas ! Pour elle, personne ne peut prédire l'avenir. Ce n'est qu'un prétexte bidon inventé par une bande de charlatans rapaces et sans scrupule… comme moi ! Et je me suis délibérément embarquée dans cette escroquerie dès l'instant où j'ai touché de l'argent pour ma première séance de voyance. Et figure-toi qu'il existe des conséquences judiciaires à ce type d'agissements, qu'elle a évidemment tout de suite pris soin de m'énumérer !

Je fixe Damen, les yeux écarquillés et aussi bouleversée que la première fois où je lui ai fait ce récit.

— Du coup, hier soir, quand elle a eu le culot de remettre ça sur le tapis, je lui ai demandé si elle avait un bon avocat à me conseiller, vu la montagne de problèmes qui m'attendaient sous peu, et blablabla…

Je lève les yeux au ciel en me rappelant sa réaction face à cet affront : l'horreur…

Tripotant nerveusement le mince ourlet de ma robe de coton, je coince la bouteille ouverte de mon élixir entre mes cuisses. Intérieurement, je me répète de me calmer, de laisser tomber, on a déjà ressassé tout ça des milliers de fois, et cela ne fait que m'énerver encore plus.

Je regarde par la fenêtre tandis que Damen s'arrête en douceur pour laisser passer une dame d'un certain âge, qui porte une planche de surf d'une main et tient de l'autre une laisse, à laquelle est attaché un labrador couleur sable. Il ressemble tant à mon bon vieux Caramel, avec sa queue qui frétille, son pelage jaune doré, ses yeux marron rieurs et son adorable truffe rose, que je reste bloquée sur lui et, contrecoup typique, sens mon cœur se serrer, telle une énième piqûre de rappel de tout ce que j'ai perdu.

— Est-ce que tu lui as dit que c'était elle qui t'avait présenté Ava, laquelle t'a ensuite amenée sans le vouloir à décrocher ce job chez Magie et Rayons de lune ? reprend Damen pour me ramener au présent tandis que son pied passe du frein à l'accélérateur.

J'acquiesce, les yeux rivés sur mon rétroviseur latéral où je vois le reflet du labrador rétrécir.

— J'en ai parlé hier soir. Tu sais ce qu'elle a répondu ?

Je tourne la tête vers lui et lui laisse le temps de s'imprégner de la scène que je lui transmets par télépathie.

Ma tante se tient face au plan de travail, une pile de légumes devant elle attendant d'être lavés et coupés en dés, et moi je suis en survêtement, bien décidée à quitter la maison sans histoires pour changer, mais nos deux missions échouent brusquement quand elle décide de donner le coup d'envoi du quinzième round de l'interminable duel Sabine-Ever.

— Elle a rétorqué que c'était pour rire ! Qu'elle l'avait invitée pour pimenter la soirée et épater la galerie. Que ce n'était pas censé être pris au sérieux.

Je secoue la tête, exaspérée, et m'apprête à continuer quand Damen donne un coup de frein et me regarde droit dans les yeux.

— Tu sais, Ever, s'il y a bien une chose que j'ai apprise en six cents ans d'existence, c'est que les gens détestent deux choses par-dessus tout : le changement et la remise en cause de leurs convictions. Crois-moi. Regarde ce qui est arrivé à mon pauvre ami Galilée. Il a été exclu pour avoir eu l'affront de suggérer que la Terre n'était pas le centre de l'Univers. Au point qu'on l'a mis à l'épreuve, déclaré coupable d'hérésie, obligé à se rétracter, puis condamné à passer le restant de ses jours assigné à résidence alors que, bien sûr, comme on le sait tous, il avait raison sur toute la ligne. Quand on y réfléchit, comparée à lui, je dirais que tu t'en tires plutôt bien.

Il glousse, me supplie presque du regard de me détendre et de rire avec lui, mais je n'en suis pas encore là... Un jour, peut-être, je trouverai ça drôle, mais ce jour appartient à un futur lointain, que je ne perçois pas encore.

– Crois-moi...

Je pose une main sur la sienne, consciente du film vibrant d'énergie qui nous sépare.

– ... elle a bien essayé de me faire le coup de l'assignation à résidence et tout, mais pas question que je la suive sur ce terrain. C'est vraiment injuste que je sois censée les accepter automatiquement, elle et ce monde dans lequel elle a choisi de vivre, alors qu'elle ne me laisse même pas une chance de m'expliquer. Elle ne tient pas compte une seconde de mon point de vue. Elle me catalogue comme une ado dérangée, trop émotive et en besoin constant d'attention, tout ça parce que j'ai des facultés qui ne rentrent pas dans les cases de son esprit étriqué. Parfois ça me rend tellement dingue que j'ai juste envie de...

Je m'interromps, pinçant les lèvres très fort, hésitant à m'autoriser un tel aveu à voix haute.

Damen me fixe, attend.

— Parfois-je-meurs-d'envie-que-l'année-soit-finie-pour-qu'on-décroche-notre-diplôme-et-qu'on-parte-loin-d'ici-dans-un-endroit-où-on-pourra-vivre-à-notre-guise-et-tout-oublier.

Je laisse les mots s'échapper d'une traite, si vite que l'on peut à peine les distinguer les uns des autres.

— Je m'en veux de le dire, surtout après tout ce qu'elle a fait pour moi, mais quand même... elle ne connaît pas un dixième de celle que je suis vraiment. Elle sait juste que j'ai des dons de médium, point ! Tu imagines comment elle le prendrait si je lui avouais toute la vérité ? Que je suis immortelle et dotée de pouvoirs qu'elle est à des années-lumière de comprendre ? Entre autres ma capacité à faire apparaître des choses instantanément, sans oublier, bien sûr, ces petits allers-retours dans le temps dans lesquels je me suis récemment lancée, sans parler du fait que j'adore flâner dans cette dimension parallèle aussi ravissante qu'insolite, baptisée l'Été perpétuel, où mon immortel de petit ami et moi-même batifolons en endossant les diverses apparences de nos vies antérieures ! Tu imagines un peu sa réaction ?

Damen me contemple, le regard brillant, d'une façon qui déclenche aussitôt en moi une vague brûlante de frissons.

— Et si on disait simplement qu'on s'en fiche, de sa réaction ? suggère-t-il en souriant.

Il s'arrête à un feu et m'attire contre lui. Ses lèvres déposent plusieurs petits baisers sur mon front, mes joues, mon cou, avant de finalement se coller aux miennes.

Il s'écarte juste avant que le feu passe au vert et me jette un coup d'œil avant de démarrer.

— Tu es sûre de vouloir aller jusqu'au bout ?

La chaleur de son regard intense et mystérieux m'enveloppe un bon moment, un peu plus que nécessaire, ce qui me laisse tout le temps de répondre : non, je ne suis pas du tout prête, loin de là. Donc il peut faire demi-tour et viser une autre destination. Un endroit plus sympa, plus accueillant, plus chaleureux – une plage lointaine, par exemple, ou peut-être même un coin tranquille et isolé de l'Été perpétuel –, dont une infime part de lui espère que je vais me contenter.

La question du lycée lui passe complètement au-dessus de la tête. S'il est ici, c'est uniquement pour moi. Pour être à mes côtés. Et maintenant que nous sommes ensemble, par bonheur réunis après plusieurs siècles laborieux, ponctués de violentes séparations, il ne voit pas l'intérêt de tout ce tapage, estime que toute cette comédie est inutile.

Moi-même, je n'en vois pas toujours l'intérêt, vu qu'il est assez vain d'acquérir un savoir quand il suffit de lire dans les pensées de son professeur pour apprendre, ou de poser les mains sur la couverture d'un livre pour en connaître le contenu, mais je reste déterminée à m'accrocher et à mener ma vie comme je l'entends.

Le lycée est pour ainsi dire le seul aspect de ma vie de cinglée qui demeure un tant soit peu normal. Et Damen aura beau se lasser, me supplier mille fois d'envoyer tout balader pour qu'on commence une nouvelle vie ailleurs, je ne céderai pas. Impossible. Aussi étrange que ça paraisse, j'ai vraiment envie d'obtenir mon diplôme.

Je veux le brandir d'un geste triomphant et lancer en l'air mon chapeau de lauréate.

Et aujourd'hui marque la première étape de cet objectif.

Souriante, je hoche la tête et insiste pour qu'il poursuive sur cette route. Je perçois alors une lueur de gêne qui assombrit son visage, à laquelle je réponds d'un regard, forte d'une confiance et d'une vigueur toutes nouvelles. Je redresse les épaules, rassemble mes cheveux en queue-de-cheval basse et lisse les plis de ma robe, me préparant pour la bataille qui s'annonce.

J'ignore ce qui m'attend, ou plutôt à quoi m'attendre – je ne peux pas prédire mon avenir aussi facilement que celui des autres –, mais s'il y a bien une chose dont je suis persuadée, c'est que Haven ne m'a pas pardonné la mort de Roman.

Elle continue de me croire responsable de tous les maux de son existence. Et elle a pleinement l'intention de tenir sa promesse de m'anéantir.

– Crois-moi, Damen, je suis on ne peut plus prête.

Regardant par la vitre côté passager, je parcours la foule des yeux à la recherche de mon ancienne meilleure amie. Je sais qu'elle va lancer les hostilités, que ce n'est qu'une question de temps, et je croise les doigts pour avoir l'occasion de renverser la situation avant que l'une ou l'autre commette un acte qu'elle regrettera.

quatre

Ce n'est qu'à l'heure du déjeuner que nous apercevons Haven.

Comme tout le monde, d'ailleurs.

Impossible de la rater.

Telle une tornade de givre bleu métallique, une silhouette de glace aux contours complexes et acérés, elle est aussi séduisante, exotique et saisissante qu'un frisson glacial un jour de canicule.

Des élèves s'agglutinent autour d'elle, ceux-là mêmes qui passaient devant elle sans la voir autrefois. Mais, dorénavant, il est difficile de ne pas la remarquer.

Sa beauté mystérieuse, son charme irrésistible n'échappent à personne.

Ce n'est plus la Haven que j'ai connue. Elle est différente. Métamorphosée.

Transparente hier, aujourd'hui incontournable.

Elle attire comme des mouches ceux qu'elle rebutait jadis. Et ce que je considérais comme son look rock-bohème de base, tout en cuir noir et dentelles, a désormais cédé la place à une allure de pin-up un poil morbide, aussi langoureuse que sinistre. Comme la version polaire d'une jeune mariée lugubre, elle est vêtue d'une longue robe moulante, dotée d'un décolleté en V très profond, de manches vaporeuses, et de plusieurs pans de soie bleu clair qui forment une traîne balayant le sol derrière elle. Son cou, lui, semble crouler sous le poids des colliers qui y sont superposés : un rang de perles nacrées de Tahiti et des parures de cabochons de saphirs scintillants, de turquoises grossièrement taillées et d'aigues-marines bien polies, le tout au milieu d'une longue cascade de cheveux brillants qui ondulent librement jusqu'à sa taille. La mèche platine qui zébrait jadis sa frange est à présent teinte, de la même nuance bleu de cobalt qui orne ses ongles, souligne ses yeux et miroite dans le joyau qui pare son front, entre ses sourcils finement dessinés.

Un look que l'ancienne Haven n'aurait jamais pu assumer ; elle se serait enfuie du lycée sous les railleries avant même la première sonnerie. Mais plus maintenant.

Je peste tout bas, tandis que Damen me tend la main. Ses doigts enlacent les miens dans un geste qui se veut rassurant, mais force est d'admettre que nous sommes aussi fascinés que n'importe quel élève de cet établissement. Incapables de détacher notre regard de l'éclat de sa peau ultrapâle, qui irradie dans un océan de noir et de bleu et lui confère une apparence étrangement frêle et aérienne, en parfaite contradiction avec la détermination qui l'habite.

– Le talisman… chuchote Damen, en me lançant un rapide coup d'œil avant de reporter son attention sur elle. Elle… elle ne le porte plus.

Mon regard se pose instantanément sur son cou, pour fouiller l'enchevêtrement compliqué de bijoux sombres et rutilants, et finalement constater qu'il a raison. Le talisman qu'on lui avait donné, et censé la protéger du Mal, de moi, a disparu. Et je sais que ce n'est pas un hasard, loin s'en faut. C'est un message qui m'est destiné. Une déclaration de guerre claire et nette : *Je n'ai plus besoin de toi. On ne joue plus dans la même cour dorénavant. Je suis bien plus forte que toi.*

Fière d'avoir acquis seule un pouvoir absolu, elle s'affiche maintenant en position de force.

Son aura n'est plus perceptible, plus depuis la nuit où je lui ai fait boire l'élixir qui l'a rendue immortelle comme moi, mais ça ne m'empêche pas de deviner ce qu'elle pense.

De savoir ce qu'elle ressent.

Son chagrin à propos de Roman ajouté à sa fureur contre moi forment l'alliance explosive d'émotions qui ont engendré la nouvelle Haven. Elle est guidée par un sentiment écrasant de rage et de deuil, et cherche désormais à se venger de toutes les personnes, sans exception, qui lui ont un jour causé du tort.

À commencer par moi.

Damen s'immobilise et m'attire contre lui, me laissant une dernière chance de jeter l'éponge et de tout plaquer, mais je n'en fais rien. Impossible. Je m'engage pleinement à la laisser abattre ses cartes en premier mais, à la seconde où elle passera à l'action, je ne me gênerai pas pour lui rappeler qui commande ici. Je m'y suis justement préparée. Alors elle peut toujours se sentir sûre d'elle et invincible, il se trouve que je sais quelque chose qu'elle ignore.

Elle se croit toute-puissante, mais ses pouvoirs ne sont rien comparés aux miens.

Damen me lance un coup d'œil inquiet, conscient du regard perçant de Haven, des petites flèches de haine qu'elle pointe droit sur moi. Mais je hausse simplement les épaules et continue d'avancer pour le conduire à notre table habituelle – table qu'elle juge sûrement indigne d'elle, car je sais que ses regards fielleux ne sont qu'un début, et on ferait mieux de s'y habituer.

– Ça va ?

Il se penche vers moi, l'air soucieux, une main posée sur mon genou.

J'acquiesce, sans quitter Haven une seconde des yeux car, telle que je la connais, si elle ressemble un tant soit peu à Roman, elle va faire durer le plaisir comme un chat avec une souris, et prendre tout son temps avant de bondir pour la mise à mort.

– Sache que je serai toujours près de toi, Ever. Même si on n'a aucun cours en commun – grâce à toi, devrais-je ajouter (il secoue la tête, dépité) –, je ne bougerai pas d'ici. Je ne filerai pas en douce, je ne sécherai pas ni rien. J'assisterai à tous les cours de ce foutu emploi du temps, y compris les plus rasoirs. Donc si tu as besoin de moi, il te suffit de m'appeler et...

– Et tu accourras, je sais.

Je croise son regard un bref instant, mais très vite me retourne vers elle. Je la vois se délecter de son statut de nouvelle reine du lycée, présidant une table qu'il y a encore quelques mois elle n'avait même pas le droit d'approcher, et encore moins d'occuper. De toute évidence, Honor et Stacia ont décidé d'user de leur privilège d'élèves de terminale pour aller déjeuner hors de l'établissement, sinon elles ne l'auraient jamais laissée faire. Je suis d'ailleurs curieuse de connaître leur réaction à leur retour, quand elles découvriront que Haven leur a piqué leur place.

– Écoute, je réponds en débouchant ma bouteille d'élixir pour en boire une gorgée. On en a déjà parlé, ne t'en fais pas pour moi. Je peux gérer. Je vais m'occuper d'elle, je t'assure.

Je lui adresse un regard tendre pour preuve de ma sincérité.

– On a l'éternité devant nous. Une éternité pour vivre ensemble, rien que toi et moi, j'ajoute en souriant. Donc, ce n'est pas franchement indispensable qu'on soit assis à côté en cours de physique, tu ne trouves pas ?

Mon cœur se met à jouer des castagnettes quand je vois son regard s'illuminer, son visage se dérider et qu'il me sourit amoureusement.

– Tu n'as aucune raison de t'inquiéter pour moi. Entre mes séances de méditation avec Ava et l'entraînement auquel tu m'as soumise, je me sens comme neuve, plus forte… imbattable ! Crois-moi, je saurai y faire avec Haven.

Son regard oscille entre elle et moi, le visage marqué par l'inquiétude, visiblement tiraillé entre des doutes persistants et l'envie de me faire confiance. J'ai beau le rassurer constamment, il craint pour ma vie, persuadé d'être seul responsable de cet engrenage qu'il a déclenché le jour où il a fait le choix de me transformer, et c'est ce qui l'empêche de lâcher prise pour de bon.

– OK, mais une dernière chose…

Il me lève le menton jusqu'à ce que mes yeux soient à la hauteur des siens.

– N'oublie pas qu'elle est furieuse, puissante et, surtout, incontrôlable : un mélange des plus néfastes.

J'acquiesce, et réplique sans me démonter :

– Possible, mais dis-toi qu'à l'inverse moi je suis sereine, encore plus puissante, et que j'ai bien plus de sang-froid qu'elle en aura jamais. En clair, elle ne peut rien contre moi. Elle a beau en crever d'envie, elle pourra toujours se démener, cette bataille-là est perdue d'avance pour elle. Sans oublier que j'ai un autre atout qu'elle n'a pas…

Damen me fixe, surpris par ce soudain changement dans le dialogue que nous avons si souvent répété.

— Toi ! Je t'ai, toi. Pour toujours, pas vrai ? En tout cas, c'est que tu disais hier soir quand tu essayais d'abuser de moi dans la campagne anglaise…

— Ah, parce que c'est moi qui essayais d'abuser de toi ? Tu es sûre de ça ?

Il éclate de rire puis ferme les yeux pour m'embrasser, d'abord avec douceur puis avec plus de fougue. Mon corps tout entier s'embrase, parcouru de vagues de chaleur dont lui seul a le secret, mais je m'écarte très vite. On ne peut pas risquer de perdre bêtement notre objectif de vue.

Les câlins peuvent attendre. Pas Haven.

J'ai à peine le temps de me calmer et de reprendre mes esprits que Miles surgit dans la cohue, à l'autre bout de la cafétéria, et se dirige vers nous. Il s'arrête à mi-distance, prend le temps d'effectuer un tour complet sur lui-même pour nous laisser le temps de l'admirer sous toutes les coutures, puis il s'immobilise façon mannequin, complétant la pose d'un regard d'acier et d'une moue boudeuse, les mains sur les hanches.

— Alors… vous ne remarquez rien de différent ?

Il nous décoche de rapides coups d'œil impatients.

— Non, parce que, excusez-moi de vous le dire, mais Haven n'est pas la seule à s'être métamorphosée pendant l'été, vous savez.

Il laisse tomber la pose et se rapproche.

— Bon, vous m'avez l'air un peu bouchés ce matin, alors je répète : vous ne remarquez rien… de différent ?

Il prononce la question lentement, exprès, en prenant le soin de bien articuler chaque mot.

Alors j'y regarde de plus près, Damen aussi, et là, nous avons brusquement l'impression que la Terre s'arrête de tourner. Respiration, battements de paupières et de cœur : tout se fige instantanément et nous laisse bouche bée et étrangement mal à l'aise. Tels deux immortels statufiés côte à côte, qui se demandent s'ils sont face à l'un des leurs.

— Bon, allez, dites-moi... vous en pensez quoi ?

Il effectue une nouvelle pirouette puis reprend la pose mannequin, déterminé à la garder jusqu'à ce que l'un de nous réagisse.

— Holt ne m'a même pas reconnu !

Qu'est-ce que tu en penses ? Perso, je trouve que l'adjectif « différent » est trop faible.

Entre deux fixettes sur Miles, je lance un regard furtif à Damen.

Bon sang ! Même « radicalement changé » ou « totalement transformé » seraient loin du compte !

Miles, que j'ai toujours connu avec des cheveux châtains coupés ras, les porte désormais plus longs, plus ondulés, presque comme Damen. Quant à ses petites joues potelées qui lui donnaient deux ans de moins, elles ont complètement disparu, laissant place à des pommettes, une mâchoire carrée et un nez plus saillant. Bizarrement, même sa tenue, qui se compose *grosso modo* des mêmes chaussures, jean et chemise qu'il portait d'habitude, lui donne un style absolument différent.

On dirait une chenille qui aurait décidé de se débarrasser de son vieux cocon miteux pour pouvoir frimer avec ses ailes de papillon flambant neuves.

Et alors que j'envisage déjà le pire, persuadée que Haven lui a mis le grappin dessus bien avant que j'aie le temps de lui parler, je l'aperçois, et Damen aussi : l'aura orange vif qui irradie tout autour de lui – seule chose qui nous permette de desserrer les dents et de retrouver notre souffle.

Cela dit, je mets quand même un moment à encaisser le choc, sans trop savoir par où commencer, et suis soulagée que Damen prenne les devants.

– On dirait que ce voyage à Florence t'a réussi. Carrément, même !

Il fait un grand sourire à Miles, tout en me serrant discrètement la main d'un geste rassurant.

Miles pouffe, son visage s'égayant d'une façon qui en adoucit les nouveaux contours. Mais cette impression est de courte durée, car dès l'instant où il reporte son attention sur Damen, son aura vacille et s'enflamme. Il ne m'en faut pas plus pour me rafraîchir la mémoire.

À croire que j'ai été si absorbée par mes histoires avec Haven et Sabine que j'en ai tout oublié des portraits de Drina et Damen qu'il a découverts.

Portraits qui ont été peints il y a bien des siècles. Et dont l'existence ne peut être justifiée par aucun raisonnement logique.

Je m'étais juré de ne jamais recourir à ce procédé sauf en cas d'absolue nécessité, mais tant pis ! Je crois que la situation est ce qu'on peut appeler une urgence. Alors, tandis que Damen engage la conversation avec lui à propos de Florence, j'en profite pour sonder discrètement l'esprit de Miles. J'ai besoin de connaître ses pensées, ses éventuels soupçons, et ma surprise est de taille quand je m'aperçois que ses préoccupations ne portent pas du tout sur ce que je craignais, mais sur moi…

– Je suis déçu, conclut-il, interrompant Damen pour s'adresser à moi.

Je tourne la tête vers lui après m'être glissée *in extremis* hors de son esprit, sans avoir pu mettre le doigt sur ses véritables motivations.

– Comme vous pouvez le voir, je suis un nouvel homme depuis mon retour.

D'un geste, il s'exhibe, passant une main le long de son corps, comme une potiche de jeu télévisé présentant un lot prestigieux.

– Et je m'attendais un peu à ce que cette année scolaire soit la meilleure de mon existence. Mais aujourd'hui j'apprends que mes amies sont encore fâchées, qu'elles ne s'adressent toujours pas la parole et m'obligent une fois de plus à choisir entre elles, alors que je les ai formellement prévenues de régler leurs problèmes avant mon retour, car il n'est pas question que je rentre dans ce jeu-là. Personne ne m'obligera à jouer les Meryl Streep dans *Le Choix de Sophie*. Sûrement pas. D'ailleurs...

– C'est ce qu'elle t'a dit ? j'interviens, pressentant que son monologue pourrait bien se prolonger jusqu'à la dernière sonnerie si je le laissais faire. Haven t'a demandé de choisir ?

Je baisse la voix alors qu'un groupe d'étudiants passe en file indienne à proximité.

– Non. Mais, remarque, elle n'avait pas besoin. C'est vrai, quoi, ça saute aux yeux : tu ne lui parles plus et vice versa, donc je vais devoir choisir. Ou alors c'est que nos pauses-déjeuner sont devenues encore plus tordues que l'an dernier.

Ses boucles châtaines oscillent doucement d'un côté puis de l'autre.

– Et ça, je ne le supporterai pas. C'est hors de question. Donc, en clair, tu as jusqu'à demain pour trouver une solution. Sinon mon casse-croûte et moi-même seront contraints d'aller voir ailleurs. Ah, et au cas où tu ne me prendrais pas au sérieux, sache que j'ai maintenant les clés du vieux tacot de ma mère, donc tu n'as plus l'avantage du covoiturage. Haven et toi êtes sur un pied d'égalité quant à l'affection que je vous porte. Autrement dit, vous avez intérêt à arranger la situation si vous voulez me revoir un jour...

– Sinon ?

J'essaie de garder un ton léger, blagueur, vu que je ne sais absolument pas comment lui annoncer qu'au mieux, connaissant Haven, notre différend n'aura fait que s'aggraver d'ici là.

– Sinon, je me trouverai une nouvelle bande de copains.

Il nous observe tour à tour pour s'assurer qu'on a bien compris qu'il n'hésitera pas à mettre sa menace à exécution, si nécessaire.

– On va voir ce qu'on peut faire, abrège Damen, qui n'a qu'une envie : changer de sujet.

– Mais on ne te promet rien, j'ajoute, soucieuse de ne pas donner à Miles de faux espoirs.

Présumant que la discussion est close, Damen m'attrape par la main et commence à m'entraîner vers les couloirs. Miles le retient d'une tape sur l'épaule.

– Quant à toi...

Il marque une pause, le temps de l'examiner de la tête aux pieds.

– Il faudra qu'on ait un petit tête-à-tête tout à l'heure. Tu me dois une sérieuse explication.

cinq

Je crois que j'ai été tellement focalisée sur Haven que je n'ai même pas pensé à mes deux autres ennemies jurées : Stacia Miller et sa fidèle acolyte Honor.

Mais lorsque je me faufile en classe de physique, pour la dernière heure de cours de la journée, et que la porte se referme derrière moi au moment où la seconde sonnerie retentit, leurs gloussements et ricanements étouffés me rappellent leur existence.

Je me dirige droit vers l'allée centrale, un sourire au coin des lèvres en apercevant la tête outrée de Stacia tandis que je m'octroie un siège inoccupé juste à côté d'elles. Au fond, à quoi bon les contraindre à se tordre le cou pour m'épier, alors que je peux tout aussi bien choisir une table, bien mieux située et totalement dégagée, qui leur offre une vue imprenable sur leur tête de Turc préférée : moi ?

Cependant, Stacia semble être la seule choquée par mon choix. Honor l'accepte sans sourciller. Elle se redresse juste un peu, pour me toiser d'un regard si méfiant qu'il est presque impossible à déchiffrer.

Presque.

Car l'expression de son visage m'intéresse beaucoup moins que les pensées qui occupent son esprit. Pensées qu'elle fait exprès de m'adresser sans détour, présumant à juste titre que je l'écoute :

– *Je sais que tu m'entends. Je sais tout de toi. Et aussi que tu es au courant de mes intentions vis-à-vis de Stacia. Que je compte lui faire payer toutes les vacheries qu'elle m'a faites, à moi et à toutes les personnes qui ont été assez malavisées pour croiser sa route. Ce que j'ignore, c'est si tu envisages de m'aider, ou plutôt de me mettre des bâtons dans les roues. Au cas où ce serait la seconde option, je te conseille d'y réfléchir encore. D'abord, parce que depuis le début Stacia a été la pire des garces avec toi, ensuite, parce que, quand bien même tu voudrais m'en empêcher, tu ne pourrais pas. Personne ne peut rien contre moi. Ni toi, ni Jude, et encore moins Stacia, alors à ta place je ne m'engagerais pas sur cette voie…*

Elle me regarde droit dans les yeux, dans l'attente d'une réaction, d'une sorte de confirmation que j'ai reçu le message cinq sur cinq, mais je n'ai pas l'intention de lui faire ce plaisir. Ni d'en écouter davantage.

Entre son pitoyable manifeste aux allures de vengeance, les réflexions silencieuses mais toujours mesquines de Stacia, les lamentations de M. Borden, qui se dit qu'il va gâcher une autre année de sa vie avec une nouvelle fournée d'élèves ingrats et indifférents (dont l'amas déconcertant de coupes de cheveux affreuses et de dégaines pires encore est somme toute identique d'année en année), les angoisses existentielles des uns et les petits tracas personnels des autres, le boucan est ingérable.

Trop déprimant.

Et absolument exténuant.

Alors je débranche et me lance dans une petite session de télépathie à travers le lycée avec Damen.

– *Dernière heure en cours de physique, jusqu'ici tout va bien. Et toi, tu en es où ?*

Je lui transmets cette pensée tout en me préparant à lever la main à l'appel de mon nom, habituée à être parmi les premières sur la liste alphabétique avec un nom de famille comme Bloom.

– *Cours de dessin, ou comment terminer la journée en beauté ! J'avais hâte ! Si seulement on pouvait y consacrer la journée entière… Tiens au fait, Mlle Machado est « enchantée » de me revoir. Elle me l'a dit texto. Elle n'a jamais vu pareil talent chez un individu si jeune. Elle veut même qu'on prévoie un moment pour discuter de mon avenir et de mes candidatures pour les écoles des beaux-arts.*

– *Et moi alors ? Est-ce qu'elle t'a dit de passer le bonjour à l'élève la plus nulle qu'elle ait jamais eue ? Ou bien est-ce qu'elle m'a volontairement rayée de ses souvenirs ?*

– *Ne sois pas si dure avec toi-même. Ta reproduction du Van Gogh était exceptionnelle.*

– *Si par « exceptionnelle » tu entends « bonjour l'horreur », alors oui, je suis bien d'accord avec toi ! Surtout rassure-la et dis-lui bien que je m'abstiendrai de remettre ça. Je dois rester motivée, au meilleur de ma forme autant mentale que physique, donc je ne peux pas courir le risque de perturber mon psychisme avec un nouveau semestre de bonhommes tous gluants. Bon, dis-moi, c'est quoi ton premier projet ? Un nouveau Picasso ? Une interprétation toute personnelle de Van Gogh ?…*

Il se moque gentiment.

– *L'impressionnisme, c'était bon pour l'an dernier. Non, je me sens plutôt d'humeur ambitieuse, j'ai envie de me lancer dans une fresque. De récréer la chapelle Sixtine. Tu sais,* peindre les murs et le plafond, et redonner un coup de jeune à la salle de dessin… Qu'est-ce que tu en penses ?

– J'en pense que, pour quelqu'un qui a pour règle d'or de toujours faire profil bas, ce n'est pas gagné !

J'éclate de rire, sans me rendre compte sur le coup que c'est tout haut, jusqu'à ce que Stacia me dévisage puis lève les yeux au ciel en lâchant tout bas : « Pauvre naze. »

Je me déconnecte aussi sec de Damen. À en juger par le visage renfrogné de M. Borden, je viens sans le vouloir de me mettre dans son collimateur. Et de me faire épingler, en l'espace de cinq minutes, dès le premier jour de la rentrée, comme un des éléments perturbateurs parmi les plus ingrats qui soient.

– Quelque chose vous amuse, mademoiselle…

Il incline la tête pour jeter un œil au plan de classe qu'il est en train d'établir.

– … Bloom ? Vous aimeriez peut-être nous en faire profiter ?

Le souffle coupé, je baisse les yeux, évitant par la même occasion le regard belliqueux de Stacia, le rictus amusé de Honor et les soupirs las de mes autres camarades, qui ne sont que trop habitués aux spectacles toujours lamentables que je leur offre.

J'ouvre mon nouveau manuel, puis fouille mon sac à la recherche d'un bloc de papier et d'un stylo, et découvre qu'au lieu de cela il est plein à craquer de tulipes. Comme une lettre d'amour de Damen, ces pétales rouges sont autant de mémos pour me rappeler de tenir le coup et me promettre que, quoi qu'il arrive, notre amour éternel est ce qu'il y a de plus important, la seule chose qui compte.

Je caresse une des tiges du bout de l'index, prenant le temps de remercier Damen en silence, avant de faire apparaître les fournitures dont j'ai besoin. Je referme mon sac, certaine que personne n'a rien vu, jusqu'à ce que je croise le regard de Honor qui m'observe attentivement, comme lors de cette fameuse journée sur la plage.

Un regard lourdement entendu, qui me laisse assez perplexe sur la quantité de choses qu'elle sait réellement sur moi.

Et alors que je m'apprête à creuser la question, à sonder son esprit de fond en comble pour en avoir le cœur net dès qu'elle se sera retournée vers le tableau, M. Borden me demande de faire la lecture. Frustrée, j'endosse le rôle de l'élève ambitieuse qui essaie de faire bonne figure en ce premier jour de rentrée.

– Hé, Ever, attends !

Bien que j'entende quelqu'un m'appeler dans mon dos, je continue d'avancer, guidée par mon instinct qui me conseille de l'ignorer.

Mais devant son insistance, je décide finalement de m'arrêter et me retourne. Je suis loin d'être surprise en apercevant Honor qui court pour me rattraper, même si c'est toujours bizarre de la voir seule, sans Stacia. Un peu comme s'il lui manquait un bras, une jambe ou tout autre élément indispensable à sa personne.

– Elle est aux toilettes, annonce-t-elle.

Elle me sonde de ses yeux noisette, et d'emblée répond à la question qu'elle devine dans mon regard.

– Soit pour une retouche maquillage, soit pour éliminer le smoothie aux fruits qu'elle a bu d'un trait ce midi, soit pour élaborer de nouveaux moyens de pression contre l'équipe de pom-pom girls… ou qui sait, peut-être les trois. J'en sais rien moi.

Elle hausse les épaules, tenant une pile de livres dans ses bras et me toise d'un air tranquille, de mes longs cheveux blonds à mes orteils vernis de rose.

– D'où ma seconde question : pourquoi tu te donnes autant de mal ? je demande en imitant son attitude.

Je détaille sa crinière brune ornée depuis peu de mèches rouges, son legging en jean noir, ses bottes noires à talons plats qui montent jusqu'aux genoux, et le gilet en maille fine moulant qu'elle porte sur un débardeur.

– Après tout, si tu la détestes autant, pourquoi tous ces stratagèmes ? Pourquoi ne pas passer à autre chose et vivre plutôt ta vie ?

– Donc tu lis bel et bien dans mes pensées, déduit-elle tout bas, souriant en coin.

Sa voix est si douce et si feutrée qu'on dirait presque qu'elle parle toute seule.

– Un jour, peut-être, tu m'apprendras…

– Ça, j'en doute.

Je soupire, à deux doigts de fouiller une fois de plus son esprit pour comprendre de quoi il retourne vraiment, puis je me souviens que mieux vaut faire preuve de patience et laisser les choses se dérouler à leur rythme.

– Dans ce cas, je demanderai à Jude.

Elle me fixe d'un air effronté, comme si c'était un test de sa part, voire une menace à peine voilée.

Mais je me contente de pincer les lèvres et de jeter un coup d'œil vers mon casier, impatiente d'y déposer tous les livres que j'ai déjà « lus » et d'aller rejoindre Damen qui m'attend dans sa voiture.

– Ne compte pas sur lui, je réplique, préférant ne pas penser à Jude, d'aucune façon que ce soit.

Hormis un ou deux textos par-ci par-là, juste pour prendre des nouvelles et m'assurer qu'il va bien, qu'il est toujours en vie et que Haven ne s'en est pas encore prise à lui, je n'ai pas vraiment eu l'occasion de discuter avec lui depuis la nuit où il a tué Roman.

Nuit où je me suis retrouvée dans l'étrange position de devoir malgré moi protéger la seule personne contre laquelle je suis fâchée, et que je serais bien tentée de tuer de mes propres mains.

— À ma connaissance, la télépathie n'est pas vraiment son rayon, j'ajoute, en changeant mon sac d'épaule.

Je lui lance un regard on ne peut plus explicite : *Je ne suis pas sûre de comprendre où tu veux venir, mais quoi qu'il en soit : accouche !*

Elle n'en fait rien.

— Tu n'as jamais eu envie de lui faire payer toutes ses vacheries ? souffle-t-elle, le regard perdu dans les détours du couloir.

Elle se retourne vers moi, d'un air très sérieux.

— Étant donné l'enfer qu'elle t'a fait endurer, entre ton exclusion, la vidéo sur YouTube, Damen…

Elle laisse sa phrase en suspens d'une façon théâtrale, espérant susciter en moi une quelconque réaction, mais elle peut toujours courir. Ce n'est pas demain la veille que je lui ferai ce plaisir.

— Bref ! reprend-elle d'un ton plus pressé.

Ayant déchiffré mon expression, elle comprend que je suis à deux doigts de la laisser en plan.

— Disons juste que je suis étonnée que tu ne te rallies pas à ce projet. Je pensais que tu serais la première partante, ou plutôt la seconde, juste après moi.

J'inspire un bon coup, piaffant d'impatience, pressée

comme jamais de partir et d'entamer, enfin, la partie réjouissante de ma journée.

— Bon, écoute, Honor, puisque tu tiens tant à considérer les choses sous cet angle, admets aussi que tu as toi-même été une sacrée garce avec moi.

Elle s'agite un peu, l'air gêné. Le mouvement est presque imperceptible, mais suffit à me convaincre. J'enchaîne :

— En fait, tu as même joué un rôle capital dans mon exclusion, tu le sais très bien, et n'oublie pas que tu te tenais à ses côtés le jour où elle a filmé cette vidéo de moi qui a fait le tour d'Internet. Même si ce n'était pas ton idée à la base, même si tu n'as fait que rester simple spectatrice, ça revient au même. Ça ne te rend pas moins coupable, au contraire : ça fait de toi sa complice. C'est ce qui arrive quand on ne tient pas tête à un tyran et qu'on choisit d'être dans son camp : on devient plus ou moins responsable de tout ce qu'il fait en notre présence. Pourtant, tu vois, je ne passe pas mon temps à te harceler ou à chercher un moyen de me venger. Et tu sais pourquoi ?

Je marque une pause, sentant que son intérêt pour ce que je dis est bien plus près de s'émousser que de s'emballer.

— Parce que ça n'en vaut pas la peine ! Parce que je n'ai pas de temps ou d'énergie à perdre. C'est à ça que sert le karma, en définitive : à compenser nos mauvaises actions par des bonnes. Sérieusement, je te conseille de renoncer à ton petit stratagème. Non seulement ce n'est pas malin, mais en plus c'est une énorme perte de temps. Tu n'es pas aussi innocente que tu veux bien le croire, Honor, et ce genre de manigances a tendance à te retomber dessus sans prévenir, comme un boomerang.

Je m'abstiens d'ajouter que j'en sais quelque chose, que j'en ai moi-même fait l'expérience il n'y a pas si longtemps.

64

Elle me scrute, les yeux en partie masqués par sa frange, puis opine d'un air railleur.

— Le karma ? répète-t-elle en roulant des yeux. Désolée de te le dire, Ever, mais là j'ai l'impression d'entendre Jude quand il nous bassinait avec ses histoires de bon et de mauvais mojo ! Sérieux, pose-toi plutôt cette question : d'après toi, à quand remonte la dernière fois où Stacia s'est souciée de son karma ? Au cas où tu ne l'aurais pas remarqué, elle vit sa vie comme bon lui semble, en faisant ce qu'elle veut, à qui elle veut. Toi, ça ne te fait peut-être ni chaud ni froid, et tu te complais à jouer les victimes de ses crasses incessantes, mais moi j'en ai marre. Ras-le-bol de son petit manège. Tu es au courant qu'elle a essayé de brancher Craig dans l'unique but de me faire souffrir ? De me montrer qui est la star, et qui est constamment reléguée en seconde position ?

Je la regarde sans piper mot, tandis que le couloir se vide autour de nous et que tout le monde se rue vers la sortie. Tout le monde sauf nous, donc.

Mais Honor enchaîne sans tenir compte de l'heure ou du fait que nous aussi ferions bien de partir. Elle reprend à voix basse, d'un ton grave.

— Dommage pour elle, ça a capoté. N'empêche, quel genre d'amie est-elle pour faire une vacherie pareille ?

— C'est pour ça que vous avez rompu, Craig et toi ?

Au fond, je me fiche pas mal de la réponse. Je sais déjà la vérité sur Craig et sur la vraie nature de ses inclinations. En revanche, j'ignore si elle, elle le sait.

— Non, on a rompu parce qu'il est homo, répond-elle d'un air un peu déçu. Et ça, je ne peux vraiment rien y faire. Surtout, ne le dis à personne…

65

Elle lève les yeux vers moi, subitement paniquée, désireuse de le protéger et de garder son secret, mais je la rassure d'un simple geste de la main, n'ayant aucun goût pour ce type de ragots.

— Bref, écoute, Ever, je suis sincèrement désolée d'avoir été, disons… complice, si ça te plaît d'utiliser ce mot, mais c'est du passé. Aujourd'hui, je n'ai pas l'intention de te nuire. À condition que toi aussi tu me laisses tranquille.

Curieuse de savoir si c'est encore une menace déguisée, je m'apprête à rétorquer que, franchement, j'ai d'autres chats à fouetter, qu'arbitrer sa confrontation avec Stacia pour savoir qui sera finalement la plus populaire du lycée, merci bien, mais très peu pour moi… quand j'aperçois Haven.

Elle se tient à l'autre bout du couloir, son regard verrouillé au mien, et soudain tout se fige, excepté son énergie glaciale, sa haine cinglante et sans bornes, et cet index provocateur qu'elle pointe sur moi.

Sans réfléchir, je fonce. La voix de Honor se réduit à un lointain bourdonnement dans mon dos à mesure que je cours après la traîne de la robe azur. Aérienne, fascinante, Haven disparaît à un angle du couloir, et j'accélère pour qu'elle ne m'échappe pas.

six

Je m'immobilise devant la porte, les yeux fermés, et prends le temps de m'accorder une méditation minute, comme Ava me l'a appris, histoire de renforcer mes pouvoirs. J'imagine qu'une vive lumière blanche me traverse le corps de part en part et imprègne chacune de mes cellules, tout en cherchant d'une main anxieuse le talisman que je porte autour du cou. Cette grappe de cristaux est censée me protéger du mal et veiller sur mes chakras, en particulier sur le cinquième, siège du manque de discernement, mon principal point faible qui, s'il est pris pour cible, me condamnera aux abîmes éternels.

J'en profite aussi pour contacter Damen et lui faire savoir qu'il y a de fortes chances pour que l'instant T soit arrivé, non sans lui rappeler sa promesse de ne pas intervenir, sauf si je l'appelle expressément à l'aide.

Sur ce, je prends une profonde inspiration, ouvre brusquement la porte, avance sur le carrelage rose hideux et m'arrête juste avant la rangée de lavabos blancs fixés au mur des toilettes. Détendue, les bras le long du corps, je regarde Haven ouvrir d'un coup de pied toutes les portes des cabines jusqu'à la dernière, pour s'assurer que nous sommes seules. Satisfaite, elle se retourne vers moi, les mains sur les hanches, penche la tête de côté et me dévisage avec une curiosité malsaine qui ne gâte en rien la beauté toute neuve de ses traits.

— Et ainsi débute notre dernière année !

Son regard est encore plus narquois que le sourire qu'elle m'adresse sous l'éclairage au néon, une lumière que le saphir sur son front accroche d'une façon aveuglante.

— Comment ça se passe, pour l'instant ? Tes profs, ton emploi du temps… est-ce que c'est conforme à tes rêves les plus fous ?

Pour toute réaction, je hausse les épaules, refusant d'entrer dans son jeu. C'est typiquement le genre de joutes verbales inutiles dans lesquelles Roman adorait se lancer et, vu que je n'y jouais déjà pas avec lui, ce n'est sûrement pas avec elle que je vais commencer.

Haven continue de m'observer, pas le moins du monde découragée par mon silence. Au contraire, ça ne fait que l'inciter à poursuivre :

— Pour ma part, ça se présente encore mieux que prévu ! J'imagine que ma nouvelle popularité ne t'a pas échappé. D'ailleurs, je n'arrive pas à me décider entre me présenter pour intégrer l'équipe de pom-pom girls ou pour devenir déléguée de classe, voire les deux. À ton avis ?

Elle s'interrompt pour me laisser le temps de réfléchir à la question mais, voyant que je n'en fais rien, elle ajoute :

— C'est vrai, regardons les choses en face : sans être imbue de moi-même, on peut dire sans trop s'avancer que je peux désormais faire ce que je veux. Je parie que tu as remarqué tous ces regards sur moi, tous ces gens qui me suivent à la trace… C'est comme…

Son regard se met à briller, ses joues à rosir violemment, tandis qu'elle se berce dans un élan de pure vanité.

– Comme si j'étais une rock star, quelque chose comme ça : ils ne peuvent plus se passer de moi !

Je soupire, assez fort pour qu'elle le remarque. Et, à son regard suffisant, je riposte d'un air blasé :

– Crois-moi, je n'en ai pas perdu une miette, Haven.

Réplique qui efface aussitôt son sourire triomphant.

– Dommage que ce ne soit qu'un leurre. Tu en as conscience, pas vrai ? C'est toi qui provoques cet engouement, qui les attires volontairement, les prives de tout choix, de leur libre arbitre, comme Roman le faisait. Ce n'est pas la réalité…

Elle s'esclaffe, rejetant ces mots d'un geste dédaigneux, puis se met à tourner autour de moi, lentement, avant de se planter devant moi.

– Dis donc… je te sens un peu dépitée, je me trompe ? raille-t-elle, avec un rictus moqueur. Franchement, c'est quoi, ton problème, Ever ? Tu es jalouse parce que j'ai enfin réussi à accaparer la meilleure table, alors que toi, tu restes une pauvre naze, définitivement coincée dans le clan des losers ?

Je lève les yeux au ciel en repensant à mon ancienne vie dans l'Oregon, quand j'étais un cliché ambulant. Cette apparente simplicité, ce code du conformisme, qui semblait si simple à appliquer à l'époque, m'a certes manqué un temps, mais je n'y reviendrais pour rien au monde aujourd'hui. Ça ne me tente pas.

– Jalouse de toi, moi ? Ça ne risque pas. En revanche, je suis surprise de voir à quel point tu adhères à cette nouvelle popularité. Vu comme tu te payais leur tête, avant… Mais bon, je suppose que c'était juste une feinte, pour masquer le fait qu'en réalité tu crevais d'envie d'être

l'une des leurs. Tu semblais t'en moquer quand ils te sno-
baient, alors qu'à l'évidence c'était tout le contraire.

Je lui décoche un regard compatissant qui, à en croire
l'éclair dans ses yeux, ne fait qu'attiser sa fureur.

— Cela dit, je doute que tu m'aies fait venir ici pour
cette raison, j'ajoute, pressée d'entrer dans le vif du sujet.
Alors, vas-y, crache le morceau ! Qu'est-ce que tu peux bien
avoir de si crucial à me dire, pour que ça ne puisse pas
attendre ou être révélé ailleurs que dans ces toilettes
immondes ?

Sans la quitter du regard, j'attends qu'elle explose, tout
en me répétant en silence les promesses que je me suis
faites...

Je ne déclencherai pas la bagarre.

*Je ne frapperai pas la première, ne ferai rien qui aille dans
ce sens.*

*Je tenterai d'abord toutes les autres options avant même
qu'on puisse en arriver là.*

*Je mettrai fin à ses jours uniquement si les miens ou ceux
d'une autre personne sont menacés.*

Je lui laisserai le soin de donner l'assaut.

*Mais dès lors qu'elle passera à l'acte, je ne réponds pas de
ce qui lui arrivera...*

Les yeux levés au ciel, elle pousse un soupir exaspéré, et
me regarde d'un air de dire que je lui fais vraiment pitié.

— Voilà que madame a peur d'être surprise à traînasser
dans les toilettes le jour de la rentrée !

Tout en faisant claquer sa langue, elle lève la main pour
admirer la panoplie de bagues argentées et bleues qu'elle
porte à chaque doigt.

— Tu t'obstines à essayer de te comporter comme une
fille normale, pour ne pas dire d'une banalité ridicule, et

ça, ça me dépasse ! Franchement, pour une immortelle, t'es vraiment une calamité. Roman avait raison : vous êtes des minables, Damen et toi.

Elle expire, exhalant une bouffée d'air qui répand une bourrasque glaciale à travers la pièce.

– Qu'est-ce que tu espères en contrepartie, au juste ? Une médaille ?... Un joli certificat encadré, qui confirmerait noir sur blanc que, oui, tu es la chouchoute du prof ?

Elle tire la langue en louchant, une grimace qui me rappelle l'ancienne Haven, celle avec qui j'étais autrefois amie, mais ce souvenir est aussitôt éclipsé par la suite :

– Et surtout, qu'est-ce que ça peut bien te faire ? Au cas où tu ne l'aurais pas remarqué, le règlement de l'école ne sert pas à grand-chose pour les êtres que nous sommes. On peut faire ce qui nous chante, quand ça nous chante, et personne ne peut nous en empêcher. Alors d'une, il faut sérieusement que tu te détendes, et de deux, tu ferais bien d'utiliser tes talents de lèche-bottes à de meilleures fins. Parce que s'il y a bien quelqu'un que tu devrais te mettre dans la poche, c'est moi, affirme-t-elle en me fixant de son regard d'acier. Déjà que tu nous as privés de Damen... Depuis qu'il sort avec toi, bonjour l'ennui, ce mec.

Elle prend le temps de me faire un grand sourire, toute contente de sa pique.

– Cela dit, j'envisage de m'inscrire dans son cours avancé de littérature anglaise, auquel cas je m'assiérai peut-être à côté de lui. Tu n'y vois pas d'inconvénient, au moins ?

Haussant les épaules, j'observe mes ongles qui sont propres, limés, polis, et si courts qu'en fait j'en ai vite fait le tour. Mais pas question que je cède à son harcèlement, et encore moins que je lui donne satisfaction.

Sauf que, peu importe ma réaction, elle préfère de toute façon s'écouter parler.

— Il n'y a pas à dire, il a vraiment perdu ce côté mauvais garçon qui me plaisait tant chez lui, bien que je sois prête à parier qu'il en a encore une bonne dose enfouie au fond de lui. Tout au fond...

Devenu pétillant, son regard se pose sur moi.

— Car quand un trait de caractère aussi enraciné traverse les siècles, difficile de s'en débarrasser complètement, si tu vois ce que je veux dire...

Non seulement je ne vois pas du tout, mais en plus il n'y a pas moyen que je lise dans ses pensées à son insu car son bouclier psychique est bien trop puissant. Seule solution : faire comme si ça me passait au-dessus de la tête, comme si ses paroles ne suscitaient en moi ni curiosité ni intérêt, alors que, j'ai honte de l'admettre, c'est loin d'être le cas.

Elle sait quelque chose. Ça, en tout cas, j'en suis certaine. Ce n'est pas du bluff de sa part. Elle est au courant de quelque chose sur Damen, sur son passé, et elle crève d'envie que je lui arrache des aveux.

Raison de plus pour ne pas broncher.

— Comme tu l'auras deviné, Roman m'a raconté un tas de trucs assez sordides. Tu es sans doute déjà au courant d'une bonne partie, donc inutile de revenir dessus, quoique... Figure-toi que, pas plus tard que l'autre jour, je faisais du tri dans ses affaires, quand je suis tombée sur cette pile de carnets.

Elle s'interrompt, pour bien me laisser le temps d'imprimer.

— Si tu avais vu ça : des paquets entiers de journaux intimes, dans des cartons pleins ! Il se trouve que Roman consignait tout par écrit. Il a tenu des centaines, voire des milliers de livres de bord – je ne sais pas, j'ai perdu le fil à force de compter. Bref, de ce que j'en ai vu, les notes remontent à des siècles. Roman ne se contentait pas de collectionner les antiquités et les bibelots. Il était aussi amateur d'Histoire. Son histoire… Celle des Immortels. Il y a des photos, des portraits, des cartes, des lettres – la totale. Contrairement à Damen, Roman entretenait ses relations. Il ne menait pas sa petite vie en égoïste en laissant les autres orphelins se débrouiller tout seuls, lui. Il veillait sur eux. Et, au bout de cent cinquante ans, quand l'élixir a commencé à se dissiper, il en a fabriqué un autre, un mieux. Ensuite, il a retrouvé la trace de chacun pour leur en fournir. Et il a gardé le contact durant toutes ces années, sans jamais laisser tomber personne. Pas une seule fois il n'a abandonné quelqu'un en difficulté, en train de dépérir, voire de mourir, comme Damen l'a fait. S'il y a eu des désaccords entre vous, c'est parce qu'il avait de bonnes raisons : vous étiez ses seuls ennemis. Les seuls à le considérer comme un immortel nuisible, qui méritait de mourir. Pour tous les autres, c'était un héros. Il a pris soin d'eux, leur a offert le meilleur de la vie éternelle. Contrairement à vous deux, il croyait au partage des richesses et il l'appliquait volontiers avec ceux qu'il en estimait dignes.

Je plisse les yeux, encore plus qu'ils ne le sont déjà, ma patience étant à bout, et bien décidée à le lui faire savoir.

— Dans ce cas, dis-moi, Haven : comment se fait-il qu'il n'ait rien partagé avec toi ?

Je plante dans le sien un regard foudroyant.

— Pourquoi toute cette comédie… pourquoi m'avoir poussée, moi, à te transformer ?

– On en a déjà parlé, réplique-t-elle d'un ton désinvolte. Roman voulait s'amuser un peu, c'est tout. À aucun moment je n'ai été en danger. Sinon, il m'aurait tout de suite tirée d'affaire.

Elle roule des yeux, visiblement agacée par mon interruption.

– Bref, reprend-elle, en insistant lourdement sur le mot. Pour en revenir aux photos, aux carnets et tout... disons, en résumé, que certaines choses pourraient sérieusement t'intéresser...

Elle s'arrête, escomptant une fois de plus que je vais saisir la perche et la supplier de tout me dire.

Elle a de l'espoir.

Cependant, j'avoue que ses propos me font penser aux allusions que Roman faisait – tout comme Jude – quand il laissait entendre que le passé de Damen renfermait un lourd secret. Depuis hier, je repense sans cesse à l'épisode de la rotonde, quand je suis tombée par hasard sur une vie antérieure que Damen essayait à tout prix de me cacher... Mais je ne peux pas faire ce plaisir à Haven. Lui montrer qu'elle a gagné, que je suis suspendue à ses lèvres, et que ces révélations au compte-gouttes commencent à me mettre les nerfs en pelote. Cette fois, elle ne m'aura pas.

Alors, au lieu de ça, je pousse un soupir comme si je m'ennuyais à mourir, d'un air de dire : vas-y, raconte ce que tu veux, je m'en fiche comme de l'an quarante.

Ce à quoi elle réagit d'un froncement de sourcils amusé.

– Arrête ton cinéma avec tes soupirs et tes haussements d'épaules, Ever ! Je sais que tu crèves d'envie de savoir, et je te comprends ! Damen te cache des choses. De terribles secrets croustillants, bien lourds et bien noirs.

Elle se tourne vers le miroir, s'admire un instant puis se

penche en faisant bouffer un peu ses cheveux, l'air subjugué par le reflet renvoyé.

– Enfin soit. Pas de problème. Je garde tout ça pour une prochaine fois. Je sais : pour toi, le passé, c'est le passé. Mais quoi que tu en penses, un jour ou l'autre il y a un retour de bâton. Bref. Damen est si fort, si ténébreux et séduisant… Peu importe les atrocités qu'il a pu commettre au cours des cent dernières années, pas vrai ? Tout le monde s'en fiche, non ?

Les sourcils en circonflexe, elle penche la tête, laissant sa cascade luisante de cheveux bruns s'étaler sur le devant de sa robe. Puis elle se retourne lentement et s'avance vers moi à pas mesurés, tortillant une mèche entre ses doigts, redoublant d'efforts pour me déstabiliser.

– La seule chose dont tu dois te soucier pour l'instant, c'est ton avenir. Car, comme nous le savons toutes les deux, il risque de ne pas être aussi long que prévu. Tu te doutes bien que je ne vais pas te laisser vivre indéfiniment. Crois-moi, tu pourras déjà t'estimer heureuse si je te laisse finir le trimestre.

Elle s'arrête à quelques centimètres de moi, le regard brillant, agressif, et fait miroiter ces mots sous mon nez comme une pomme devant Ève, m'implorant presque de mordre dedans.

Je déglutis nerveusement mais veille à répliquer d'une voix ferme :

– Damen et moi ne nous sommes jamais rien caché. Et je le connais par cœur : il a une belle âme. Donc, à moins que tu aies quelque chose à ajouter, *ciao* !

Je m'élance vers la porte, ayant toutes les intentions de partir, d'en finir avant que tout ça aboutisse à une impasse, mais je n'ai pas le temps de faire trois pas qu'elle me bloque déjà le passage.

L'air mauvais, les pupilles rétractées comme deux poignards, elle croise les bras sur sa poitrine.

– Où est-ce que tu crois aller, comme ça, Ever ? Je suis loin d'en avoir fini avec toi.

sept

Je fixe ses yeux, son visage, consciente que je n'ai qu'une poignée de secondes devant moi pour choisir entre forcer le passage et nous laisser à toutes les deux un peu de temps pour nous calmer, ce qui nous ferait le plus grand bien, ou rester plantée là et tenter de la raisonner, ou tout au moins de lui faire croire que pour cette fois elle a « gagné ».

Mon silence lui fournit le stimulant dont elle avait précisément besoin pour reprendre là où elle s'était arrêtée.

— Tu espères sincèrement me faire avaler ça ? Damen et toi n'avez aucun secret l'un pour l'autre ?

Son ton s'accorde parfaitement à son air méprisant.

— Tu es sérieuse ? Pas un seul ?

Elle rejette la tête en arrière et part d'un grand éclat de rire, exposant un cou d'un blanc laiteux parsemé de bijoux, et laissant entrapercevoir un tatouage d'ouroboros aux couleurs vives. Il me rappelle celui que Roman avait, ainsi que Drina avant lui, à cette différence que celui de Haven est beaucoup plus petit et se dissimule facilement sous sa crinière. Forte d'une assurance tout à fait disproportionnée, elle prend mon silence pour de la crainte.

— Mais bien sûr ! raille-t-elle en battant des cils. Arrête de te faire des illusions, ma petite, et n'essaie même pas de m'embobiner. Six cents ans, c'est sacrément long, ni toi ni moi ne pouvons imaginer ce que ça représente. N'empêche, ça suffit amplement pour accumuler quelques squelettes bien sordides dans le placard. Tu ne penses pas ?

Elle sourit, le regard dément, entourée d'une aura qui lui colle à la peau, si agitée et si intense que mon objectif se résume désormais à la tenir en échec. À l'empêcher de s'engager dans une voie qu'elle ne pourrait que regretter.

— Tout ça ne me concerne pas, je réponds en veillant à garder un ton calme et ferme. Notre passé nous forge peut-être, mais il ne nous détermine pas. Donc il n'y a pas de quoi débattre.

Je m'efforce de ne pas ciller en la voyant se tourner brusquement vers moi, les sourcils froncés, le visage si près du mien que je sens son souffle glacial me fouetter la joue et entends le tintement de ses boucles d'oreilles, dont les rangs de pierres précieuses oscillent et s'entrechoquent.

— C'est vrai. Mais je te le répète, certaines choses ne changent jamais. Certains… appétits, disons, deviennent de plus en plus insatiables, si tu vois ce que je veux dire.

Je reviens sur mes pas, vers les lavabos, m'appuie contre l'un d'eux et lui lance un regard en soupirant. Je veux qu'elle sache à quel point je m'ennuie à mourir. Malheureusement pour moi, elle s'en contrefiche. Ici c'est elle le metteur en scène, elle la vedette, et ce spectacle d'un genre un peu particulier est encore loin d'être terminé.

— Ça ne t'inquiète pas, au fond ?...

Elle s'avance, réduisant la distance qui nous sépare à quelques pas.

— De savoir que tu ne pourras jamais vraiment satisfaire ses véritables besoins, qui sont ceux de n'importe quel garçon, d'ailleurs ?

Je commence à détourner les yeux, j'essaie de toutes mes forces... mais quelque chose m'en empêche. Elle. Bizarrement, mon regard est vissé au sien.

— Tu n'as jamais peur qu'il finisse par se lasser à force d'abstinence et d'angoisses existentielles, à tel point qu'il n'ait plus le choix que d'aller voir ailleurs en douce, en quête d'un peu de « soulagement », si j'ose dire ?

Je respire calmement. Rien de plus. Inspiration, expiration, je la regarde, concentrant mon attention sur la lumière qui m'habite et m'efforçant coûte que coûte de ne pas paniquer face à la soudaine perte de contrôle qui m'assaille.

— Moi, à ta place, je m'inquièterais carrément ! Ce que tu lui demandes est juste... contre nature, non ?

Elle se frotte les bras en faisant mine de frissonner, comme si c'était trop affreux, inconcevable, comme si, d'une certaine manière, ça l'affectait plus elle que moi.

— Enfin, bon, je te souhaite bien du plaisir de ce côté-là. Du moins, pour le temps que ça durera.

Elle me libère de son emprise mais continue de m'observer sous tous les angles. S'amuse de me voir trembler malgré moi, essayer de ne pas montrer à quel point elle m'a troublée.

Ses lèvres se retroussent légèrement.

— Qu'est-ce qui se passe, Ever ? Tu m'as l'air un peu... contrariée.

Je m'applique à respirer profondément, pesant une fois de plus le pour et le contre entre foncer vers la sortie ou la laisser continuer son numéro. Je choisis finalement de rester, dans l'espoir de la ramener un tant soit peu à la raison.

— *T'es sérieuse, là ? C'est pour ça que tu m'as fait venir dans les toilettes ? Pour me faire part de tes inquiétudes à propos de Damen et de ma vie sexuelle ?* je lâche mentalement, comme si j'avais bien trop la flemme de le lui dire à voix haute.

— *Parle plutôt de ta vie de nonne !*

Elle éclate de rire.

— Crois-moi, Ever, je vois beaucoup plus grand en ce qui te concerne, reprend-elle à voix haute. Et grâce à toi, j'ai à la fois le temps et le pouvoir de mener mes projets à bien !

Elle me toise de la tête aux pieds.

— Tu te souviens de ce que je t'ai dit la dernière fois qu'on s'est vues ? La nuit où tu as tué Roman ?

Je m'apprête à nier, mais je me ravise. Inutile de revenir encore là-dessus, on tourne en rond. Il n'y a pas moyen de la faire changer d'avis. En dépit des aveux complets de Jude, elle persiste à me tenir responsable de ce désastreux cafouillage, et je ne peux absolument rien y faire.

— Le fait que tu n'aies pas porté le coup fatal n'est pas une excuse. Tu n'en es pas moins complice.

Elle sourit de toutes ses dents, puis recommence son numéro d'inspection des cabines, d'un coup de pied dans chaque porte. Elle reprend, un violent claquement ponctuant chacun de ses mots :

— Ce n'est pas ce que tu as dit à ta chère copine Honor, tout à l'heure ? Car vois-tu, Ever, le fait est que tu étais là quand Jude a fait irruption, mais tu n'as rien tenté pour le retenir. Tu es restée les bras croisés, sans bouger d'un pouce pour essayer de venir en aide à Roman. Voilà pourquoi tu es complice à part entière. Je ne fais que retourner ton propre argument contre toi !

Elle s'immobilise, me fixe, et laisse ses paroles se graver dans un silence pesant, afin de me faire savoir qu'elle ne se contente pas d'espionner mes conversations, qu'elle est capable de bien pire.

D'un geste pacificateur, je lève les mains devant moi, paumes face à elle, dans une ultime tentative de désamorcer la situation.

— On n'est pas obligées d'en arriver là.

Je la considère avec attention.

— Rien ne t'oblige à faire ça. Il doit bien y avoir un moyen pour qu'on coexiste. Pour que tu renonces à…

Mais je n'ai pas le temps de terminer ma phrase que sa voix couvre brusquement la mienne, son regard sombre est dur comme la pierre :

— Ne te fatigue pas. Tu ne me feras pas changer d'avis.

Elle est très sérieuse, je le lis dans ses yeux. Mais tant pis, l'enjeu est trop important, je suis forcée d'insister.

— OK. Tu es déterminée à mettre ta menace de mort à exécution et tu crois que je ne pourrai rien contre toi ? Pense ce que tu veux, mais je te le dis : ça reste à voir. En attendant, avant de t'engager dans quelque chose que tu vas regretter, sache que tu perds ton temps. Au cas où tu ne l'aurais pas saisi, ce qui est arrivé à Roman me fait autant de peine qu'à toi. Je sais, c'est dur à croire, pourtant c'est vrai. Je ne peux pas revenir en arrière, je suis arrivée trop tard et j'ai manqué de réflexe face à Jude, mais je n'ai jamais voulu sa mort. J'avais fini par mieux cerner qui était vraiment Roman, comment il fonctionnait et pourquoi il agissait comme il le faisait. Et, pour toutes ces raisons, je lui avais pardonné. Voilà pourquoi je suis allée le voir ce soir-là, pour avoir une chance de lui expliquer une fois pour toutes que j'en avais marre de me battre, que je voulais qu'on fasse la paix. Et je venais de le convaincre, on venait de se mettre d'accord pour se serrer les coudes quand Jude a débarqué, tout interprété de travers, et… la suite, tu la connais. Mais, Haven, je te le répète : je n'ai rien vu venir ! Sinon jamais je n'aurais laissé les choses en arriver là. Le temps que je réalise ce qui se passait, il était déjà trop tard. Ç'a été un tragique malentendu, rien de plus. Ce n'était ni perfide ni prémédité, rien de ce que tu crois.

J'ai beau ne pas être tout à fait convaincue de ce que j'avance, je suis prête à tout pour la faire changer d'avis.

Jude a-t-il oui ou non vraiment mal interprété la situation et simplement cherché à me protéger, ou ses intentions étaient-elles bien plus noires — m'empêcher de récupérer l'antidote pour pouvoir enfin m'abattre, après que je l'eus repoussé pendant des centaines d'années, par exemple ? Ça, c'est une question que je rumine depuis la nuit du désastre. Et pour l'instant, je ne suis parvenue à aucune conclusion.

— Il a cru que j'étais en danger, complètement dépassée et sous l'emprise d'un sortilège. Il a réagi instinctivement, ni plus ni moins. Alors tu peux t'en prendre à moi autant que tu veux, mais laisse Jude en dehors de ça, d'accord ?

J'ai beau argumenter, je me heurte à un mur. Les mots glissent sur elle comme la pluie sur un imper, laissant une légère trace dans leur sillage mais sans la marquer pour de bon.

— Si tu tiens à protéger Jude, c'est ton problème.

Elle hausse les épaules, d'un air de dire que sa vie lui importe autant que le nom du boys band de l'été dernier.

— Mais je préfère te prévenir, pour ça, tu n'as qu'une solution : lui faire boire l'élixir. Autrement, le combat est perdu d'avance pour lui. Il n'en ressortira pas vivant. Pas contre moi.

Elle remet ça avec les portes des cabines, enchaînant les coups de pied à toute vitesse, donnant une impression de mouvement confus et bruyant.

Je n'ai aucune intention de transformer Jude, ni qui que ce soit d'autre d'ailleurs. Mais à défaut de la persuader de le laisser tranquille, il me reste un dernier argument. Je sais qu'elle n'est pas au courant de ce que je m'apprête à lui dire et que cela risque de la rendre encore plus folle de rage, mais tant pis. Il faut qu'elle sache ce que son prétendu cher et tendre Roman avait en tête.

— Bon, écoute, Haven…

Le regard impassible, je veux qu'elle comprenne que je ne suis ni impressionnée ni intimidée par ses prouesses de karatéka.

— Si je ne t'ai rien dit jusqu'ici, c'est parce que je n'en voyais pas l'utilité, et je ne voulais pas te faire souffrir davantage après tout ce que tu as enduré. Mais sache que Roman avait prévu de partir.

Les yeux plantés dans les siens, je la vois tressaillir très légèrement, assez pour me convaincre de m'engouffrer dans la brèche et d'enchaîner sans ménagements.

— Il comptait retourner vivre à Londres, dans « cette bonne vieille Angleterre », comme il disait. Pour lui, Laguna Beach tournait trop au ralenti, il ne s'y passait pas grand-chose, et cette ville ne lui manquerait pas du tout… ni elle ni personne.

Haven se racle la gorge et repousse la frange devant ses yeux. Deux des manies qui l'ont toujours trahie, preuves qu'au fond elle n'a pas tant changé que ça, qu'une bonne part de ses peurs et de ses doutes passés ont réussi à subsister. Pour autant, elle me sert le coup de la fille faussement blindée.

– Bien tenté, Ever. C'est pitoyable, mais je suppose que ça valait le coup d'essayer, pas vrai ? Le désespoir mène à tout, c'est bien ce qu'on dit ? Si quelqu'un en sait quelque chose, c'est bien toi.

Je croise les mains devant moi, attentive, comme si on était juste deux bonnes copines plongées dans une sympathique petite discussion.

– Tu peux faire la sourde oreille autant que ça te chante, ça n'en reste pas moins vrai. Il me l'a avoué cette nuit-là, il m'a tout raconté. Il se sentait oppressé, asphyxié, il disait qu'il avait besoin de prendre ses distances. De partir loin, pour une ville plus grande, plus animée, un endroit où il ne serait plus question de boutique, de Misa, de Rafe, de Marco et, bien entendu, de toi…

Elle cale ses mains sur sa taille, luttant pour paraître forte, dure, de marbre, mais son corps, secoué de légers tremblements, indique tout le contraire.

– Ben voyons.

Elle se renfrogne, pianotant des pouces sur ses hanches et levant les yeux au ciel avec exagération.

– Tu veux me faire croire que Roman aurait choisi de te confier tout ça, sans en avoir parlé à la personne avec laquelle il partageait son lit, à savoir moi ? Franchement, Ever, je n'ai jamais rien entendu d'aussi ridicule et pathétique, même venant de toi !

Je ne réplique pas tout de suite, certaine qu'elle est en train de mordre à l'hameçon, que mes paroles commencent à faire effet. Je l'observe attentivement, consciente d'en avoir peut-être un peu rajouté, brodant ici et là, mais le fond du problème est le même. Roman comptait la plaquer, et malgré tout elle est résolue à nous supprimer, Jude et moi, pour le venger.

— Il savait que tu en ferais toute une histoire s'il te le disait, et tu sais à quel point il détestait ce genre de confrontations. Personne ne dit qu'il ne tenait pas à toi, Haven. Non, je suis persuadée qu'il t'aimait bien. Mais ne t'y trompe pas : il n'était pas amoureux de toi. Il ne t'a jamais aimée. Tu étais la première à le dire. Souviens-toi, tu disais même que, dans un couple, il y en a toujours un qui aime plus que l'autre : c'est bien ce que tu affirmais ? Tu es même allée jusqu'à admettre que dans votre cas c'était toi. Ce n'est pas ta faute. Donc ne prends pas les choses trop à cœur, et ne culpabilise pas. Car Roman était absolument incapable d'aimer quiconque. Lui-même n'avait jamais connu le véritable amour. Sa seule expérience qui s'en rapprochait, c'était ses sentiments pour Drina. Encore que, ça tenait plus de l'obsession. Il ne pouvait penser à autre chose qu'à elle. Tu te souviens quand il s'enfermait dans sa chambre pendant des heures et des heures ? Tu veux que je te dise ce qu'il faisait ? Il essayait de rétablir le contact avec l'âme de Drina, pour ne plus se sentir aussi seul au monde. Elle était l'unique personne sur Terre à laquelle il ait jamais tenu en six cents ans d'existence. Ce qui, excuse-moi de te le dire, te ramène au rang de simple trophée à son tableau de chasse.

Elle reste calme, à tel point que je commence à me demander si je n'y suis pas allée un peu fort ; mais finalement, je décide d'enfoncer le clou.

— Tu as juré de venger la mort d'un mec qui comptait te larguer à la première occasion !

Haven me fusille du regard, les yeux si plissés que j'arrive à peine à en distinguer les pupilles, et les sourcils froncés à l'extrême ; le saphir qui orne son front émet un sombre et sinistre éclat. Brusquement, l'eau se met à gicler des robinets, les distributeurs de savon pompent à tout-va, les chasses d'eau se déclenchent, les sèche-mains vrombissent et les rouleaux de papier toilette volent à travers la pièce, ricochant d'un mur à l'autre.

Bien sûr, je sais que c'est elle qui orchestre tout ça, mais impossible de dire si c'est voulu ou juste une conséquence de la colère incontrôlable que j'ai déclenchée en elle.

Quoi qu'il en soit, ça ne me décourage pas. Maintenant que je sais que mes arguments ont prise sur elle, je ne vais pas m'arrêter en si bon chemin.

Je m'avance le long des lavabos, refermant un à un les robinets d'un geste calme.

– Toute cette histoire de vengeance est complètement absurde, Haven. Ta grande idylle avec Roman n'était rien de plus qu'une passade. Pourquoi perdre ton temps à venger un passé qui n'a jamais vraiment existé, alors que ton propre avenir t'attend, et que tu peux le façonner à ta guise ?

J'ai à peine le temps de finir ma phrase qu'elle me fonce dessus.

Elle se jette sur moi et me projette violemment à travers la pièce, m'envoyant m'écraser contre le mur carrelé. Je me cogne la tête si fort que le choc répand un horrible bruit sourd autour de nous ; un filet de sang frais ruisselle de l'entaille dans mon crâne jusque sur ma robe.

Je vacille en avant, me rattrape sur une jambe et reviens finalement en arrière, à ma position initiale. Je tangue, m'efforce de retrouver mes esprits, mon équilibre, mais je me sens si mal, tellement dans les vapes que je suis incapable de repousser les mains qui me plaquent les épaules contre le mur et me clouent sur place.

Son visage se fige, menaçant, à quelques centimètres du mien.

— C'est là que tu te trompes, Ever : je n'ai pas seulement juré de venger Roman, mais aussi de me venger de toi.

Elle me transperce d'un regard assassin, si agressif que je ne peux m'empêcher de détourner et fermer les yeux pour me protéger. Je sens son souffle mordant sur ma joue, ses lèvres venimeuses dans mon cou, pendant qu'elle savoure tranquillement sa victoire, appuyée contre moi.

Peu à peu, le mobilier revient en place, les chasses d'eau se font silencieuses, les sèche-mains s'éteignent. Des coulées de savon se répandent lentement sur le sol.

D'une voix râpeuse, Haven chuchote à mon oreille :

— Tu as détruit ce qui comptait le plus pour moi. Et c'est toi qui as fait de moi celle que je suis aujourd'hui. Alors si quelqu'un doit s'en vouloir ici, c'est toi. Si je suis devenue comme ça, c'est à cause de toi. Et maintenant, tu as décrété que ça ne te plaisait pas et tu es déterminée à me neutraliser ?

Elle recule un peu pour mieux me scruter, et laisse glisser dangereusement ses doigts près du talisman pendu à mon cou.

— Eh bien, c'est fort dommage…

Hilare, elle bouscule d'une chiquenaude la grappe de pierres, ce qui me met à cran.

— C'est toi qui as choisi de me faire boire l'élixir, de me transformer et de faire de moi celle que je suis, mais maintenant il est trop tard pour revenir en arrière.

D'un regard, elle me défie de protester. Mais je n'ose même pas l'affronter. Je suis trop occupée à faire en sorte que mes vertiges cessent, à prier en silence pour que la cicatrisation s'amorce. Le simple fait de respirer est un supplice, mais je réussis toutefois à exprimer ce que je pense, les dents serrées :

— Non seulement tu dérailles, mais en plus tu as tort sur toute la ligne.

Consciente que je ne suis pas au bout de mes peines, et qu'à ce stade toute aide est la bienvenue, j'emplis laborieusement mes poumons d'une grande bouffée d'air et m'entoure de lumière blanche.

Rien ne se déroule comme je l'avais prévu.

J'ai pris son étroitesse d'esprit pour de la lâcheté, sous-estimé la force de sa haine, ainsi que l'énergie démente qui l'anime et n'en finit pas d'alimenter sa furie.

Je prends soin de garder un visage impassible et un ton ferme pour ne pas éveiller son attention sur la frayeur qui m'envahit.

— Je t'ai rendue immortelle mais la suite ne dépend que de toi.

Cette réplique me rappelle la scène fictive que j'ai répétée pas plus tard qu'hier. Sauf qu'ici ma victoire est beaucoup plus hypothétique…

Mais, tout à coup, je sens que ça va mieux. Ma blessure a cicatrisé. Mes forces reviennent. Et, au premier coup d'œil, je devine que Haven le sent aussi.

Et tout aussi brusquement, le duel s'arrête là.

Elle me bouscule et fonce vers la sortie.

— Une dernière chose, Ever… dit-elle en me lançant un regard par-dessus son épaule. Avant de me donner des leçons d'indulgence, mène donc ta petite enquête sur Damen. Il y a un tas de trucs que tu ignores à son sujet, des choses qu'il n'a jamais voulu révéler sur lui-même. Sérieusement. Tu devrais aller voir ça de plus près.

Je ne réponds pas. Je devrais, je le sais, mais je suis à court de répliques.

Cependant, je ne la quitte pas des yeux.

– Après quoi, toi et moi, on reparlera d'indulgence. Un bien joli mot, mais pas si facile à appliquer. Profites-en pour te demander si tu en es réellement capable. Pourras-tu vraiment lui pardonner ses erreurs du passé ? Ça, j'aimerais bien le savoir. Et c'est l'unique raison pour laquelle je te laisse la vie sauve cette fois-ci. Je t'accorde encore un peu de temps. Au moins, le spectacle s'annonce prometteur ! Mais méfie-toi : si tu m'échauffes trop… Bref, tu connais la rengaine.

Sur ce, elle part en coup de vent.

Ses paroles continuent de résonner bien après son départ.

Cruelles.

Railleuses.

Elles s'obstinent à me tourmenter tandis que je m'affaire à nettoyer le sang dans mes cheveux et à matérialiser une nouvelle robe.

Je me dépêche pour aller rejoindre Damen, qui m'attend.

Aussi impatiente d'effacer les preuves de ce qui vient de se passer, que de chasser le doute qui me tenaille.

huit

– **Tu es sûre de vouloir y aller seule ?**

Je me tourne vers Damen, tout à fait disposée à le laisser se joindre à moi s'il y tient vraiment, mais espérant quand même pouvoir gérer cette affaire comme une grande. Ses rapports avec Jude ont toujours été bizarres, et même si je connais l'origine du problème, je préfère dans la mesure du possible éviter les tensions inutiles.

Il me rassure d'un signe de tête ; à son seul regard je sais qu'il est sincère. Il me fait confiance à cent pour cent, et inversement.

– Je t'attends ici ou je repasse te chercher ? demande-t-il, visiblement prêt à faire comme il me plaira.

Je jette un œil vers la boutique.

– J'ignore à quoi m'attendre et combien de temps ça prendra.

Je fronce le nez, hausse les épaules, et les relâche d'un coup.

– Tout ce que je sais, c'est que je ne peux pas continuer à l'éviter. Haven est très sérieuse quand elle parle de s'en prendre à lui, elle n'a pas l'intention de revenir sur sa décision. Ça, elle me l'a bien fait comprendre.

La gorge serrée, je détourne les yeux. Je suis encore chamboulée par la scène que je viens de vivre dans les

90

toilettes, encore sidérée par l'ampleur de ses pouvoirs et de sa force physique, sans parler de sa capacité à me déstabiliser et à me dominer d'une façon que je n'avais pas prédite et encore moins anticipée. Mais en regardant à nouveau Damen, je sais que j'ai raison de minimiser les faits devant lui. Il est déjà suffisamment inquiet pour moi, pas la peine d'en rajouter.

— Il faut juste que…

Je m'interromps, cherchant une manière de bien formuler les choses. L'idée de me savoir seule avec Jude doit le mettre terriblement mal à l'aise et je tiens à le rassurer, à le persuader que, si je dois le voir, c'est uniquement pour parler affaires, et que je suis parfaitement capable de gérer un tête-à-tête avec lui.

— Il faut juste que j'arrive à le convaincre de prendre tout ça au sérieux. Et aussi que je l'aide à trouver un ou deux moyens pour se protéger, encore que, à moins d'embaucher un garde du corps immortel, je ne voie pas bien comment faire. Enfin, bref, voilà mon objectif. Je ne sais pas du tout s'il acceptera de coopérer, ni même de m'écouter. Il se peut qu'il me prenne au mot mais aussi, au contraire, que dans les dix secondes il me flanque dehors en me déconseillant de remettre les pieds chez lui. Au point où on en est, rien ne me surprendrait.

— Je doute qu'il te mette à la porte… souffle-t-il, d'un ton plus entendu que foncièrement jaloux.

Il me dévisage, laissant cette réflexion en suspens, ce qui me pousse malgré à moi à tripoter nerveusement l'ourlet de ma robe.

— Bref…

Je m'éclaircis la voix, pressée de clore le sujet.

– Si nécessaire, je pourrai toujours faire apparaître une voiture pour rentrer chez moi. Il faudra juste que je pense à m'en débarrasser dès que j'arriverai au coin de ma rue, si je ne veux pas donner une énième raison à Sabine de piquer une crise.

Je pousse un soupir alors même que j'essaie d'imaginer de quelle façon, au juste, je pourrais lui expliquer un truc pareil, cette capacité à matérialiser des objets inanimés, volumineux et chers, et à les faire ensuite disparaître à ma guise.

Je me tourne vers Damen.

Nos regards se croisent.

– Ça me touche, je t'assure, et j'adore être avec toi, tu le sais, mais... tu n'es pas obligé de faire ça. Jouer les chauffeurs tous les jours pour me conduire à bon port, au lycée, chez moi, ou ailleurs. Tout va bien. Et tout continuera à bien aller. Je vais tout arranger. Alors...

Je marque une pause, dans l'espoir que mes paroles soient plus convaincantes que l'impression qu'elles me font.

– Alors arrête de passer ta vie à te faire du mouron pour moi, d'accord ?

– Demande-moi tout ce que tu veux, sauf ça.

Il se tourne ; face au regard pénétrant qu'il pose sur moi, je sens mon cœur s'emballer, mes joues s'embraser et ma peau brûler de frissons.

– Je veux bien arrêter de jouer les chauffeurs, comme tu dis, mais je ne pourrai jamais m'empêcher de m'inquiéter pour toi. J'ai bien peur que tu sois obligée de faire avec.

Il se penche pour prendre mon visage entre ses mains, d'un geste doux, apaisant.

– Et ce soir, alors ? Si on allait faire un tour dans l'Été perpétuel, dans notre lieu de prédilection ?

Je dépose un baiser sur ses lèvres, aussi tendre que bref, puis m'écarte.

— J'aimerais beaucoup mais je pense que ça me ferait du bien de prendre un peu de recul, au moins le temps d'une soirée. Tu sais, rester à la maison, faire semblant de dîner, d'étudier, d'être une ado complètement normale à tous points de vue, histoire que Sabine se détende un peu, qu'elle trouve un autre centre d'attention et continue de vivre sa vie tranquillement – ce qui me permettrait de vivre enfin la mienne.

Il hésite, toujours persuadé de pouvoir arranger les choses avec ma tante, en dépit de ce que j'ai dit.

— Si tu veux, je peux passer chez toi et faire semblant d'être un petit copain tout ce qu'il y a de plus normal, propose-t-il d'un ton amusé. C'est un personnage que je sais assez bien imiter ! Il faut dire que j'ai joué ce rôle un paquet de fois avec toi, j'ai plus de six cents ans d'expérience dans ce domaine.

Je souris, me penche pour l'embrasser à nouveau, un baiser que cette fois je prolonge, en y mettant plus de passion. Je m'attarde sur ses lèvres aussi longtemps que possible, avant de m'écarter dans un soupir. Essoufflée, les mots se bousculent dans ma bouche :

— Crois-moi, j'adorerais que tu viennes, mais Sabine nettement moins. Pour l'heure, je pense que le mieux serait que tu gardes un peu tes distances. Au moins jusqu'à ce que les choses se tassent. Bizarrement, elle a décrété que tu étais le suspect numéro un parmi les responsables de ma déchéance.

— Peut-être parce que je le suis.

Il effleure ma joue du bout de l'index.

— Peut-être qu'elle a mis le doigt sur quelque chose d'important sans même le savoir. Ever, sois objective, reviens à la source des événements, à leurs origines mêmes : tu sais bien que c'est à cause de moi si tu as changé.

On a déjà eu cette discussion, et je ne suis toujours pas disposée à considérer les choses sous cet angle.

— Qui peut savoir avec certitude qui est responsable de quoi ? Oh, et peu importe ! Les choses sont comme elles sont, et il n'y a pas de retour en arrière possible.

Damen fronce les sourcils, visiblement pas près de se ranger à mon avis, mais consentant à laisser tomber pour l'instant.

— OK, reprend-il, un peu comme s'il se parlait à lui-même. Peut-être que j'irai faire un tour chez Ava, dans ce cas. Les jumelles faisaient leur entrée au collège aujourd'hui, j'ai hâte de savoir comment ça s'est passé.

Grimaçant, j'essaie d'imaginer Romy et Rayne tentant de s'y retrouver dans le dédale de couloirs. Tout ce qu'elles savent du quotidien des adolescents américains de nos jours, elles l'ont appris soit de Riley, mon fantôme de petite sœur, soit des émissions de téléréalité : autrement dit, pas des sources les plus fiables.

— Eh bien, j'espère pour elles que leur journée a été moins mouvementée que la nôtre !

Je souris, me glisse hors de la voiture et referme la portière derrière moi, avant de passer la tête par la vitre ouverte.

— En tout cas, dis-leur bonjour de ma part. Même à Rayne. Ou plutôt, surtout à Rayne ! j'ajoute en gloussant.

Je sais que cette dernière ne m'aime pas beaucoup, loin s'en faut, mais j'espère un jour être en mesure de la faire changer d'opinion, même si quelque chose me dit que ce n'est pas pour tout de suite.

Damen s'éloigne en trombe, après m'avoir lancé un dernier sourire qui reste en suspens dans son sillage, puis j'entre dans la boutique que je trouve, non sans surprise, plongée dans la pénombre et déserte.

Plantée dans l'entrée, je plisse les yeux pour leur laisser le temps de s'habituer, puis me fraie un chemin jusqu'à l'arrière-boutique. Et dans l'embrasure de la porte du fond, je me fige net en trouvant Jude complètement inerte, la tête effondrée sur le bureau.

Une terrifiante pensée m'assaille aussitôt : *J'arrive trop tard !*

Haven a dit qu'elle me laissait la vie sauve pour l'instant, mais elle n'a jamais parlé d'accorder la même faveur à Jude.

Mais sur cette réflexion, j'aperçois avec soulagement son aura et me détends immédiatement.

Seuls les êtres vivants en ont une.

Contrairement aux morts et aux immortels.

Sauf qu'en remarquant sa couleur, ce halo gris terne et marbré tirant sur le brun, rebelote, je panique : *Oh non !*

Question couleur, son aura est pour ainsi dire au pied du spectre ; hormis noire, couleur de la mort imminente, elle ne pourrait pas être pire.

– Jude ? je chuchote tout doucement, d'une voix à peine audible. Jude, est-ce que ça va ?

Il relève brusquement la tête, si stupéfait par ma présence qu'il en renverse son café. Une giclée marron laiteux zèbre aussitôt son bureau, à deux doigts de se répandre par terre, quand il la jugule de la manche longue légèrement élimée de son tee-shirt blanc que le liquide imprègne à vitesse grand V, formant une tache colossale.

Une tache qui me rappelle…

– Ever, je…

Une main dans le fouillis de ses dreadlocks brun doré, il cligne plusieurs fois des yeux.

– Je ne t'ai pas entendue entrer, tu m'as fait sursauter…

Il soupire, jetant un coup d'œil à son bureau et épongeant les restes de café avec sa manche. C'est alors qu'il remarque mon air à la fois ahuri et préoccupé.

– Ne t'inquiète pas, c'est rien. Soit je le laverai, soit je le jetterai, soit je l'emporterai à l'Été perpétuel pour le faire nettoyer ! Un tee-shirt taché est vraiment le cadet de mes soucis en ce moment…

Je m'assois sur le siège en face de lui, encore préoccupée par cette tache et l'idée qu'elle vient de faire naître dans mon esprit. J'ai du mal à croire que j'aie pu être focalisée sur ma préparation, Haven et toutes les tensions qu'elle a suscitées, au point de ne pas y avoir pensé plus tôt.

– Qu'est-ce qui s'est passé ? je demande, m'arrachant de force à ces réflexions pour m'intéresser à lui.

Toutefois, je me promets en silence d'y revenir dès que possible.

D'instinct, je sens que quelque chose de terrible s'est produit et soupçonne aussitôt une nouvelle menace de la part de Haven.

– Lina est morte.

La phrase est succincte, brute, mais son sens on ne peut plus clair.

Je reste sans voix, incapable d'aligner deux mots. Et quand bien même je le pourrais, je ne saurais quoi dire.

– Elle a eu un accident avec sa camionnette au Guatemala, sur la route de l'aéroport. Elle n'a pas survécu.

– Tu… tu en es sûr ?

Je regrette aussitôt ma question. Quelle idée de dire un truc aussi idiot, alors qu'il est visiblement dévasté ! Mais c'est bien le problème avec les mauvaises nouvelles : elles suscitent déni et doute irrationnels, et nous poussent à chercher de l'espoir là où, clairement, il n'y en a plus.

– Oui, j'en suis sûr.

Il s'essuie les yeux de sa manche propre, le regard assombri par le souvenir de l'instant où il a appris la nouvelle.

– Je l'ai vue.

Il tourne les yeux vers moi.

– On avait conclu un pacte, tu sais ? On s'était promis que le premier de nous deux qui partirait viendrait prévenir l'autre. Quand elle est apparue devant moi…

Il s'interrompt, sa voix lasse, rauque, l'obligeant à se racler la gorge pour poursuivre.

– Elle rayonnait tant… Elle semblait si… radieuse… Impossible de se tromper. J'ai compris qu'elle nous avait quittés.

– Est-ce qu'elle t'a parlé ?

Je suis curieuse de savoir si elle a décidé de franchir le pont ou de s'attarder un peu dans l'Été perpétuel ; contrairement à moi, Jude a la faculté de communiquer avec les esprits, quelle que soit leur forme.

Son expression se déride de façon imperceptible.

– Elle m'a dit qu'elle était chez elle. C'était ses termes exacts : « chez elle ». Elle a ajouté qu'il y avait une multitude de choses à découvrir, à expliquer, et que c'est encore mieux que l'Été perpétuel dont je lui ai parlé. Et puis, avant de s'en aller, elle a dit qu'elle serait là pour m'accueillir quand mon heure sonnerait, mais de ne pas me précipiter pour la rejoindre !

Il prononce cette dernière phrase en riant, du moins autant qu'il est possible de rire quand on est effondré de chagrin. La gorge nouée, je baisse la tête, gênée, et fixe mes genoux. Je tire sur le bord de ma jupe jusqu'à ce qu'il les recouvre entièrement. Je me souviens de la première fois où Riley m'est apparue dans ma chambre d'hôpital : cela m'avait semblé si irréel, comme dans un rêve, que j'avais presque réussi à me persuader que j'avais tout inventé. Mais par la suite elle était revenue plusieurs fois, jusqu'à ce que j'arrive à la convaincre de franchir le pont pour l'au-delà, ce qui, malheureusement, l'a fait disparaître pour toujours de ma vie. Jude est donc le seul lien qu'il me reste avec elle.

Je le scrute à la dérobée, détaillant son aura trouble, son regard vide et sa mine bouleversée, qui ne correspondent pas au surfeur craquant, sexy et décontracté que je connais. Je me demande combien de temps il lui faudra pour redevenir celui qu'il était, et s'il en sera même capable un jour. Il n'existe pas de remède miracle pour guérir d'un chagrin. Ni raccourci, ni réponse toute faite, ni moyen de l'effacer. Seul le temps est un allié, et encore, minime. S'il y a bien une chose que j'ai apprise, c'est ça.

— Ensuite, environ une heure plus tard, reprend-il tout bas, si bien que je dois me pencher pour l'entendre, j'ai reçu un appel qui m'a confirmé sa mort.

Il se laisse aller en arrière dans son fauteuil.

— Je suis vraiment désolée.

D'expérience, je sais pourtant que ces mots sont dérisoires devant pareil drame.

— Est-ce que je peux faire quelque chose ?

J'en doute, mais préfère quand même poser la question.

Il ne répond pas tout de suite, occupé avec sa manche, ses longs doigts hâlés retroussant le tissu mouillé sur son bras nu.

– Ne te méprends pas, Ever. C'est moi qui ai de la peine, pas Lina. Elle, elle va bien… elle est heureuse. Si seulement tu l'avais vue… on aurait dit qu'elle était en route pour l'aventure la plus excitante de sa vie.

S'appuyant davantage contre son dossier, il ramène sa crinière en arrière, et la tient ainsi dans ses mains un moment, avant de la relâcher et de la laisser s'étaler.

– Elle va vraiment me manquer. Tout me paraît si vide sans elle. C'était une vraie mère pour moi, plus que mes propres parents. Elle m'a accueilli, nourri, blanchi et, surtout, elle me témoignait un vrai respect. Grâce à elle, j'ai compris que mes facultés n'avaient rien de honteux, qu'il fallait que j'arrête d'essayer à tout prix de les ignorer. Elle m'a convaincu que c'était un don, et non une malédiction, et que je ne devais pas laisser les mesquineries et les craintes des autres me dicter ma façon de vivre, ma conduite, ou déterminer ma place dans la société. En fait, elle a même réussi à me persuader qu'en aucun cas leurs préjugés et leur ignorance ne faisaient de moi un monstre.

Lointain, il observe tour à tour les étagères débordantes de livres et la collection de tableaux au mur, puis se retourne vers moi.

– Est-ce que tu as la moindre idée de l'importance qu'elle a eue pour moi ?

Il plante son regard dans le mien et le soutient si longtemps que je finis, malgré moi, par détourner les yeux. Ses paroles me font aussitôt penser à Sabine et à sa façon d'aborder le problème, diamétralement opposée à celle de Lina puisqu'elle a choisi de m'accabler de reproches.

— C'est une chance d'avoir connu quelqu'un comme elle, je réponds, la gorge de plus en plus serrée.

Je suis bien placée pour savoir ce qu'il ressent. Le souvenir de la perte de ma propre famille refait régulièrement surface dans mon esprit. Mais je ne peux pas me payer le luxe de me laisser aller. Une nouvelle crise se profile et je dois consacrer toute mon énergie à l'endiguer.

— Cela dit, si tu tiens vraiment à faire quelque chose pour moi…

Jude s'interrompt, attend une quelconque confirmation de ma part avant de poursuivre.

— Eh bien… est-ce que ça t'ennuierait de t'occuper de la boutique ? Je sais que tu n'as plus très envie de travailler ici, et rassure-toi : j'ai bien conscience que tu m'en veux pas mal ces derniers temps, et je ne me fais pas d'illusions, je sais que tout ça n'y changera rien…

Je ravale nerveusement ma salive, mes mots, à défaut de répliquer. Si je suis venue ici, c'est pour parler de Haven et des solutions dont il dispose pour se protéger, et pour essayer de découvrir quelles étaient ses intentions réelles, la nuit où il a tué Roman.

Qu'est-ce qui lui a pris ?

Quelle raison l'a poussé à agir ainsi ?

Mais vu les circonstances, je me dis maintenant que cette conversation ne sera pas pour tout de suite.

— C'est que…

Il regarde dans le vide, les yeux mi-clos.

— Il y a tellement de choses à gérer : la maison, la boutique, l'organisation des obsèques…

Il inspire un grand coup, s'accorde un instant pour se ressaisir.

— Je crois que je suis un peu dépassé. Alors comme tu

sais déjà comment ça fonctionne ici, ça m'aiderait beaucoup si tu pouvais rester jusqu'à la fermeture. Sinon, tant pis. Je peux sans doute faire appel à Ava, ou même Honor, mais bon, comme tu es là et que tu as proposé… Enfin, bref…

Honor. Sa copine et disciple. Encore un sujet qu'il faudra qu'on mette sur la table un de ces jours.

— Aucun problème. Je suis prête à rester travailler ici aussi longtemps que tu en auras besoin.

Si Sabine vient à l'apprendre, ça risque de barder, et pas qu'un peu ! Mais, là encore, ce ne sont pas ses oignons. Et quand bien même elle déciderait de mettre son grain de sel, elle ne pourrait pas me reprocher d'aider un ami au moment où il a le plus besoin de soutien.

Un ami ?

Je jette un nouveau coup d'œil à Jude, mon regard s'attarde sur lui, l'étudie attentivement. Je ne suis pas certaine que le terme soit encore approprié, ni même qu'il l'a été un jour. Nous avons un passé commun, et maintenant un présent. À ce stade, c'est tout ce que je sais.

Il pousse un soupir en fermant les yeux, se frotte d'une main les paupières, ses sourcils froncés, puis agrippe le bord de son bureau pour se lever. Il plonge la main au fond de sa poche de jean, fouille un bon moment et en ressort un encombrant trousseau de clés qu'il me lance.

— Tu veux bien t'enfermer ?

Il contourne le bureau tandis que je me lève, et nous nous retrouvons soudain face à face, dans une proximité assez gênante.

Assez proches pour que je puisse contempler toute la profondeur de ses grands yeux vert marin, et me sentir

101

bercée par cette vague de sérénité que sa seule présence m'inspire.

Assez pour que je m'empresse de reculer, une réaction qui déclenche en lui une vive douleur que je devine dans son regard.

D'un geste, je lui montre les clés.

– Je n'en ai pas vraiment besoin, tu sais.

Il me jauge un moment, acquiesce et les range.

Le silence entre nous s'éternise, et je ferais n'importe quoi pour le rompre.

– Écoute, Jude…

Mais dès que mes yeux se posent de nouveau sur lui, son incroyable regard réduit à un abîme de détresse, je comprends que je ne peux même pas lui sortir la version édulcorée de ce qu'il doit savoir. Il est bien trop rongé par le chagrin pour se soucier de Haven ou des menaces qu'elle a juré de mettre à exécution, bien trop abattu pour ne serait-ce que réfléchir à la meilleure façon de se défendre.

– Prends tout le temps qu'il te faut, je bafouille.

J'observe la façon dont il se déplace, avec précaution, pour créer une distance respectueuse entre nous, s'échinant à éviter tout contact physique fortuit avec moi.

C'est plus dans mon intérêt que dans le sien, je le sais. Ses sentiments pour moi n'ont pas changé, ça au moins, c'est clair.

– Oh et… Jude ? je lance dans son dos.

La rapidité avec laquelle il se fige dans son élan est flagrante, même s'il refuse de se retourner.

– Fais attention à toi dehors, d'accord ? Et plus tard, quand les choses se seront un peu arrangées et que tu auras le temps, il faudra vraiment qu'on…

Je n'ai pas achevé ma phrase qu'il remonte déjà l'allée centrale de la boutique.

Rejetant mes paroles d'un geste de la main, il s'enfonce dans la pénombre, ressort en plein jour, puis disparaît sous la chaleur du soleil.

neuf

À **7 heures tapantes,** j'ai encaissé la dernière vente, verrouillé la porte d'entrée, et suis déjà dans l'arrière-boutique, les pieds calés sur le bureau, à consulter le journal d'appels de mon portable. Je ne tarde pas à découvrir que Sabine m'a laissé pas moins de neuf messages furax, tous plus ou moins dans la même veine : où est-ce que je suis passée, à quelle heure je compte rentrer, et quelle excuse je vais encore lui sortir pour justifier d'avoir enfreint ses consignes d'une façon aussi éhontée.

J'ai beau m'en vouloir un peu, je ne la rappelle pas. Au contraire, je coupe mon téléphone, le planque au fond de mon sac, et envoie tout balader pour m'éclipser dans l'Été perpétuel.

Je m'avance sous le voile chatoyant de lumière dorée et atterris au pied des marches des grands sanctuaires de la connaissance. Une fois de plus, j'espère que, à défaut de les trouver ailleurs, cet endroit me fournira les réponses que je cherche.

Retenant mon souffle, je m'approche des portes majestueuses en admirant la sublime façade en perpétuelle métamorphose, qui prend l'apparence des lieux les plus beaux et les plus sacrés du monde. Sous mes yeux fascinés, le Taj Mahal se transforme en Parthénon, qui devient lui-même le temple du Lotus puis la grande pyramide de Gizeh, et ainsi de suite jusqu'à ce que les portes s'ouvrent d'un coup et m'invitent à entrer. Je m'accorde un instant pour inspecter la salle, curieuse de savoir si je vais croiser Ava ou Jude, maintenant qu'ils savent comment se rendre ici. Ne reconnaissant personne, je me faufile parmi les moines, les rabbins, les prêtres et autres chefs spirituels, m'installe sur l'un des longs bancs en bois sculpté, puis ferme les yeux pour me concentrer.

Je rembobine le film des dernières heures, jusqu'au moment précis où le café de Jude s'est renversé sur le bureau, manquant dégouliner sur le sol s'il ne l'avait pas essuyé d'un revers de manche. Je revois le liquide imprégner le tissu, se mêler à ses fibres et créer une énorme tache, assez comparable à celle laissée par l'antidote sur la chemise blanche de Roman.

Une grande traînée verte.

Une sorte d'empreinte.

Un mélange d'ingrédients, un peu comme une recette de cuisine, définitivement gravé au cœur de ces fils de coton.

Une alchimie d'éléments qui, correctement décomposés, me conduiront à la formule de l'antidote dont j'ai tant besoin, qui nous permettrait, à Damen et moi, de pouvoir nous toucher librement à nouveau.

Si j'ai cru jadis que tout espoir de me procurer ce remède s'était éteint avec Roman, aujourd'hui je sais que ce n'est pas le cas. Rien n'est perdu.

Ce que je croyais disparu à jamais, la tache sur cette fameuse chemise l'a conservé.

Chemise que Haven m'a arrachée des mains et que je vais être contrainte de lui reprendre de force, si Damen et moi voulons un jour mener une vie un tant soit peu normale.

Respirant profondément, je remplace l'image de la manche tachée de Jude par celle de la chemise en lin de Roman, tandis que mon esprit formule la question : *Où est-elle ?*

Très vite suivie d'une autre : *Et comment faire pour la récupérer ?*

Mais j'ai beau patienter et demander plusieurs fois, aucune réponse ne vient.

Le silence persistant résonne en définitive comme un message à part entière.

Un refus catégorique de m'aider.

En clair : les grands sanctuaires m'ont ouvert leurs portes, mais ils ne sont pas pour autant à mon service. Ce n'est pas la première fois qu'ils me privent de réponse.

Du coup, j'en viens à penser qu'il ne peut y avoir que deux explications à cela : soit je me mêle de quelque chose qui ne me regarde pas, ce qui est complètement absurde étant donné que je suis pleinement concernée ; soit je m'intéresse à quelque chose dont je ne suis pas censée être au courant pour l'instant, peut-être même jamais, ce qui, malheureusement pour moi, est très plausible.

Il faut toujours que quelque chose s'obstine à nous séparer.

Que ce soit Drina, qui passait son temps à me tuer, Roman, à me jouer des tours, ou Jude à saboter mes plans – volontairement ou non –, il y a systématiquement un élément qui se dresse entre Damen, moi, et notre bonheur ultime.

Alors, forcément, je finis par me demander s'il n'y a pas une raison à cela.

L'Univers est loin d'être aussi chaotique qu'il y paraît.

Il y a une raison précise à tout.

Et quand les grands sanctuaires décident de ne pas vous mettre dans la confidence, on peut reformuler sa question de mille façons, toutes aussi ingénieuses, rien n'y fera.

Cette fois, je vais devoir me débrouiller seule.

À moi de retrouver la chemise. Et d'établir si, oui ou non, Haven a la moindre idée du trésor qu'elle détient.

Est-ce qu'elle la garde pour des raisons sentimentales, parce que c'était le vêtement que Roman portait le soir de sa mort ?

Est-ce qu'elle en fait un souvenir symbolique, qui l'aide à nourrir sa colère contre Jude et moi ?

Ou bien est-ce qu'elle a conscience de la présence de la tache et de l'espoir qu'elle représente ?

Est-ce qu'elle sait, depuis le début, ce que je viens juste de comprendre ?

Ma seule certitude est que sans l'aide de l'Été perpétuel je n'ai d'autre choix que celui de retourner à la dimension terrestre, pour voir quelles informations je pourrai y glaner.

Alors que je m'apprête à faire réapparaître le portail, je sens sa présence.

Damen.

Il est ici.

Quelque part, à proximité.

Je ferme les yeux pour formuler une dernière requête à l'Été perpétuel : me mener à lui.

dix

Une fraction de seconde plus tard, je me retrouve au milieu du champ de tulipes rouge vif, guidée par l'énergie de Damen qui m'attire comme un aimant et mène mes pas jusqu'à l'entrée de la rotonde.

Je m'arrête à quelques mètres de la porte, sans trop savoir si je dois entrer. À première vue, je trouve ça étrange qu'il soit venu ici sans moi, mais à la réflexion je me dis que c'est juste sa façon à lui d'être près de moi quand je suis occupée ailleurs. Je passe la tête par l'entrebâillement, distinguant à peine le haut de son crâne qui dépasse du canapé. Je m'apprête à l'appeler pour lui faire savoir que je suis là et lui raconter ma découverte concernant la chemise, quand j'aperçois l'écran.

L'écran et l'horrible scène qui y est projetée.

Ma vie dans le Sud.

À l'époque où j'étais esclave.

Esclave, sans défense et maltraitée, mais pas désespérée.

Et ce jour-là, il semble d'ailleurs que tous les espoirs soient permis – du moins en théorie. Car bien que je mette un certain temps à raccrocher les wagons et à comprendre la réalité de la situation, une chose est claire : on me vend au plus offrant. On me libère de mon violent et terrible maître pour que je puisse entrer au service d'un beau brun bien plus jeune, aux cheveux ondulés, à la carrure svelte et élancée, et aux yeux bordés d'épais cils, que je reconnais immédiatement.

Damen.

Il m'a achetée. Sauvée. Comme promis !

Et pourtant… si tel est vraiment le cas, pourquoi ai-je l'air si triste ? Pourquoi cette lèvre qui tremble et ces yeux embués de larmes, alors que mon grand amour, mon âme sœur, mon chevalier en armure vient ce jour me délivrer d'une vie misérable ?

Pourquoi ai-je l'air si malheureuse, agitée et craintive, jetant constamment des coups d'œil derrière moi tandis que j'avance en traînant les pieds, visiblement réticente à le rejoindre ?

C'est mal d'espionner, je ferais mieux de signaler ma présence à Damen et de lui parler franchement, je le sais bien… Mais tant pis. Je ne dis rien, ne bouge pas d'un pouce. Silencieuse et immobile. M'autorisant seulement quelques inspirations très superficielles, consciente que l'instant est crucial. C'est la clé de cette mystérieuse histoire qu'il me cache depuis toujours, celle qui m'a valu tant de sous-entendus de la part de Roman et de Jude, et tant de railleries de Haven. Et si je tiens à en connaître le fin mot, revoir la scène telle que je l'ai vécue ce jour-là et découvrir la vérité sans fard, je ne dois absolument pas me faire remarquer. De toute façon, le fait qu'il n'ait pas encore détecté ma présence prouve à quel point il est captivé.

Très vite, je comprends. Je comprends la véritable raison à l'origine de toute cette tristesse. Celle qui m'a poussée à réagir comme je l'ai fait.

On m'arrache à ma famille. À tous ceux qui me sont chers.

Aux seules personnes sur Terre qui m'ont toujours épaulée.

Ce gentil Blanc fortuné pense sans doute me rendre service,

commettre une bonne et noble action, mais un simple coup d'œil vers mon ancien moi suffit pour comprendre qu'il agit au détriment de mon unique source de bonheur.

Au second plan, ma mère sanglote, tandis que mon père se tient à ses côtés, digne et silencieux. Accablé de douleur et d'angoisse, son regard nous pousse toutefois à rester courageux. Et j'ai beau me cramponner à eux, m'agripper de toutes mes forces, décidée à graver dans ma mémoire le souvenir indélébile de leur odeur, de leur contact, et de leur présence même, on ne tarde pas à me contraindre à m'éloigner d'eux.

Damen m'entraîne par le bras, loin de ma mère – ma mère qui est enceinte, et qui étreint avec angoisse le joli ventre rebondi qui abrite ma future petite sœur –, loin de mon père, de ma famille, et loin du garçon derrière eux, qui tend la main vers moi à la dernière minute, ses doigts effleurant les miens d'une brève et légère caresse, avant qu'on me tire d'un coup sec hors de sa portée. Mais je me refuse à le quitter des yeux, et mon regard insistant s'imprègne de son image, jusqu'à ce qu'elle soit marquée au fer rouge dans mon esprit : celle d'un jeune Noir longiligne, dont les yeux marron perçants me révèlent instantanément l'identité.

Mon ami, mon confident, mon promis... Celui que je connais dans ma vie présente sous les traits de Jude.

« Du calme, me chuchote Damen à l'oreille, tandis que ma famille est durement priée de se remettre au travail. Chut... s'il te plaît. Tout ira bien. Je veillerai sur toi, c'est promis. Tant que tu seras avec moi, personne ne pourra te faire de mal. Mais pour ça, tu dois me faire confiance, d'accord ? »

Pas question. S'il se souciait vraiment de mon sort, s'il est aussi riche et puissant qu'il l'affirme, pourquoi ne pas tous nous acheter ? Pourquoi me séparer de ma famille ?

À quoi bon n'emmener que moi ?

110

Je n'ai pas le temps d'en voir plus que Damen coupe la scène. D'un coup, en plein milieu. Il l'efface d'un claquement de doigts, comme si elle n'avait jamais existé !

À cet instant, son travail de « montage » prend pour moi un tout nouveau sens.

Il ne cherche pas seulement à m'épargner le visionnage de scènes difficiles, comme celles où je meurs dans des circonstances épouvantables, mais aussi à se protéger, lui et l'image qu'il s'est donné tant de mal à construire, refusant de me laisser assister à ses actes plus honteux.

Celui dont je viens d'être témoin, par exemple.

Un acte qu'il pourra effacer tant qu'il veut, mais qui restera à jamais incrusté dans ma mémoire.

Je ne me rends même pas compte que j'ai retenu mon souffle, ni même que j'ai crié, jusqu'à ce qu'il bondisse du canapé, dans tous ses états, le regard éperdu, et me découvre debout, juste derrière lui.

— Ever ! s'écrie-t-il, la voix étranglée par l'affolement. Ça fait longtemps que tu es là ?

Je ne dis rien. Mon expression est une réponse suffisante.

Il lance des coups d'œil nerveux allant de moi à l'écran, passe la main dans ses cheveux bruns brillants, puis ses bras retombent, ballants, le long de son corps. Sa voix est rude, mal assurée :

— Ce n'est pas ce que tu crois. Je te jure, pas du tout.

— Dans ce cas, pourquoi avoir coupé la scène ?

Mon regard est dur, impitoyable, bien décidé à ne pas ciller.

— Pourquoi la couper, si ce n'est pour m'empêcher de la voir ?

— L'histoire ne s'arrête pas là. Il y a plein d'autres choses que je…

– Tu n'as pas confiance en moi ?

Pas question que je l'écoute nier l'évidence, alors qu'on vient tous les deux d'assister à la même scène insoutenable.

– Après tout ce qu'on a traversé, tout ce que je t'ai confié, tu me caches encore des choses ?

Je lutte pour rester calme et respirer normalement, une main posée à plat sur mon ventre, profondément écœurée par tout ça.

– Alors, dis-moi, Damen, tu en fais souvent des petits montages très personnels, comme ça ? Qu'est-ce que tu me caches d'autre, au juste ?

Le souvenir des allusions de Haven me revient brusquement, mais j'essaie de ne pas tomber dans son piège, de ne pas la laisser nous diviser pour mieux régner. Je renonce presque aussitôt. J'ai vu ce que j'ai vu. La vérité est apparue devant moi, claire comme le jour.

– D'abord tu attends la dernière minute pour tout m'avouer à propos de toi, Jude et moi, et maintenant, ça !

Je suis encore bouleversée par l'image de celle que j'étais, et de celui qu'il est peut-être encore.

– C'est quoi, ce jeu malsain auquel tu joues ? Dis-moi, Damen, combien de fois et dans combien de vies m'as-tu arrachée à ma famille et à mes amis ?

Il est livide, mais je suis lancée et plus personne ne peut m'arrêter.

– Entre cette séquence qu'on vient de voir et la vie que je mène désormais…

Je m'interromps, consciente que ce n'est pas très juste envers lui. C'est moi qui me suis attardée de mon plein gré dans la prairie. J'étais dans une telle extase face à la magie de l'Été perpétuel que j'ai choisi de rester pendant que ma famille franchissait le pont. Enfin, s'il ne m'avait pas fait boire l'élixir, je les aurais peut-être retrouvés au bout du compte, et on serait tous réunis aujourd'hui. Je suis si tourmentée par ces réflexions et les images qui continuent de tourner en boucle dans ma tête que je n'arrive pas à décider quelle aurait été la meilleure issue : que je sois morte et que j'aie rejoint ma famille, ou que j'aie survécu pour affronter tout ça.

Je lui tourne le dos, les jambes flageolantes, le cœur brisé, pressée de sortir, de prendre l'air, à présent incapable de respirer dans cette pièce.

La voix de Damen retentit dans mon dos, me supplie de l'attendre, de ralentir, sous prétexte qu'il peut tout m'expliquer.

Mais je ne m'arrête pas.

Je m'y refuse catégoriquement.

Au contraire, je cours de plus en plus vite, jusqu'à ce que je retrouve le chemin de chez moi.

onze

– **Bon sang, Ever,** mais qu'est-ce que tu fichais ? Tu sèches les cours et tu ne me préviens même pas ?

Je lève les yeux du comptoir où je suis en train d'encaisser une vente et vois Miles m'observer, tapi derrière ma cliente bigleuse qui n'a pas l'air commode du tout.

Discrètement, je lui décoche un regard qui sous-entend « Pas maintenant », tandis que je facture la carte de crédit de la dame. J'emballe ses livres et ses CD de méditation dans du papier de soie mauve, et les glisse ensuite dans un sac assorti avant de lui indiquer poliment la sortie.

– Bien joué, Miles.

Les mots rivalisent avec le bruit métallique de la clochette contre la porte.

– Quelque chose me dit qu'on ne la reverra pas de sitôt.

Il ronchonne en esquissant un geste dédaigneux.

– On s'en fiche, rétorque-t-il. Crois-moi, on a bien plus important à discuter que du chiffre d'affaires de Jude.

– Comme quoi, par exemple ?

Je range le reçu, consciente de l'air préoccupé de Miles, qui attend que je lui prête une oreille un peu plus attentive avant de m'expliquer la véritable raison de sa venue.

– Eh bien, toi, pour commencer.

Il me suit du regard tandis que je me perche sur le tabouret et croise les jambes. Je prends soin de garder un regard neutre, inexpressif, comme si je n'étais pas du tout angoissée mais attendais plutôt patiemment qu'il poursuive.

— Primo, excepté le jour de la rentrée, je ne t'ai encore pas vue une seule fois au lycée. J'en déduis que tu as séché, puisque je t'ai cherchée partout, figure-toi ! Je t'ai attendue à la sortie de tes cours, devant ton casier, à la cantine, mais rien, *nada* : introuvable, Ever !

Je hausse les épaules, refusant de confirmer ses dires ou de protester, du moins pour l'instant. Il faut d'abord que je voie de quels arguments solides il compte m'accabler.

— Tu vas sans doute m'expliquer que tu as tes raisons, que le pourquoi de ton absence, ou de tes vacances prolongées si tu préfères, ne me regarde absolument pas, mais c'est là que tu te trompes. Ça me regarde. Et pas qu'un peu. Alors en tant qu'ami, qui plus est un des meilleurs, je suis venu te dire que le numéro plus de son plus d'images que tu nous sers en ce moment me dérange. Et je ne suis pas le seul. Crois-le ou non, mais ça affecte plein de gens, même ceux que tu ne considères pas comme tes proches.

Je ne sais pas trop quoi répondre, mais ce n'est pas grave. Miles est particulièrement friand des monologues « à rallonge », pour reprendre ses termes, et tout indique que celui-ci est loin d'être terminé.

— Tu sais, les gens comme moi, comme Damen et, bon, peut-être plus vraiment Haven, mais soit, oublions-la, on en reparlera plus tard. Ce que j'essaie de te dire, c'est qu'on dirait que…

115

Il marque une pause tandis que son regard papillonne autour de nous, comme s'il cherchait ses mots.

— On dirait que tu ne nous connais plus. Que tu as tiré un trait sur nous. Comme si brusquement, on ne t'intéressait plus…

— Miles…

Les lèvres pincées, je cherche la meilleure façon de poursuivre ma phrase.

— Écoute, j'entends bien ce que tu me dis, je t'assure. Et je comprends tout à fait que tu puisses voir les choses sous cet angle mais, contrairement à ce que tu peux penser, c'est beaucoup plus compliqué que ça. Plus que tu ne pourras jamais l'imaginer. Sérieusement, même si je voulais te confier la vraie raison de mon comportement…

Je pousse un soupir, confuse. La plupart du temps, j'ai moi-même du mal à croire à tout ce qui m'arrive.

— Bref, je ne peux pas vraiment me lancer dans des explications mais, crois-moi, si tu étais au courant ne serait-ce que d'un dixième de tout ce qui se passe, je te jure que tu me remercierais de te laisser en dehors de tout ça.

Je m'interromps pour lui laisser le temps d'assimiler mes paroles, dans l'espoir qu'il sente à quel point je suis sérieuse.

— Je suis sincèrement désolée si tu as l'impression que je t'ignore et que je n'en ai rien à faire de toi, c'est faux. À ce stade, tu es pour ainsi dire le seul véritable ami qu'il me reste. Et je vais tout faire pour me rattraper. Bientôt. C'est promis. Mais pour l'instant, je suis juste un peu… préoccupée, c'est tout.

— Et Damen alors ? Tu comptes te rattraper comment avec lui ?

Je le dévisage, sans même chercher à dissimuler ma stupeur. Je n'arrive pas à croire qu'il ose aborder le sujet avec moi !

– Je t'en prie, ne fais pas celui qui croit tout savoir, je réplique d'une voix un peu plus dure que je ne l'aurais voulu. Il y a certaines choses que tu ne peux pas comprendre. Malgré les apparences, c'est loin d'être aussi simple et, crois-moi, ça va très, très loin… Cette histoire ne date pas d'hier.

Balayant le sol du regard, Miles enfonce le bout de sa chaussure dans le tapis, prenant le temps de rassembler ses idées, de faire le point sur la meilleure stratégie à adopter, puis il relève la tête et me regarde droit dans les yeux.

– Est-ce que, par hasard, une de ces « choses » que je ne peux pas comprendre aurait à voir avec le fait que tu sois…

Son regard vrillé au mien me glace le sang et me laisse sans voix. Le mot qu'il s'apprête à prononcer me fonce dessus, pénétrant de force mon champ d'énergie avant même qu'il ait quitté ses lèvres.

Et je ne peux rien y faire, ni rembobiner ni mettre sur « PAUSE ».

– … immortelle ?

Il ne me quitte pas des yeux, et quand bien même j'en meurs d'envie, impossible de détourner les miens.

Des picotements glacials me parcourent le corps à mesure qu'il enfonce le clou :

– Ou bien est-ce le fait que tu sois médium ? Dotée de toutes sortes de pouvoirs physiques et extralucides ? Ou peut-être que c'est lié au fait que tu vas rester jeune et belle pour l'éternité. Sans jamais vieillir ni mourir, comme ton acolyte Damen, qui te court après depuis six cents ans et

117

des brouettes, et qui vient de décider il y a très peu de temps de te rendre comme lui ?

Il plisse les yeux, parcourt mon visage du regard.

– Dis-moi, Ever, est-ce que je brûle ? Est-ce que c'est bien à ces « choses-là » que tu fais allusion ?

– Comment l'as-tu… je commence, tout bas.

Mais ma question est étouffée par sa voix.

– Oh, et puis n'oublions pas Drina, qui se trouvait elle aussi être immortelle. Et bien sûr, il y avait également Roman. Sans parler de Marco, Misa et Rafe, les trois pots de colle légèrement agaçants sur lesquels Haven a décidé de jeter son dévolu pour une obscure raison. Mince ! j'allais oublier de parler de la dernière recrue du gang des éternels beaux gosses : notre chère amie Haven, en personne. Ou devrais-je dire plutôt, *ma* chère amie, et *ta* nouvelle enne-mie jurée, bien que ce soit toi qui aies décidé de faire d'elle l'une des vôtres ? Alors ? Est-ce bien le genre de choses que je suis à mille lieues de pouvoir comprendre ?

Je déglutis non sans mal, muette de stupeur et incapable de réagir, prostrée, médusée. J'ai beau être particulièrement horrifiée de l'entendre me déballer la vérité toute nue, m'énumérer tous les faits de mon étrange existence d'un ton si neutre et si banal que cela semble quasi irréel, même pour moi, quelque part je suis… soulagée.

Je porte ce secret depuis si longtemps que je ne peux m'empêcher de me sentir plus légère, plus détendue, comme si j'étais enfin délestée d'un poids qui était bien trop lourd pour mes seules épaules.

Mais Miles n'en a pas fini. Alors je reporte mon attention sur le monologue qu'il a déjà repris, luttant pour le suivre :

– … Le plus drôle, c'est que si on prend le temps de réfléchir à tout ça, si on analyse la situation avec méthode et bon sens, on se rend compte que, de toute évidence, c'est plutôt moi qui devrais t'éviter.

Je plisse les yeux, sans trop comprendre le raisonnement qui l'a amené à cette conclusion, mais devinant qu'il va s'empresser de me l'expliquer.

— Imagine un peu ce que ça fait d'apprendre que les amis que je croyais connaître par cœur, ceux-là mêmes à qui je confiais absolument tout, sans aucune méfiance, sont non seulement aux antipodes de ceux qu'ils prétendent être, mais qu'en plus tous appartiennent à un cercle secret très fermé. Un club où, apparemment, tout le monde est le bienvenu, sauf moi !

Il se tait brusquement et fait quelques pas vers l'entrée de la boutique, observant d'un regard lointain les flaques de soleil qui parsèment la rue, de l'autre côté de la vitrine.

Son ton est à l'image des mots qui s'ensuivent : pesant.

— Je vais te dire, Ever, ça fait très mal. Je ne vais pas te mentir. Je suis profondément blessé. Car ce que j'en déduis — comme n'importe qui le ferait —, c'est que visiblement tu n'as aucune envie que je devienne immortel à mon tour. Tu ne veux rien avoir à faire avec moi, encore moins être mon amie, et surtout pas pour l'éternité.

Il se retourne lentement, jusqu'à ce qu'il soit bien de face et, au premier regard, je comprends que la situation est encore pire que je ne le pensais. Il faut vite que je trouve quelque chose à dire, un moyen de faire baisser la pression, mais je n'ai pas le temps d'ouvrir la bouche qu'il enchaîne, théâtralement, me forçant à rester assise et à attendre mon tour de lui donner la réplique.

— Tu sais ce qui me tue le plus ? Tu sais qui a jugé bon de me mettre au parfum de tout ça ?

Il s'interrompt, comme s'il attendait une réponse de ma part, mais je m'en garde bien, la question étant de toute évidence purement rhétorique. C'est son spectacle, son scénario, et je n'ai pas l'intention de lui voler la vedette.

– La seule et unique personne de toute ta bande top-secret d'éternels beaux gosses… La seule de vous tous qui était prête à mettre les choses à plat avec moi sans mettre de gants, ni essayer de me faire avaler je ne sais quelles couleuvres… La seule qui était prête à tout m'avouer en face, bizarrement, c'était…

Je devine le nom avant même qu'il le prononce.

Damen.

Subitement, je revois le jour où Miles m'a envoyé un e-mail de Florence sur mon portable, avec en pièces jointes les portraits qu'il avait découverts – portraits que Roman était déterminé à porter à sa connaissance.

Je me souviens des mains tremblantes de Damen lorsqu'il a saisi le téléphone que je lui tendais, de ses paupières plissées, de sa mâchoire crispée, et de la façon dont il a si vaillamment accepté que son plus vieux secret soit brusquement déterré.

Il s'est alors promis de tout déballer à Miles, d'arrêter les cachotteries et les mensonges, de dire enfin la vérité et de tout révéler au grand jour.

Mais pas une seconde je n'ai cru qu'il irait jusqu'au bout.

– Damen, confirme Miles, acquiesçant énergiquement de la tête, sans me quitter des yeux. Quand je pense que je le connais depuis, quoi ? moins d'un an ? En tout cas, depuis beaucoup moins longtemps que toi, ça c'est sûr, et encore moins que Haven… Et pourtant, c'est lui qui s'est confié à moi. Je suis beaucoup moins proche de lui que de toi, mais lui, a choisi d'être honnête avec moi. Même s'il a toujours été du genre discret et réservé – et Dieu sait si maintenant je comprends pourquoi – bref, même si on n'a jamais vraiment accroché tous les deux, il est la seule personne à m'avoir traité comme un véritable ami. Comme quelqu'un à qui il pouvait se fier et tout raconter. Il m'a simplement dit la vérité sur toi, sur lui... sur tout, sans exception !

– Miles... je murmure d'une voix hésitante, sans trop savoir par où commencer, ni même s'il est vraiment prêt à m'écouter.

Voyant qu'il reste silencieux, assez longtemps pour me toiser, la tête penchée et le sourcil haussé d'un air de défi, je comprends qu'il l'est. Cependant, avant même de me lancer et d'entamer la liste interminable des raisons pour lesquelles je l'ai volontairement tenu à l'écart, toutes ces raisons valables pour lesquelles il devrait s'estimer heureux de n'avoir rien su jusqu'ici, j'ai besoin de vérifier deux ou trois points.

De savoir exactement ce que Damen lui a dit.

Les mots précis qu'il a employés.

Et, plus important encore, de savoir pourquoi il a décidé de tout lui révéler précisément maintenant, alors que certaines choses auraient pu attendre un peu – beaucoup, même.

Je ferme donc les yeux et libère mon esprit pour entrer en contact avec le sien. J'ai conscience de rompre ma promesse de ne jamais espionner les souvenirs ou les pensées les plus intimes de mes amis, sauf en cas d'absolue nécessité, mais je continue quand même sur ma lancée, pressée de découvrir ce qui s'est réellement dit ce jour-là.

Pardonne-moi...

Les mots comblent le vide qui nous sépare, ils grandissent, s'épanouissent, jusqu'à ce que je voie presque leurs lettres prendre forme.

J'espère que, d'une certaine façon, lui aussi les perçoit, et que très vite il trouvera la force de passer l'éponge sur ce que je m'apprête à faire.

douze

Je tends le bras au-dessus du comptoir à une vitesse fulgurante. Si vite que Miles n'a aucun moyen de m'arrêter, aucune idée de ce qui va lui arriver avant qu'il ne soit trop tard. Je rabats violemment son poignet sur la vitre et plaque ma main sur la sienne de sorte que sa paume se retrouve collée à plat, le rendant totalement impuissant. J'ai vaguement conscience de ses protestations, de la façon dont il s'agite et se tortille en tous sens pour se libérer.

Mais c'est peine perdue.

Tout juste si je percute. Sa résistance ? Un infime signal sur mon radar.

Question force physique, Miles ne fait pas le poids.

Et quand enfin il s'en rend compte, il pousse un gros soupir et se calme, s'ouvre à moi, s'abandonne, parfaitement conscient de ce que je m'apprête à faire.

Je me glisse à l'intérieur de son esprit avec aisance, prenant le temps de m'orienter et d'inspecter rapidement les lieux, avant d'écarter toute pensée sans rapport avec le sujet et de me jeter sur la scène précise que je suis venue examiner.

Je vois Miles grimper dans la voiture de Damen, d'abord détendu et content, s'attendant à un sympathique déjeuner hors du lycée, et s'agrippant ensuite comme un dingue à son siège, les yeux exorbités et le visage blême tandis que Damen démarre en trombe et quitte le parking à toute vitesse.

Pour être franche, j'ignore ce qui m'étonne le plus : la perspective de ce que Damen s'apprête à faire, ou le fait qu'il tienne sa promesse de continuer à assister à tous les cours, alors que j'ai moi-même clairement manqué à ma parole sur ce point.

— *Ne t'inquiète pas, lance-t-il à Miles en le regardant, souriant, du coin de l'œil. Tu n'as rien à craindre avec moi. Ça, je peux te le garantir !*

Miles tressaille, recroquevillé sur son siège, pendant que Damen zigzague entre les voitures roulant à une vitesse nettement inférieure à la sienne, pour le coup anormalement excessive. Miles se risque prudemment à lui jeter un coup d'œil.

— *Au moins, je sais d'où tu tiens ça : tu conduis comme tous ces fêlés du volant en Italie !*

Il secoue la tête, grimace de plus belle.

Damen s'esclaffe.

Le simple fait de l'entendre rire me serre le cœur d'une façon que j'ai du mal à ignorer.

Il me manque.

C'est indéniable.

Le voir comme ça, le soleil dans les cheveux, ses mains expertes agrippant le volant, me rappelle clairement à quel point ma vie est fade sans lui.

Mais très vite je me ressaisis, me souviens de toutes les raisons pour lesquelles j'ai agi comme je l'ai fait. Il reste tant de choses à élucider sur les vies antérieures que nous avons partagées, des choses que j'ai besoin de savoir avant que nous allions plus loin.

Je chasse ces pensées d'un battement de cils, déterminée à en faire abstraction et à continuer mon exploration.

Je vois Damen se garer devant le Shake Shack, où il offre à Miles un milk-shake parfum café et pépites d'Oreo, avant de l'entraîner vers un des bancs peints en bleu qui bordent la promenade. Il s'accorde quelques minutes pour contempler tour à tour la superbe plage en contrebas, parsemée de parasols multicolores qui ressemblent à des pois géants plantés dans le sable, un groupe de surfeurs guettant la prochaine déferlante, et une volée de mouettes décrivant des cercles au-dessus d'eux, puis porte finalement son attention sur Miles qui sirote tranquillement sa boisson en attendant que Damen se lance.

— Je suis immortel, annonce-t-il en le regardant droit dans les yeux.

Le visage de marbre, il amorce le premier lancer à froid, sans même attendre que le batteur soit en place. Un boulet de canon qu'il laisse tout le temps à Miles de réceptionner comme il le peut.

Miles manque de s'étrangler, recrache la paille, essuie sa bouche d'un revers de manche, et fixe Damen d'un air ahuri.

— Scusa ?

Damen éclate de rire, et je ne saurais dire si c'est dû à la tentative de Miles de parler italien, ou à celle, plus désespérée, de gagner du temps en faisant comme s'il avait mal entendu alors qu'il a, en réalité, bien compris.

Damen continue de soutenir son regard.

— Tu as bien entendu, Miles. Je te le répète mot pour mot : je suis immortel. Je parcours cette planète depuis un peu plus de six cents ans, tout comme Drina et Roman le faisaient il y a peu encore.

Totalement scié, Miles le dévisage en essayant d'assimiler, de donner un sens à ces mots.

— Pardon d'être aussi brusque. Si je te sors ça comme ça, ce n'est pas par plaisir de choquer. Simplement, j'ai fini par

me rendre compte qu'une nouvelle pareille, mieux vaut l'annoncer d'un coup, sans ménagements. J'ai trop souffert de ces secrets.

Il se tait, le regard soudain triste, lointain.

Et à cet instant, je sais qu'il pense à moi, au temps qu'il a perdu avant d'oser m'avouer la vérité sur mes origines, mon existence, et au fait qu'il a répété la même erreur, une fois de plus, en me cachant notre passé commun.

— Et puis, je le reconnais, quelque part je supposais que tu avais déjà tout compris. Surtout avec Roman qui a tout fait pour que tu découvres les portraits et le reste. Tu as dû en tirer des conclusions.

Miles secoue la tête, cligne des yeux plusieurs fois, et renonce définitivement à son milk-shake qu'il pose sur le banc. Il regarde Damen d'un air interdit.

— Mais je...

Enroué, il s'éclaircit la voix puis reprend :

— En fait, je... Je crois que je ne te suis pas du tout.

Il l'observe, lentement.

— D'abord, tu n'as ni une tête de déterré ni un look bizarre. C'est même tout le contraire : je t'ai toujours connu avec un bronzage canon ! Sans parler du fait qu'il fait jour, je te signale. Alors excuse-moi de te le dire mais, à la lumière de tout ça – sans mauvais jeu de mots –, ce que tu viens d'affirmer est absurde !

Damen affiche un air encore plus confus que celui de Miles, fait le point un instant, puis éclate de rire, avant de se ressaisir peu à peu en secouant la tête, amusé.

— Je ne suis pas immortel au sens mythologique où tu l'entends, Miles. Je n'ai pas besoin de m'embarrasser de canines pointues, d'éviter la lumière du jour ou de boire le sang des autres pour survivre.

Songeur, il dodeline de nouveau de la tête en se souvenant que j'ai, un jour, imaginé la même chose.

— Au fond, ce que je suis tient à ce breuvage...

Il lui montre sa bouteille d'élixir, agite doucement son contenu sous le regard ébahi de Miles. Littéralement fasciné, ce dernier observe la façon dont cette substance que l'humanité convoite depuis la nuit des temps et qui a coûté la vie aux parents de Damen, scintille et brille sous la vive lumière du soleil au zénith.

— Crois-moi, il ne m'en faut pas plus pour tenir le coup, jusqu'à... l'éternité.

Tous deux restent un moment silencieux. Miles scrute Damen, à l'affût d'un geste révélateur, d'un tic nerveux, d'une preuve qu'il affabule, que son histoire est truffée de zones d'ombre, ou de tout autre signe éloquent, typique d'une personne qui ment, pendant que Damen, lui, attend patiemment. Il lui laisse le temps d'intégrer cette idée, de s'y adapter, de s'habituer à une perspective toute nouvelle, qu'il n'avait jamais considérée jusqu'ici.

Et quand, enfin, Miles commence à remuer les lèvres, s'apprêtant à lui demander comment c'est possible, Damen hoche simplement la tête, prêt à répondre à cette question muette :

— Mon père était alchimiste à une époque où ce type d'expérimentations était assez courant.

— Et c'était quand, au juste ? *demande Miles qui a retrouvé sa voix mais ne croit pas une seconde que cela puisse autant dater.*

— Six cents et quelques années...

Damen hausse les épaules d'un air indifférent, comme si les origines de cette découverte n'avaient pas vraiment d'importance à ses yeux.

Mais moi je sais qu'il n'en est rien.

Je sais à quel point il chérit les souvenirs de cette époque bénie où il vivait en famille, avant que ces proches lui soient si cruellement enlevés.

Je sais aussi à quel point c'est douloureux pour lui d'en parler. Il préfère feindre l'indifférence, faire semblant d'avoir presque tout oublié.

— *C'était pendant la Renaissance italienne, ajoute-t-il, sans se démonter.*

Ils ne se quittent pas des yeux, et bien que Damen n'en laisse rien paraître, je sais que ces révélations sont une véritable torture pour lui.

Son secret le mieux gardé, celui qu'il a réussi à taire pendant des siècles, est sur le point de se répandre comme de l'eau qui fuirait d'un tuyau percé.

Miles acquiesce sans broncher.

— *Là, je t'avoue que je ne sais même pas quoi te dire, excepté peut-être… merci.*

Leurs regards se croisent.

— *Merci de ne pas mentir. De ne pas essayer de te couvrir en prétextant que ces portraits sont ceux d'un parent éloigné ou le fruit d'une étrange coïncidence. Merci de me dire la vérité. Aussi incroyable et bizarre que ça puisse paraître…*

— *Tu t'en doutais ?*

Je relâche la main de Miles, d'un geste si prompt qu'il met un moment à se rendre compte que je ne le retiens plus en otage.

Il sursaute légèrement, puis recule et remue les doigts en fléchissant son poignet d'un côté puis de l'autre, pour que le sang se remette à circuler normalement.

— Bon sang, Ever ! Ça va, l'intrusion, je ne te dérange pas ?

Furieux, il arpente la boutique, slalomant entre les rayons, les vitrines d'angelots, les bacs de CD. Je sens qu'il a besoin de quelques minutes pour décompresser et évacuer une bonne dose de colère, avant d'être prêt ne serait-ce qu'à me regarder en face. Du pouce, il effleure la tranche d'une longue rangée de livres, puis pousse un soupir et se décide enfin à me parler :

— Savoir que tu as la faculté de lire dans les pensées, c'est une chose, mais te voir passer à l'acte et me triturer la cervelle sans t'avoir donné mon consentement, je te jure, c'est franchement perturbant.

S'ensuit une longue tirade du même acabit, qu'il marmonne plus ou moins.

— Je suis désolée…

J'ai conscience de lui devoir beaucoup plus que cette piètre excuse, mais, bon, il faut bien commencer quelque part.

— Sincèrement. Je… je me suis juré de ne jamais avoir recours à ce procédé. Et la plupart du temps, je m'y tiens. Mais parfois… la situation est si critique que ça devient inévitable.

— Quoi, ce n'est pas la première fois ? C'est ça que tu es en train de me dire ?

Il pivote un peu, les yeux mi-clos, la mine sévère, ses doigts remuant nerveusement. Il imagine le pire, que je me suis immiscée dans ses pensées en prenant mes aises en de multiples occasions. Et même si la vérité est loin d'être aussi dramatique, même si je préférerais de beaucoup ne pas aborder le sujet, je sais que, si j'espère un jour regagner sa confiance, je vais devoir en passer par là.

J'inspire un grand coup, gardant les yeux à sa hauteur.

– Oui. C'est arrivé quelques fois par le passé. Je me suis incrustée sans prévenir et sans te demander la permission, et j'en suis vraiment désolée. Je sais quel sentiment choquant d'intrusion tu dois ressentir.

Roulant des yeux, il me tourne complètement le dos et marmonne d'une façon destinée à me donner envie de rentrer sous terre. C'est réussi.

En même temps, je le comprends. Et comment ! J'ai violé sa vie privée, c'est incontestable. Pourvu qu'il trouve un jour la force de me pardonner…

– Donc, si je résume, tu es en train de me dire que je n'ai aucun secret pour toi ?

Miles me fait face à nouveau, son regard se déversant sur moi comme une douche froide.

– Pas la moindre pensée intime, rien dont tu n'aies pas eu la primeur grâce à un petit coup d'œil en traître ?

Il me fusille du regard.

– Et on peut savoir depuis combien de temps dure ce petit jeu, Ever ? Depuis le jour de notre rencontre, j'imagine ?

Je lui fais farouchement signe que non de la tête, déterminée à le convaincre.

– Non ! Tu te trompes, je t'assure. Oui, c'est vrai, il m'est arrivé de lire dans tes pensées, je viens de te l'avouer, mais rarement, et encore, c'était parce que je croyais que tu étais au courant de choses qui pourraient…

Je prends une profonde inspiration, voyant ses yeux se plisser davantage, sa mâchoire se crisper, signes indubitables que la pilule ne passe pas aussi facilement que je l'ai espéré. Cela dit, il mérite une explication, au risque de le faire enrager encore plus. Alors j'enchaîne :

– Écoute, la seule fois où j'ai vraiment sondé tes pensées, c'était pour voir si tu soupçonnais quelque chose au sujet de Damen et moi – c'est tout ! Tu as ma parole. Je ne me suis jamais mêlée d'autre chose. Je suis loin d'être aussi vicieuse que tu le crois. Et puis, pour ton information, sache qu'à une époque j'entendais les pensées de tout le monde, sans exception – des centaines, voire des milliers de pensées jaillissaient non-stop tout autour de moi. C'était assourdissant, démoralisant, et ça me rendait malade. Voilà pourquoi j'étais constamment coiffée d'une capuche avec des écouteurs vissés aux oreilles. Ce n'était pas juste une dramatique faute de goût en matière de mode, tu vois.

J'observe une pause, sans le quitter des yeux, et non sans voir la façon dont son dos et ses épaules se raidissent.

– C'était le seul moyen que j'avais trouvé pour me protéger. Ça te paraissait peut-être ridicule à l'époque, mais crois-moi ça faisait l'affaire. C'est seulement quand Ava m'a appris à me construire un bouclier psychique pour m'isoler de cette cacophonie que j'ai pu me débarrasser de cet accoutrement. Alors, oui, dans un sens, tu as raison. Du jour de notre première rencontre, j'ai entendu tout ce qui te passait par la tête, et *idem* avec n'importe qui. Sauf que ce n'était pas volontaire mais subi… je ne pouvais rien y faire. Mais en ce qui concerne le reste, ta vie privée ne regarde que toi, Miles. Je t'assure, ça fait un bail que j'évite d'écouter tes secrets. Crois-moi.

Je le suis du regard tandis qu'il recommence à errer dans la boutique, le visage dissimulé de sorte que je ne peux en déchiffrer l'expression. Cependant, son aura s'éclaircit à vue d'œil, signe formel qu'il est en train de changer d'avis.

– Je suis désolé, lâche-t-il quand il se retourne enfin.

Les sourcils haussés, je le fixe en me demandant de quoi il peut bien être désolé, après tout ce que je viens de lui avouer.

— Toutes ces choses que j'ai pu penser de toi… enfin pas de toi à proprement parler, il s'agissait surtout de tes choix vestimentaires…

Il grimace.

— Je n'arrive pas à croire que tu étais au courant.

Je hausse les épaules, plus que prête à oublier tout ça. Pour moi, c'est de l'histoire ancienne.

— Quand j'y pense, dire que malgré tout tu as continué de me supporter, de me conduire au lycée tous les matins, d'être mon amie…

Tête basse, il pousse un long soupir. Je lui adresse un sourire d'espoir.

— Laisse tomber. Tout ce qui m'importe aujourd'hui, c'est : est-ce que, toi, tu veux toujours être le mien ?

Il acquiesce, revient vers moi et pose les mains à plat sur le comptoir.

— Si tu veux tout savoir, en fait c'est Haven qui m'en a parlé.

Je soupire, pas franchement étonnée.

— Enfin, ça ne change rien à tout ce que je viens de te dire : Haven m'a juste, disons, mis sur la voie…

Il s'interrompt, m'indique du doigt une bague sous la vitre que je m'empresse de sortir pour qu'il l'essaie.

— En gros, elle m'a appelé et proposé de passer chez elle…

Il s'arrête à nouveau, les sourcils froncés tandis qu'il tend la main devant lui pour admirer le bijou, avant de l'ôter et de m'en montrer un autre.

— Tu es au courant qu'elle a déménagé ?

Je lui fais signe que non. Je l'ignorais mais, là encore, je suppose que j'aurais dû m'en douter.

— Elle vit chez Roman. Je ne sais pas trop pour combien de temps, mais elle envisage d'obtenir une émancipation, donc j'imagine que c'est plutôt du sérieux. Bref, pour faire court, j'étais à peine arrivé chez elle qu'elle me servait un grand verre d'élixir plein à ras bord, qu'elle a essayé de me faire boire sans me dire ce que c'était.

Je suis atterrée. Je n'arrive pas à croire qu'elle ait pu agir de façon aussi irresponsable ! Cela dit, venant de Haven, ce n'est pas si surprenant. Pour autant, ça ne présage rien de bon.

— Comme j'ai refusé poliment, elle s'est mise à me faire tout un sketch sur le mode…

Il s'éclaircit la voix, se préparant à imiter le timbre râpeux de Haven, et le moins qu'on puisse dire, c'est qu'il est doué : « Miles, si quelqu'un venait à t'offrir la beauté et la force éternelles, ainsi que des pouvoirs physiques et extralucides… est-ce que tu l'accepterais ? »

Il lève les yeux au ciel.

— Ensuite, elle a planté ses yeux dans les miens, manquant m'aveugler avec son gros saphir bleu qu'elle s'est incrusté je ne sais comment dans le front, puis elle s'est scandalisée quand j'ai eu le malheur de lui répondre : « Euh, non, sans façon. »

Je souris, imaginant la scène.

— Évidemment, elle a cru que je n'avais pas bien compris où elle voulait en venir, donc elle a réessayé de m'expliquer, cette fois en entrant davantage dans les détails. Mais j'ai encore décliné son offre. Du coup, elle est carrément devenue hystérique et m'a pratiquement tout raconté sur Damen, l'élixir, le fait qu'il t'a transformée, et que tu as fait pareil avec elle. Elle a conclu en ajoutant deux ou trois infos que Damen s'était bien gardé de m'avouer, comme le fait qu'en fin de compte c'est toi qui as tué Drina et Roman...

– Non, je...

Roman.

Je suis à deux doigts de protester que je n'ai pas tué Roman. Que c'est Jude, le responsable de sa mort. Mais je me ravise aussi sec. Miles en sait déjà plus qu'il ne devrait. Je ne vais sûrement pas en remettre une couche.

– Bref, reprend-il avec un haussement d'épaules, comme si le sujet de la conversation était tout à fait banal et rationnel. Elle a réessayé de me faire boire son machin, mais j'ai encore refusé. Alors elle a piqué une crise, mais sévère, hein, elle a pété les plombs, comme une gosse de deux ans. J'ai essayé de la calmer en lui disant : « Bon, écoute, voilà comment je vois les choses : si ton truc marchait si bien que ça, Drina et Roman seraient toujours en vie, pas vrai ? Mais puisqu'ils ne sont plus là, j'en conclus qu'ils n'étaient pas si immortels, au fond, tu saisis ? »

Il s'arrête, le regard vrillé au mien.

– Sur ce, elle a répliqué que dès qu'elle en aurait fini avec toi, ce point de détail serait réglé pour de bon. Que je devais juste lui faire confiance, que son élixir était cent fois meilleur que le tien, et qu'il me suffisait d'en boire deux gorgées pour avoir la santé, le bien-être, la beauté et la vie éternels...

La gorge serrée, je regarde son aura qui rayonne à présent d'une nuance jaune vif. Ma seule garantie qu'il n'a pas mordu à l'hameçon, du moins pas encore.

– Je dois dire que son baratin était convaincant. À tel point que j'ai dit que j'allais réfléchir.

Il me lance un regard un peu penaud.

— Que j'allais faire quelques recherches de mon côté, et lui donnerais une réponse définitive dans environ une semaine.

Je sursaute, une déferlante de mots à la bouche, si bien que je ne sais pas par où commencer.

Miles éclate de rire en se tenant les côtes.

— Relax ! Je plaisantais. Non mais, sans rire, tu me prends pour qui ? Un pauvre frimeur sans cervelle ?

Il roule des yeux, puis reprend son sérieux.

— Excuse-moi, c'était un peu rude. Bon, en résumé, je lui ai dit non. Un non franc et catégorique. Mais elle a rétorqué qu'elle maintenait son offre et que, si je changeais d'avis un de ces jours, la fontaine de Jouvence serait à moi.

Mon regard s'attarde sur lui, je le découvre sous un tout nouveau jour. Je suis stupéfaite qu'il ait réellement décliné pareille proposition. Après tout, Jude clame sans cesse qu'il n'accepterait pour rien au monde de devenir immortel, mais au fond, on ne lui a jamais mis l'élixir sous le nez. Alors, qui peut présager de la décision qu'il prendrait s'il était au pied du mur ? Quant à Ava, elle n'est vraiment pas passée loin de faire le grand saut, même si, en fin de compte, elle y a renoncé. N'empêche, hormis Miles et Ava, je ne vois pas trop qui refuserait une telle offre.

Il me fixe, le sourcil haussé d'un air faussement vexé.

— Quoi ? Pourquoi tu fais cette tête tout étonnée ? Tu t'imaginais peut-être qu'une personne comme moi, à savoir homo en plus d'être acteur, sauterait sur l'occasion ? Là, tu tombes dans le cliché, Ever. Tu devrais avoir honte d'y avoir seulement pensé.

Il me décoche un regard on ne peut plus méprisant, qui suscite en moi un tel sentiment de culpabilité que je m'empresse de me justifier. Mais la main blasée qu'il agite devant moi ne m'en laisse pas le temps.

– Je t'ai eue ! Quel comédien sensas je fais !

Il s'esclaffe, le visage tout entier éclairé par l'immense joie qui pétille dans ses yeux.

– Tu as vu un peu comme mon talent s'améliore ?

Il passe une main dans ses cheveux, cale son coude sur le comptoir, et se penche vers moi.

– C'est ça mon rêve, la chose que je veux plus que tout : devenir acteur.

Son regard se campe dans le mien.

– Un véritable comédien, dévoué à son art. C'est mon seul objectif. L'unique ambition qui m'anime. Être une grande star de cinéma tout en strass et en toc, ou une couverture de magazine *people* sur pattes, ça ne m'intéresse pas. Les paillettes, les scandales et les cures de désintox à répétition, ce n'est pas mon truc. C'est l'art en soi qui me passionne. Je désire donner vie à des histoires, incarner corps et âme toute une palette de personnages. Difficile de t'expliquer ce que je ressens quand je m'abandonne dans un rôle… c'est juste… fascinant. Je veux revivre ça, encore et encore. Mais je veux jouer toutes sortes de rôles, pas seulement les jeunes et les beaux. Et si je veux apprendre et me perfectionner, je dois faire mes propres expériences de la vie. La vivre à fond, du début à la fin : adolescence, maturité, vieillesse, je veux tout découvrir ! Car qui peut prétendre incarner la vie, s'il refuse de vivre la sienne ?

Il marque une pause pour me sonder du regard.

– Cette peur de la mort à laquelle tu as réussi à te soustraire, par exemple ? Je la veux. J'en ai besoin, même ! C'est un des moteurs fondamentaux qui nous permettent d'avancer dans la vie, alors dis-moi pourquoi j'envisagerais une seconde de m'en débarrasser ? Les expériences que je m'autoriserai à vivre ne feront que servir mon art, mais seulement si je reste un simple mortel. Pas si je me transforme en minet glamourissime, figé dans le temps, qui ne prendra jamais une ride, quel que soit le nombre de siècles qui s'écoulent.

Nos regards se croisent, et sur le coup j'ignore si je dois être soulagée ou vexée, bien qu'à la réflexion j'opte pour le soulagement.

— Désolé ! me lance-t-il pour la seconde fois en haussant les épaules. Sérieux, ne le prends pas mal. J'essaie juste de t'expliquer mon point de vue. Sans parler du fait que j'aime manger, figure-toi ! À tel point, d'ailleurs, que je ne pourrais même pas envisager d'être contraint à vie de me nourrir d'un liquide. Et puis, ça me plaît d'observer les changements qui s'opèrent en moi d'une année sur l'autre, toutes ces traces laissées par le temps. Crois-le ou non, je n'ai aucune envie non plus que mes cicatrices disparaissent. Je les aime bien. Elles font partie de mon histoire. Et un jour, si j'ai la chance de vivre vieux, de devenir un vieillard sénile, impotent, empâté et chauve, alors que vous, vous n'aurez pas changé d'un poil, eh bien je serai heureux d'avoir tous ces souvenirs. Du moins, sous réserve qu'ils ne soient pas tous emportés par la maladie d'Alzheimer ou autre. Plus sérieusement, avant de commencer à te justifier...

Il lève les mains du comptoir, les paumes face à moi, pressentant que je suis sur le point d'intervenir.

— Avant de me raconter que Damen a accumulé assez de souvenirs pour nous tous et de m'assurer qu'il est parfaitement équilibré et heureux de son sort, laisse-moi t'expliquer à fond mon raisonnement : ce que je désire plus que tout au monde, c'est arriver à la fin de ma vie en étant fier du chemin parcouru. En étant certain d'avoir fait de mon mieux avec les cartes qu'il m'avait été donné de jouer au départ, et d'avoir vécu pleinement.

Je cherche mes mots, tente de baragouiner un semblant de réponse, mais en vain. Ma gorge est brûlante et nouée. Et malgré moi, avant même d'avoir le temps de détourner les yeux… les larmes y montent. Elles ruissellent sur mes joues et gagnent peu à peu en intensité, à tel point que je ne peux bientôt plus m'arrêter, ni réfréner les sanglots, le tremblement de mes épaules et le profond désespoir qui me tord les entrailles.

Miles s'empresse de passer derrière le comptoir pour me serrer dans ses bras, me caresser les cheveux et faire de son mieux pour m'apaiser en me chuchotant des paroles tendres à l'oreille.

Mais je sais que tout est faux.

Ces sentiments sont illusoires.

Non, ça ne va pas s'arranger.

Du moins, pas comme il l'entend.

J'ai peut-être la beauté et la jeunesse éternelles, la « chance » de vivre pour l'éternité, mais jamais plus je ne goûterai aux bonheurs d'une vie ordinaire, tels que Miles vient de les décrire.

treize

Samedi, fin d'après-midi, plus moyen de les éviter. Sabine est à la cuisine, occupée à couper en morceaux un assortiment de légumes destinés à garnir une salade grecque, pendant qu'à son côté Munoz confectionne de copieuses tranches de viande hachée.

– Coucou, Ever.

Levant le nez, il m'adresse un sourire éclair.

– Tu es descendue nous aider ? Ce n'est pas de refus car je n'en ai pas fini avec cette viande, tu sais !

En jetant un coup d'œil à Sabine, je remarque la façon dont ses épaules se raidissent, dont son couteau s'abat sur la planche à découper un tout petit peu plus brutalement tandis qu'elle s'acharne sur une tomate. Alors je comprends qu'elle n'est pas près de me pardonner ou de m'accepter comme je suis. Mais pour l'heure, je n'y peux rien.

– Euh… en fait, non, j'allais sortir, je réponds sans vraiment le regarder, dans l'espoir d'écourter ce petit brin de causette et de filer en vitesse.

Je me dirige vers l'entrée, à deux pas de la liberté, quand il vient à bout de sa première fournée d'escalopes et m'interpelle.

– Ça t'ennuierait de me tenir la porte ouverte ?

Je m'arrête dans mon élan, consciente que cette histoire

de porte est une ruse. Un prétexte pour m'emmener discuter dans un coin tranquille et privé, où sa petite amie ne pourra pas nous entendre. Et sachant que je n'ai aucun moyen efficace d'y échapper, je le suis à l'extérieur, jusqu'au gril où il se débat avec la hotte, manipule les boutons du cadran, et se lance avec le plus grand sérieux dans la préparation de ses grillades.

Il est tout à sa tâche, à tel point que je m'apprête à m'en aller, croyant m'être trompée sur ses intentions, quand il lance soudain la conversation :

— Alors comment ça se passe au lycée, cette année ? Je ne t'ai pas beaucoup vue depuis la rentrée… voire pas du tout.

Il me lance un rapide coup d'œil puis se remet à son œuvre, saupoudrant la viande d'un mélange d'épices secret, tandis que je me tiens immobile à son côté, tentant d'échafauder un alibi.

Mais à quoi bon mentir à une personne qui peut facilement consulter les registres de présence ?

— Eh bien, c'est sans doute parce que j'ai séché presque tous les jours depuis la rentrée, excepté le premier. En fait, à part ce jour-là, je ne suis pas allée une seule fois en cours.

— Ah…

Munoz hoche la tête, pose son pot à épices sur le rebord en granit, puis se tourne face à moi et m'observe un moment.

— Ça m'a tout l'air d'un gros cas de terminalite.

Je me gratte le bras, lequel n'a pourtant rien demandé, et m'efforce de ne pas gigoter plus que de raison. En détournant les yeux, j'aperçois Sabine postée à la fenêtre, et à cette simple vue je meurs d'envie de décamper.

– D'habitude, ça ne se déclare qu'au dernier trimestre, c'est là que tout part en vrille. Mais on dirait que tu as attrapé le virus en avance. Est-ce que je peux faire quoi que ce soit pour t'aider ?

Oui, commencez par dire à votre chérie de ne pas me juger, à Haven de ne pas essayer de me tuer, à Honor de cesser ses menaces, et libre à vous de mettre au jour la vérité longtemps enfouie sur Damen et moi. Ah ! et aussi, pendant votre temps libre, si vous pouviez remettre la main sur une chemise blanche tachée et l'envoyer au labo de la brigade criminelle pour analyses, ça m'arrangerait grave !

Évidemment, je garde tout ça pour moi et me contente de pousser un gros soupir bien audible, dans l'espoir qu'il capte le message éloquent qu'il renferme.

Mais, si tel est le cas, il choisit de ne pas en tenir compte.

– Tu sais, au cas où tu te croirais seule dans toute cette histoire… sache que tu ne l'es pas.

Je plisse les yeux, pas certaine de comprendre.

– J'ai discuté avec elle. Je lui ai parlé des recherches sur lesquelles j'étais tombé au sujet de personnes ayant vécu une expérience de mort imminente.

J'ai beau avoir envie de partir, je pose mes mains sur mes hanches et me penche légèrement vers lui.

– Et comment se fait-il que vous soyez « tombé » dessus ? je rétorque. C'est plutôt le genre de recherches dont on prend l'initiative, non ?

Il reporte son attention sur la viande, la transfère du plat au gril, et se lance dans une explication d'une voix posée, neutre.

– J'ai vu un reportage, un jour, et j'ai trouvé ça assez fascinant. Du coup, j'ai acheté un premier livre sur le sujet, puis un autre et encore un… et ainsi de suite.

Sous la spatule avec laquelle il écrase un steack, le jus de viande se rebelle dans un grésillement.

— Mais... tu es la première personne de ma connaissance qui ait réellement vécu cette expérience. Tu n'as jamais envisagé de contribuer à ces groupes d'études ? Il paraît qu'ils sont toujours en quête de nouveaux patients.

— Non !

Je lui laisse à peine le temps de terminer sa phrase. Ma réponse est ferme, sans appel, je n'ai pas une minute à consacrer à la question. Participer à une étude de cas bidon est bien la dernière chose dont j'ai besoin.

Munoz n'en perd pas le sourire pour autant. Au contraire. Amusé, il lève ses mains gantées en signe de reddition.

— Relax ! C'était juste une question.

Il fait sauter les morceaux de viande les uns après les autres, orchestrant une bande-son typique de barbecue ponctuée de petits crépitements que, plantés là, nous écoutons.

Dès qu'ils sont à point, il les retire du feu d'un raclement agile et les remet dans le plat, puis se fige un instant pour me regarder.

— Écoute, Ever, laisse-lui juste un peu de temps pour se faire à cette idée. Ce n'est pas facile de voir tout son système de croyances remis en question, tu sais ? Mais si tu te détends un tout petit peu, elle s'y fera. Je t'assure. Je te promets de continuer d'essayer de la convaincre si, de ton côté, tu promets de jouer le jeu. Et en un rien de temps, tu verras, tout sera oublié !

« Alors c'est ça, votre pronostic ? », j'ai envie de lui demander, mais fort heureusement je me retiens. Il essaie juste de m'aider et, que je le croie ou non, que Sabine se range un jour à mon avis ou non, là n'est pas le problème.

Il essaie juste de communiquer avec moi, et la moindre des choses c'est de le laisser faire.

– En revanche, en ce qui concerne ta présence en cours...

Il me décoche un regard sévère.

– Ce n'est qu'une question de jours avant qu'elle ne percute. Alors essaie de ne pas aggraver ton cas, d'accord ? Réfléchis-y au moins. Et puis, obtenir son bac n'a jamais fait de mal à personne, que je sache ! En fait, ça ne peut qu'être utile.

Je marmonne une réponse peu enthousiaste, agite rapidement la main en guise d'au revoir, et m'élance vers le portail. J'ignore si la conversation était vraiment terminée, mais pour ma part je n'ai rien à ajouter. Ce genre de choses, les règles auxquelles il fait allusion, ne s'appliquent plus à moi. La grande parade du diplôme de fin d'études, c'est pour les autres.

Les gens normaux.

Les mortels.

Pas moi.

Je mets le moteur en route à distance, bien avant d'atteindre ma voiture garée dans l'allée, puis démarre en trombe et file à toute allure en direction du point de rendez-vous fixé avec Jude.

quatorze

À peine ai-je pénétré dans le parking que je le vois.

Il m'attend à bord de sa Jeep, tapotant son volant des pouces, au rythme du morceau que son iPod joue à plein volume, l'air si paisible, si heureux d'être assis là tout seul, que je suis tentée de faire demi-tour et de retourner d'où je viens.

Mais je n'en fais rien.

Ce rendez-vous est bien trop important pour le louper.

Haven n'a aucune intention de ne pas mettre sa menace à exécution, et c'est peut-être mon unique occasion de convaincre Jude du sérieux de la situation.

Je me gare à côté de lui et lui fais signe. Je le vois retirer ses écouteurs, les balancer sur le siège passager, puis sortir d'un bond et s'appuyer contre sa portière, les bras croisés, me regardant approcher.

– Salut.

Il m'adresse un rapide signe de tête, puis me regarde attentivement pendant que je hisse mon sac sur l'épaule et rajuste le tee-shirt que je porte sur mon débardeur.

– Tout va bien ?

Il penche la tête d'un air interrogateur, visiblement perplexe quant à la raison de cette entrevue forcée.

J'acquiesce d'un sourire, songeant que ce serait plutôt à moi de lui poser la question.

– Oui, ça va.

Je m'arrête à quelques centimètres de lui, sans trop savoir comment enchaîner. Certes, j'ai demandé à le voir, mais comme une idiote je n'ai pas pris deux minutes pour mémoriser la longue liste de points à aborder.

– Euh… et toi, ça va ?

Au premier coup d'œil, je remarque qu'il semble en bien meilleure forme que la dernière fois où je l'ai vu : son visage a repris des couleurs, son regard est loin d'être aussi vide et abattu, et son aura d'un vert éclatant m'indique qu'il est effectivement en voie de guérison.

Il hoche la tête, attendant manifestement que j'amorce la phase suivante, que je lui explique enfin de quoi il retourne. Mais comme je reste muette, les bras ballants, il prend une profonde inspiration et se lance :

– Je t'assure, ça va. Je commence à me faire à l'idée que Lina soit partie pour toujours. De toute façon, je ne peux rien y changer, alors autant que je m'y habitue, non ?

J'approuve en bafouillant une réponse standard, facile à oublier. Puis, consciente que je me suis assez dérobée, qu'il est temps d'en venir à la véritable raison de notre entrevue, à mon tour, j'inspire un bon coup :

– Et Haven ? Est-ce que tu l'as croisée ou as-tu eu de ses nouvelles, dernièrement ?

Il détourne les yeux, frottant d'une main la barbe de quelques jours qui commence à lui grignoter le menton, puis répond d'une voix lasse, résignée.

– Non, pas du tout. D'ailleurs, à la réflexion, je me dis que ce n'est pas forcément bon signe. Mais remarque, toute cette histoire me dépasse un peu je crois, alors qui sait ?

Il me fixe un moment, parcourt mon visage des yeux, avant de les détourner à nouveau.

— Et si je te disais que tu te trompes ?

J'observe une pause.

— Que toute cette histoire ne te dépasse pas autant que tu le penses ?

Il grommelle une réponse incompréhensible puis :

— Tu plaisantes, j'espère ?

Je tiens bon, sans me défaire de mon air très sérieux.

— Crois-moi, j'aurais préféré. Mais ça n'a rien d'une plaisanterie. En fait…

Mais je n'ai pas le temps de finir ma phrase, et encore moins d'en venir aux faits, qu'il me coupe brusquement la parole, fort des conclusions qu'il vient de tirer tout seul quant au sujet qui nous amène, et pressé de me faire taire avant que j'en dise plus.

— Écoute, Ever…

Poussant un soupir, il donne un coup de pied dans le vide tout en plongeant les mains au fond de ses poches de jean.

— Ça me touche que tu t'inquiètes de ma sécurité, mais que ce soit clair entre nous : je n'ai aucune intention de boire l'élixir et de devenir immortel comme toi.

Alors là, les bras m'en tombent, et je dois faire un effort surhumain pour empêcher mes yeux de sortir de leur orbite. Je n'arrive pas à croire qu'il ait réellement pensé que je lui suggérais une telle solution !

— Je sais que je me répète, et ne crois pas que ce soit un jugement de ma part ni rien, mais une espérance de vie pareille, anormalement longue… franchement, ça ne me tente pas du tout.

Et de deux, en deux jours, je me dis, incapable de ne pas le regarder bouche bée.

— Maintenant que je suis allé dans l'Été perpétuel et que j'ai vu Lina, je me dis qu'il faudrait être dingue pour avoir envie de rester éternellement sur Terre, d'opter pour un séjour prolongé dans un monde aussi imparfait et rempli de haine, quand on sait que quelque chose de tellement mieux nous attend au tournant — façon de parler.

Ces paroles me heurtent de plein fouet, autant que celles de Miles, mais je ne m'effondre pas. Fini les larmes. Pour le pire ou pour le meilleur, je suis ce que je suis, et rien n'y changera. Pour autant, je ne compte pas convaincre tous mes amis de partager mon sort.

— Tu ne crois pas que… tu exagères un peu ? je lance, dans l'espoir de détendre l'atmosphère.

— Si, tu as sans doute raison, admet-il d'un ton toujours aussi sérieux. Tout n'est pas que haine et souffrance ici-bas. De temps à autre, par chance, il arrive que certains d'entre nous dégotent une petite parcelle de bonheur.

— La vache ! C'est un peu sinistre comme vision, tu ne crois pas ?

Je pars d'un rire forcé, mais ses mots me troublent plus que je ne veux bien l'admettre.

Jude penche la tête en plissant les yeux, de sorte que c'est à peine si j'en distingue encore les prunelles.

— Bref, je ne cherchais pas à t'insulter, ce n'est juste pas mon truc, c'est tout. Ça ne m'intéresse pas.

J'y vais de mon haussement d'épaules, prête à changer de sujet, à quitter ce parking et à passer aux choses sérieuses.

— Alors… ?

Il me dévisage.

— C'est bon ? La discussion est close ?

– Celle-ci, oui. Mais pour le reste, on est loin d'en avoir fini.

Je lui fais signe de me suivre tandis que je me dirige vers la grille d'entrée. Je prends un instant pour fermer les yeux et la déverrouiller mentalement.

– Crois-moi, ce n'est que le début, Jude !

Je pousse les deux battants pour pénétrer dans l'enceinte, présumant qu'il va me suivre mais, en jetant un coup d'œil dans mon dos, je m'aperçois avec surprise qu'il n'a pas bougé du parking.

– Ever, qu'est-ce que tu fabriques ? Pourquoi m'avoir donné rendez-vous ici ? Je croyais que tu en avais fini avec le lycée ?

Je prends le temps d'observer cet ensemble de bâtiments que j'ai réussi à déserter toute la semaine et qui ne m'a pas manqué le moins du monde.

– Eh bien j'ai changé d'avis, tu vois ! Et puis, je n'ai pas trouvé d'autre endroit susceptible de nous fournir l'espace et l'intimité dont nous allons avoir besoin.

Ses sourcils font un bond, il est visiblement intrigué.

Mais je ne relève pas et fonce vers le gymnase, persuadée que, cette fois, il me suit à la trace.

– Cette porte aussi est fermée à clé ?

Il promène son regard sur moi, mes bras, mes jambes, ma nuque, à peu près toutes les zones dénudées de mon corps.

J'acquiesce, concentrée sur la porte, et entends le verrou émettre un cliquetis.

– Après toi.

Il y entre, ses chaussures couinant sur le parquet ciré tandis qu'il avance vers le centre de la salle où il s'immobilise,

148

lève les bras en équerre, renverse la tête en arrière, et hume l'air un grand coup.

— Pas de doute : cette odeur fétide caractéristique prouve qu'on est bien dans un gymnase !

Je souris, très brièvement, puis reviens à nos moutons.

Je ne suis pas venue ici pour rigoler ou perdre mon temps en bavardages inutiles. Je suis ici pour lui sauver la mise. Ou, plus précisément, pour lui enseigner tout ce qu'il doit savoir afin de pouvoir se défendre si jamais je ne suis pas là pour m'en charger.

Car j'ai beau lui en vouloir encore et avoir quantité de doutes le concernant, j'estime toujours qu'il est de mon devoir de le protéger de Haven.

— Bon, autant entrer directement dans le vif du sujet, sans plus perdre de temps.

Jude me fixe, le visage couvert d'un léger voile de sueur. Je ne saurais dire si c'est dû à l'atmosphère étouffante des lieux ou à l'appréhension qu'il éprouve à l'idée de découvrir dans quoi il s'est embarqué et ce que j'attends de lui.

Prenant quelques secondes pour m'installer, je laisse tomber mon sac dans un coin, renoue mon lacet défait et ôte mon tee-shirt pour laisser voir le débardeur blanc à côtés fines que je porte en dessous. Je passe les mains sur le devant pour le défroisser un peu, et ajuste l'élastique de mon short en m'approchant de lui.

— Bon, je présume que les chakras n'ont pas de secrets pour toi ?

Plantée devant lui, je l'observe avec attention mais ne lui laisse pas le temps de répondre :

— C'est évident, vu la brillante technique dont tu t'es servi pour tuer Roman…

— Ever, je… commence-t-il.

149

Mais pas question que je le laisse me débiter ses excuses. Je les ai déjà toutes entendues et n'y suis pas sensible pour un sou. Et puis, je ne peux pas me permettre de m'embarquer dans une discussion qui risquerait de me faire changer d'avis sur lui… sur tout ça.

— Plus tard.

Je lève une main ferme entre nous.

— C'est un autre débat, on en reparlera un autre jour. Pour l'instant, la seule chose qui nous préoccupe, c'est le fait que Haven possède des pouvoirs dont tu n'as pas idée…

Et moi non plus, à vrai dire…

— À l'heure qu'il est, elle est assez grisée par ces pouvoirs, donc d'autant plus dangereuse, et tu dois l'éviter à tout prix. Mais si, par hasard, tu as le malheur de la croiser pour une raison ou pour une autre, ou pire, si elle décide de s'en prendre à toi, ce qui, navrée de te le dire, est quand même le scénario le plus probable, bref, dans les deux cas, il faut que tu sois prêt à l'affronter. Alors, sachant cela et qui elle est, lequel de ses chakras choisirais-tu de détruire ?

Il me toise, la lèvre retroussée, signe manifeste qu'il ne me prend pas du tout au sérieux, ce qui est une grave erreur de sa part.

— Plus vite tu réponds, plus vite on en aura fini… je claironne, les mains sur les hanches que mes doigts tapotent avec impatience.

— Le troisième, se décide-t-il en posant la main à plat au creux de son estomac pour illustrer sa réponse. Le plexus solaire, aussi connu comme étant le siège de nos émotions, là où vengeance, colère et tous les autres sentiments négatifs de ce type prennent leur source. C'est bon, tu as fini, là ? J'ai réussi le test ? Tu me files ma médaille que je puisse rentrer chez moi ?

Il fronce ses sourcils broussailleux.

— Parfait. Maintenant je voudrais que tu fasses comme si j'étais Haven, je poursuis, ignorant sa question et le regard visiblement suppliant qu'il m'adresse. Je veux que tu te jettes sur moi, que tu me vises exactement de la même façon que tu la viserais, elle.

— Je t'en prie, Ever… C'est ridicule ! Je ne peux pas. Sérieusement. J'apprécie ta sollicitude, ça me touche beaucoup, mais cette espèce de reconstitution…

Ses dreadlocks virevoltent tandis qu'il secoue la tête.

— C'est… un peu gênant. Pour ne pas dire plus.

— Gênant ?

Je le dévisage, abasourdie. Décidément, l'orgueil masculin restera toujours un mystère pour moi.

— Bon, je vais faire comme si je n'avais rien entendu. Haven a le pouvoir de te mettre au supplice de mille façons avant de décider d'avoir pitié de toi et de finalement t'achever. Et toi, ce qui t'embête, c'est de paraître… gêné, devant moi ?

Dépitée, j'agite le menton, repoussant farouchement cette idée d'un geste.

— Écoute, si c'est parce que tu as peur de me faire mal, ne t'en fais pas. Ça n'arrivera pas, impossible. Je ne risque absolument rien. Tu auras beau essayer de toutes tes forces, tu ne peux pas m'atteindre. Alors, ôte-toi cette idée de la tête.

— Voilà qui est rassurant. Et pas du tout castrateur, en plus ! ironise-t-il en relâchant les épaules d'un coup.

— Je ne voulais pas te blesser. Je ne fais que t'exposer les faits, rien de plus. J'ai plus de force que toi. Je crois que tu en as suffisamment fait les frais pour en avoir la preuve, non ? Et, désolée de te le dire, mais Haven n'est pas en reste. Dans mon cas ou dans le sien, tu ne peux rien y changer, à ceci près que je possède un avantage sur elle.

Il relève les yeux, plus ou moins curieux de savoir de quoi il s'agit.

— Elle ne porte plus son talisman. Plus rien ne la protège désormais. Alors que moi, je ne me sépare jamais du mien...

Je m'interromps, happée par le souvenir de toutes ces fois où j'ai eu la mauvaise idée de l'enlever... Je m'empresse de corriger cette affirmation :

— Du moins, plus maintenant. En outre, mon point faible ne se situe pas au niveau du plexus solaire... non que j'aie l'intention de te révéler où il se trouve. Et quand bien même tu aurais déjà ta petite idée sur la question depuis le temps, si jamais tu décidais que ça vaudrait peut-être le coup de me tuer tellement tu as hâte de filer d'ici et de poursuivre la soirée ailleurs, sache que tu n'auras pas le temps de lever le petit doigt que je t'aurai déjà neutralisé.

De guerre lasse, il soupire et lève les mains en signe de reddition, prenant conscience du fait qu'il n'a d'autre choix que de capituler.

— OK. Ça va. Comme tu voudras. Mais qu'est-ce que tu attends de moi, au juste ? Que je te saute à la gorge, quelque chose comme ça ?

— Oui, pourquoi pas ? C'est une façon comme une autre de commencer.

— Le problème, c'est que ce cas de figure est complète-ment improbable. Jamais je ne me jetterais sur Haven ou quiconque, à moins qu'on m'ait provoqué, et encore. Je me retiendrais probablement. Je suis un pacifiste, tu le sais. Ce n'est pas mon genre. Alors, navré de te le dire mais, si tu tiens vraiment à ce que je joue le jeu, il va falloir que tu trouves une meilleure approche.

– D'accord.

J'acquiesce, bien décidée à ne pas le laisser se défiler.

– Pour ton information, sache que je n'ai pas non plus l'intention de me jeter sur Haven. Je n'ai pas prévu de déclencher la guerre ou de m'en prendre à elle d'une quelconque façon. Seulement, en attendant, je considère que ni toi ni moi ne pouvons ignorer le fait qu'elle s'est mis en tête de nous liquider, elle me l'a bien fait comprendre. Et ne t'y trompe pas, Jude : elle en a le pouvoir. Et vu ton manque de préparation, elle ne ferait qu'une bouchée de toi. Elle te tuerait traannnnquillement, sans le moindre problème ! Crois-moi, il faut absolument qu'on soit parés à cette éventualité. J'ai bien compris que l'idée de devenir immortel te faisait une belle jambe, mais je suis prête à parier que rendre l'âme aux pieds de Haven ne t'emballe pas des masses non plus. Bon, et si c'était moi qui me jetais sur toi ? Ça soulagerait ta conscience ? De toute façon, c'est sûrement ce qui se passera.

Jude hausse les épaules. Et de surcroît, les mains.

Cette réaction m'agace tellement qu'il n'en faut pas plus pour que je fonce sur lui, plein pot, sans crier gare.

Je suis si rapide qu'en une fraction de seconde, lui qui se tenait au centre du gymnase dans une posture cool et désinvolte se retrouve catapulté à l'autre bout de la salle, où je le plaque violemment contre le mur matelassé, comme Haven l'a fait avec moi, l'autre jour, dans les toilettes. Et à l'instar de ma rivale, je ne suis pas le moins du monde essoufflée par cet effort.

– Voilà ce qui t'attend ! je lâche en l'agrippant fermement par le col de sa chemise.

À force d'être tordu, un bout de tissu finit par me rester dans la main. Je sens son souffle frais et saccadé sur ma joue, mon visage à deux millimètres du sien, tandis que je sonde ses yeux vert marin ébahis.

– Voilà à quelle vitesse elle passera à l'action ! Tu n'auras pas le temps de réagir.

Il croise mon regard, l'air grave, le souffle de plus en plus court, tandis qu'un filet de sueur dégouline le long de sa tempe et que son cœur se met à tambouriner.

Mais ce n'est pas dû à la peur, ni même à la surprise. Non. C'est la conséquence de tout autre chose.

Et je devine immédiatement quoi.

Il me regarde de la même façon que le fameux soir où nous avons failli nous embrasser dans le Jacuzzi.

Soirée où il m'a avoué qu'il m'aimait, depuis toujours, au cours de toutes nos existences sans exception, et qu'il ne comptait pas renoncer de sitôt à ses sentiments.

Ma raison me souffle de lâcher sa chemise, de lui tourner le dos et de m'écarter autant que possible de lui. Et je le veux ! Mais j'en suis incapable…

Au lieu de ça, je resserre ma prise, me colle davantage à lui, apaisée par la vague de sérénité qui émane de sa peau, et plonge, tête la première, au tréfonds de ses yeux océan.

Une petite voix dans ma tête m'énumère toutes les raisons pour lesquelles je ferais mieux de prendre mes jambes à mon cou, cette longue liste de doutes et de questions sans réponses, mais mon corps n'en a que faire. Il préfère s'abandonner à cette proximité, comme la jeune fille que j'étais durant ma vie d'esclave.

Je lève la main à la hauteur de son visage, les doigts tremblants, douloureux, ne voulant rien de plus que se fondre sur sa joue.

Ne faire qu'un avec sa peau.

Mon nom s'échappe de ses lèvres dans un gémissement. Comme si c'était une souffrance pour lui de le prononcer, de me sentir si près.

Mais je ne vais pas le laisser en dire plus. J'appuie les doigts sur le bombé moelleux de ses lèvres, découvrant leur chaleur, leur façon de céder à mon contact, et me demande alors ce que je ressentirais si j'y posais la bouche à la place.

Je sens son cœur battre la chamade contre le mien, chacun de ses battements s'intensifiant *crescendo*. Et bien que j'essaie de résister, que je sois tout entière et sincèrement contre cette idée, il reste néanmoins quelque chose que je dois vérifier coûte que coûte. Il faut que je sache, que j'en aie le cœur net, une fois pour toutes, pour que je puisse enfin éliminer cette question qui m'empoisonne l'existence. Pourvu que ce baiser m'apporte une réponse, de la même façon que cela s'est produit un jour, avec Damen.

Existe-t-il réellement un lien étroit entre nous ?

Est-ce nous qui sommes destinés à être ensemble, et Damen qui nous en a délibérément empêchés ?

Il n'y a qu'un moyen de le savoir. Je prends une profonde inspiration, ferme les yeux, et attends de sentir ses lèvres se presser contre les miennes.

quinze

– Ever, s'il te plaît…

Ses doigts me caressent avec douceur le dessous du menton, m'invitant à rouvrir les yeux.

Je m'exécute. À contrecœur, je relève les paupières pour affronter son regard. Ses yeux vert marin ensorceleurs contrastent vivement avec sa peau bronzée, la mèche blond doré rebelle qui lui tombe dans les yeux, et ses dents blanches légèrement de travers.

– J'attends ce moment depuis si longtemps… depuis tant d'années, mais avant, il faut que je sache…

J'attends sa question, tout juste capable de respirer.

Et je dois dire que je m'attendais à tout, sauf à ça.

– Pourquoi moi ? Et pourquoi maintenant ?

Je cligne des yeux et recule la tête. Cette attirance irrésistible que j'éprouvais pour lui il y a à peine une minute commence déjà à s'évanouir. Seule une légère empreinte subsiste encore lorsque je lui réponds :

– Je ne comprends même pas le sens de ta question.

Mes doigts desserrent leur étreinte sur son col et, du coin de l'œil, je vois tomber un tout petit carré de tissu par terre tandis que je m'écarte un peu.

Mais il me retient. Il saisit mes mains pour les serrer au creux des siennes.

Que s'est-il passé ? Voilà ce que ça signifie. *Qu'est-ce qui a bien pu changer entre Damen et toi pour que tu t'autorises seulement à songer à moi ?*

Poussant un long soupir, je balaie du regard ses mains, nos doigts entrelacés, son poignet posé contre le bracelet en argent en forme de fer à cheval que Damen m'a offert à l'hippodrome, et cette fois, dès que je m'en sens prête, je m'écarte pour de bon. Lentement, je retrouve mon souffle, le charme qu'il exerce sur moi diminuant à mesure que je prends mes distances.

Toutefois j'ai conscience qu'il mérite une réponse, qu'en aucun cas je ne peux en rester là.

— J'ai découvert quelque chose, je dis en lui jetant un coup d'œil que je ne prolonge pas. C'est à propos du passé…

Je déglutis nerveusement, puis reprends d'une voix plus assurée, plus ferme :

— Quelque chose qu'il me cache depuis très longtemps.

Jude me dévisage sans manifester le moindre étonnement. En plus d'une occasion il a fait allusion aux secrets de Damen. À son incapacité à jouer franc-jeu, surtout me concernant. Remarquez, à sa décharge, Damen l'a volontiers admis récemment. En fait, il s'en veut tellement, il est si tenaillé par le remords qu'il a carrément décidé de s'effacer un temps, pour que je puisse faire un choix définitif.

Pour moi la question ne s'est jamais posée. Depuis le jour de notre rencontre, je n'ai eu d'yeux que pour Damen.

Mais… si je m'étais trompée ?

Si depuis tout ce temps, c'était Jude l'homme de ma vie ?

Au fond, il s'est toujours trouvé à mes côtés, dans chacune de mes existences, y compris celle que je viens de découvrir. Et pourtant, à la fin, c'est toujours lui qui est mis sur la touche, qui se fait avoir, et qui finit seul.

Et si les choses n'avaient jamais dû se passer ainsi ?

Si, depuis le début, j'étais envoûtée par le charme ténébreux de Damen, au point de faire systématiquement le mauvais choix ?

Comment se fait-il que Jude et moi retombions inlassablement dans les bras l'un de l'autre ? Est-ce une façon qu'a l'Univers de nous redonner une chance de tout arranger, et d'être enfin réunis après tant d'années ?

Je lance un regard à Jude, qui se tient devant moi. Il est fascinant. Pas comme Roman pouvait l'être, avec sa beauté lisse et sans faille, ni même comme Damen avec cette façon mystérieuse et torride qu'il a de me faire frissonner. Non. Jude, c'est plus le genre cool et rêveur, apparemment lisse en surface, mais au fond si complexe.

— Ever… commence-t-il.

À son air, je comprends qu'il bataille entre une folle envie de m'agripper pour m'embrasser fougueusement et celle de montrer un peu de retenue pour essayer d'abord de me parler.

— Explique-moi ce que tu as vu. Qu'est-ce qui a pu te bouleverser au point que tu te tournes vers moi ?

Il a une telle façon de poser la question, pleinement conscient d'avoir tenu le triste rôle d'amoureux éconduit depuis des siècles… que j'en ai le cœur serré pour lui.

Je détourne les yeux, promenant mon regard sur les gradins, le parquet éraflé, le panier de basket-ball, le temps que les derniers vestiges de son charme se dissipent pour céder la place au raisonnement et à une longue liste de questions.

158

C'est décidé, je vais me montrer ferme et franche, exposer simplement les faits tels qu'ils sont, et on verra bien où ça mène.

– Il y a quelque temps, tu as plus ou moins...

Je secoue la tête.

– Non, tu n'as pas « plus ou moins », tu m'as clairement laissé entendre que tu étais au courant de certains secrets concernant notre passé. Après ta première visite dans les grands sanctuaires de la connaissance, tu semblais complètement transformé. Et quand je t'ai demandé ce qui s'était passé là-bas, tu es resté assez vague. Mais par la suite tu as tenu des propos sur Damen, comme quoi il n'avait pas été loyal par le passé, mais que tout ça était sur le point de changer car, pour reprendre tes termes, « le savoir, c'est le pouvoir, et grâce à l'Été perpétuel, j'en ai à revendre », ou quelque chose dans ce goût-là, peu importe. Explique-moi ce que ça signifiait.

Plantée devant lui, muette et immobile, j'attends qu'il réponde. Il se pince l'arête du nez, les doigts enfoncés au coin de chaque orbite, puis relâche brusquement les bras le long du corps pour me dévisager.

– Par où veux-tu que je commence ?

Il hausse les épaules, geste qu'il accompagne d'un rire tenant plus du râle rauque et bourru que du cri de joie.

Je m'apprête à répondre, « n'importe, comme tu le sens », pensant que, pour le coup, il vaut peut-être mieux le laisser prendre l'initiative et me révéler à son rythme ce qu'il juge bon que je sache. Mais je me ravise. Certes, je sais que Damen a retouché le film de mes existences, autrement dit chacune d'entre elles renferme plus ou moins de secrets qu'il préférerait me cacher ; mais, dans l'immédiat, il n'y en a qu'une qui m'importe, un seul secret que je tiens absolument à découvrir.

Un secret bien précis, celui-là même qui m'a conduite jusqu'ici et donné envie d'embrasser Jude, pour voir où ça nous mènerait ensuite.

– Le Sud.

Je plante mon regard dans le sien.

– Commence par le Sud d'avant la guerre de Sécession. Que sais-tu de notre vie à cette époque, quand toi et moi nous étions esclaves ?

Il devient livide. Mais alors, comme s'il avait vu un fantôme ! Ses yeux perdent tout éclat en une fraction de seconde, si vite que j'ai peine à y croire. Il marmonne quelques mots inaudibles, tout en jetant des coups d'œil nerveux autour de lui, s'arrêtant sur une peinture au mur qui représente la mascotte du lycée, pendant que ses mains et ses pieds agités entament un ballet de contorsions.

Forcément, face à une telle réaction, je me demande si je ne viens pas, sans le vouloir, de lui révéler un passé dont il ignorait tout.

Mais cette hypothèse s'évanouit aussitôt avec cette réponse :

– Alors tu es au courant.

Il inspire un grand coup.

– Franchement, Ever, je suis un peu sous le choc qu'il t'en ait parlé. En dépit de tout ce que je pense de lui, je dois reconnaître qu'il a eu un sacré cran. Ou peut-être que c'était juste de l'inconscience de sa part, va savoir...

– Il ne m'a rien dit, je lâche étourdiment, sans avoir le temps de me rattraper. Enfin, pas exactement. Disons juste que... je suis tombée sur quelque chose qu'il ne voulait clairement pas que je voie.

Jude hoche la tête, son regard se trouble à mesure qu'il me dévisage lentement.

– Ça se comprend, souffle-t-il gravement. C'était vraiment une des pires de toutes nos existences, pour ne pas dire la pire.

Il se dandine, mal à l'aise.

– Du moins, vu comme les choses ont tourné pour moi...

seize

Le lundi suivant, je manque une fois de plus les cours pour pouvoir assister aux funérailles de Lina.

Enfin, ce n'est qu'un prétexte. J'aurais de toute façon séché.

Munoz a beau affirmer qu'un diplôme garantit un avenir meilleur, aux perspectives plus vastes et prometteuses, permettez-moi de ne pas partager cette opinion.

Ça donne peut-être un coup de pouce aux gens normaux, en leur assurant une certaine considération de la part des commissions d'admission universitaires et de potentiels employeurs, mais ces choses-là n'ont aucun sens pour moi. Il y a encore une semaine, moi aussi je trouvais cela important, mais finalement je me rends compte que je faisais fausse route. Je faisais l'impasse sur le fait évident que suivre le cours classique des événements est absurde, puisque je mène une vie et me prépare à un avenir tout sauf ordinaires.

Il est temps que je cesse de me voiler la face.

Et, pour être tout à fait honnête, je dois admettre que Damen joue également un rôle, sinon le principal, dans cette décision. Car je ne suis pas prête à l'affronter. Pas encore. Un jour peut-être, bientôt, qui sait ? Mais pour l'heure, ce jour me paraît loin. Très loin.

Cela dit, il semble parfaitement l'assumer, et c'est tout à son honneur. Il me laisse le temps de tirer les choses au clair et de faire le point, seule. L'unique intrusion qu'il s'autorise consiste en l'apparition soudaine de quelques tulipes rouges, qui de temps à autre surgissent de nulle part, en guise de modeste souvenir de l'amour qui nous liait jadis.

Et qui nous lie encore.

Enfin, je crois.

Je dévisse le bouchon de ma bouteille d'eau et parcours le salon des yeux, à la recherche d'un visage familier dans la foule compacte qui m'entoure. D'après Jude, Lina ne manquait pas d'amis, et je constate qu'il disait vrai. En revanche, il a omis de me préciser qu'ils étaient tous très différents. Bien que j'adore vivre ici, Laguna Beach n'est pas franchement réputée pour être une ville multiculturelle, et pourtant toutes les ethnies imaginables ou presque sont représentées ici. Et vu le mélange d'accents et de consonnes roulées que j'entends autour de moi, il est clair que bon nombre d'entre eux sont venus de loin pour lui faire leurs adieux.

Sans quitter mon poste d'observation, la bouteille d'eau bizarrement pendue au bout de mon bras, je pèse le pour et le contre entre essayer de trouver Jude pour lui signaler mon départ imminent ou bien rester encore un peu pour la forme, quand j'aperçois Ava qui me fait signe depuis l'autre bout de la pièce. Tandis qu'elle s'avance dans ma direction, je m'empresse de calculer combien de temps s'est écoulé depuis la dernière fois où nous nous sommes parlé. Je redoute qu'elle aussi fasse partie du petit groupe de personnes ayant le sentiment que je les délaisse.

– Ever !

Elle sourit, se penche vers moi pour une brève accolade. Ses doigts chargés de bagues m'agrippent les bras, ses grands yeux noisette sondant les miens puis elle s'écarte.

– Tu as bonne mine !

Légère et désinvolte, elle laisse échapper un petit rire.

– Remarque, comme toujours, non ?

Je baisse les yeux vers la longue robe pourpre que j'ai matérialisée spécialement pour l'occasion – Jude nous avait formellement interdit le port d'habits noirs. D'après lui, Lina détesterait voir de là-haut une foule de gens tous vêtus de la même couleur déprimante. Elle n'aimerait pas que ses proches pleurent sa mort, préférant plutôt qu'ils célèbrent sa vie. Et étant donné que le mauve était sa couleur préférée, il nous a demandé de venir habillés de l'une de ses nuances.

– Alors, est-ce qu'elle est parmi nous ? je demande, en voyant Ava plisser les yeux et replacer une mèche de ses cheveux auburn ondulés derrière l'oreille.

Présumant le pire, que je fais allusion à Haven, son visage change du tout au tout.

– Je parlais de Lina, je m'empresse d'ajouter avant qu'elle ne se monte la tête. Est-ce que tu l'as vue ?

Du regard, j'effleure le pendentif de citrine qui ne la quitte jamais, puis la tunique violette en coton brodé qu'elle porte sur un jean blanc près du corps, et les ravissantes sandales dorées à ses pieds.

– Comme tu sais, je ne vois pas ceux qui ont franchi le pont, je précise en relevant les yeux vers elle. Uniquement ceux qui s'attardent entre les deux dimensions.

– Est-ce que tu essaies parfois de leur parler, de les

convaincre de passer de l'autre côté ? demande-t-elle en remontant la lanière de son sac à main sur l'épaule.

Je la fixe comme si elle était folle, l'idée ne m'ayant jamais traversé l'esprit. Il m'a fallu tant de temps pour apprendre à les ignorer et faire comme s'ils n'existaient pas, que je ne m'imagine pas une seconde engager la conversation avec eux aujourd'hui. En outre, question problèmes à régler, j'ai tout ce qu'il me faut à la maison ; me mettre à fréquenter une bande de fantômes malavisés serait bien la dernière chose dont j'aurais besoin.

Ava éclate de rire, son regard papillonnant à travers la pièce.

— Crois-moi, Ever, tous autant qu'ils sont, ils se débrouillent toujours pour assister à leur propre enterrement. Je n'ai encore jamais vu aucune âme capable d'y résister ! Il faut dire qu'avoir l'occasion de découvrir qui a fait le déplacement, qui dit quoi, qui est habillé comment, et qui est vraiment triste, comparé à qui fait juste semblant, c'est assez tentant.

— Et toi, d'ailleurs, tu es vraiment triste ? je rétorque sans vraiment sous-entendre ce qu'on peut imaginer, à savoir qu'elle fait peut-être semblant.

Après tout, je suis ici surtout pour soutenir Jude et rendre hommage à quelqu'un qui a eu la bonté de m'aider à une époque où j'en avais réellement besoin. Mais même si je sais que Lina était la patronne d'Ava, j'ignore si leur lien s'arrêtait là ou si, en fait, elles étaient amies.

— Si ta question signifie : suis-je triste de voir une âme si lucide, douce, généreuse et compatissante s'en aller...

Elle me regarde sans ciller.

— ... alors la réponse est oui, évidemment, pourquoi ne le serais-je pas ? En revanche, si la question est de savoir si je suis plus triste pour elle que pour moi… alors j'ai bien peur que ce soit non. Dans la plupart des cas, ma tristesse est purement égoïste.

— C'est exactement ce que Jude a dit, je marmonne d'une voix mélancolique en parcourant le salon du regard pour tenter de l'apercevoir.

Ava acquiesce, rejetant sa masse de boucles derrière l'épaule.

— Et toi, quand tu as perdu ta famille, pour quelle raison étais-tu surtout triste ?

Je la dévisage, surprise par cette question. Pour moi, la réponse est évidente : pour mes parents, bien sûr ! Ainsi que pour mon chien Caramel, et ma petite sœur Riley dont le rêve de devenir adolescente et de fêter son treizième anniversaire restera inassouvi… Pourtant je reste muette. Parce que c'est faux, tout simplement. J'ai souffert de leur perte d'une façon atroce, abominable, au plus profond de mon être ; mais je dois avouer que si j'étais si dévastée, c'était surtout parce que je me sentais seule, abandonnée, pendant qu'eux partaient tous dans l'au-delà, loin de moi.

— Enfin, bref, reprend Ava en haussant les épaules. Pour en revenir à ta question initiale, je l'ai vue, en effet. C'était très court, à peine une seconde en réalité, mais Dieu que c'était beau !

Un sourire vient illuminer son visage aux joues rosies, tandis que ses yeux brillent à ce souvenir. Je m'apprête à lui demander plus de détails, mais elle me devance.

— C'était pile au moment où Jude s'est levé pour prendre la parole. Tu te rappelles comme il a chancelé et commencé à craquer nerveusement ? Quand, la voix entrecoupée, il a dû s'interrompre un moment avant de pouvoir reprendre ?

Je hoche la tête. Je m'en souviens parfaitement. Mon cœur s'est serré pour lui à cet instant précis.

— Eh bien, c'est là qu'elle est apparue dans son dos. Elle planait légèrement au-dessus de lui. Les mains posées sur ses épaules, les yeux fermés, elle l'a enveloppé d'une sublime bulle d'amour et de lumière. Moins d'une seconde plus tard, il a retrouvé le fil et pu terminer son éloge funèbre sans problème, pendant qu'elle disparaissait.

J'essaie de me représenter la scène telle qu'elle me la décrit, regrettant de ne pas en avoir été témoin.

— Tu penses vraiment qu'il l'a sentie… sa présence ? J'imagine que oui, puisque apparemment ça l'a aidé à terminer son discours… Mais tu crois qu'il en avait vraiment conscience ? À ton avis, il savait que c'était elle qui lui apportait son soutien ?

D'un geste, Ava m'indique la baie vitrée et le carré de verdure derrière, où Jude est en pleine discussion avec un petit groupe d'amis de Lina. Ses longs cheveux recouvrent son dos, et les manches de son tee-shirt violet à l'effigie d'une divinité hindoue multicolore, vaguement familière.

— Pourquoi ne pas lui poser directement la question ? suggère-t-elle. J'ai entendu dire que vous vous étiez beaucoup rapprochés, ces derniers temps.

Je tique et reporte immédiatement mon attention sur elle, curieuse de savoir si elle sous-entend ce que je crois, et qui a bien pu lui fournir de telles informations.

— Visiblement, tu as séché les cours pour aller le remplacer à la boutique, alors que je lui ai bien fait comprendre à plusieurs reprises que ça ne me dérangeait absolument pas de m'en occuper, au contraire. Et puis… Damen semble un peu déprimé en ce moment, du moins c'est l'impression que j'ai eue les rares fois où je l'ai aperçu, même si les jumelles n'ont pas manqué de me le confirmer. Elles le voient beaucoup plus souvent que moi, tu sais. Il n'arrête pas de les emmener en virée, du ciné aux autos tamponneuses, en passant par des séances de shopping à Fashion Island ou un tour dans les toboggans aquatiques de Disneyland. Ils ont écumé à peu près toutes les attractions qu'on peut trouver dans le comté d'Orange, au moins deux fois ! Elles, elles sont ravies, là n'est pas le problème. Et bien que ce soit très généreux et gentil de la part de Damen, il n'y a pas besoin de chercher bien loin pour comprendre d'où lui vient ce brusque élan d'altruisme.

Elle observe une pause, plante son regard dans le mien.

– Il est évident qu'il cherche à s'occuper. Il essaie à tout prix de fuir son obsession pour toi, et de ne pas penser au fait que tu ne sois plus là pour lui comme tu l'étais avant.

Je sens mes épaules s'affaisser d'un coup, et tout mon corps faiblir. Avant, comme elle dit, j'aurais sans doute vu rouge, déjà répliqué par un argument minable pour me justifier, ou tout au moins lui aurais-je coupé le sifflet avant qu'elle ait le temps de me balancer tout ça à la figure.

Mais d'une part j'ai changé, de l'autre il n'y a pas à protester : tout ce qu'elle vient de dire est vrai.

Si Damen se sent triste, seul et désœuvré...

C'est entièrement ma faute. Incontestablement.

Cela dit, la situation ne se résume pas à cela. C'est bien plus compliqué, et je doute qu'Ava en ait un tant soit peu conscience.

Il n'empêche qu'elle dit vrai, je me suis effectivement

168

rapprochée de Jude – quoique pas au sens amoureux où elle l'entend.

Une attirance réelle et irrémédiable existe bel et bien entre nous, ça ne fait aucun doute. Mais ironie du sort, cette fois, c'est Jude qui freine des quatre fers. Il m'a bien fait comprendre que me grappiller quelques sentiments provisoires ne l'intéressait absolument pas.

Il me veut tout entière.

Pour de bon.

Être certain que j'ai définitivement renoncé à Damen et à tout ce qui nous unissait.

Que je m'engage en étant sûre de ma décision, sans regret pour le passé.

Sous prétexte qu'il ne peut pas prendre le risque d'avoir encore le cœur brisé.

Car le fait que le drame se soit reproduit des milliers de fois à travers les siècles n'allégera en rien sa douleur ce coup-ci.

Mais je ne peux répondre à sa demande pour l'instant – malgré ce qu'il m'a révélé de notre vie dans le Sud, confirmant exactement ce que je craignais le plus, à savoir que Damen m'a achetée, arrachée à ma famille, et a tiré un trait définitif sur eux afin de me garder pour lui tout seul... Je ne suis pas encore prête à m'engager sur cette voie.

Même après qu'il m'a révélé la suite de l'histoire : que, peu de temps après mon départ, lui et le reste de ma famille ont péri dans un terrible incendie dont ils auraient pu réchapper si Damen s'était donné la peine de les secourir. Incendie qui a occasionné plusieurs autres morts tragiques, qu'en toute logique rien ne peut excuser.

Compte tenu de son immense fortune et de ses prodigieux pouvoirs, un acte pareil, si cruel et retors, ayant engendré une telle tragédie, est absolument inexcusable.

Et pourtant, je ne suis pas encore prête à renoncer à lui.

Bien que je ne sois pas encore prête à le revoir non plus.

Et comme je n'ai pas du tout l'intention de m'épancher auprès d'Ava, je me contente de la même sempiternelle réplique, en soutenant volontairement son regard :

— C'est beaucoup, beaucoup plus compliqué que ça.

Elle acquiesce et tend le bras vers moi, sa main agrippant la mienne avec douceur.

— Je n'en doute pas une seconde, Ever. Pas du tout.

Elle s'interrompt pour s'assurer d'avoir toute mon attention avant d'ajouter :

— Fais juste attention à ne pas commettre d'imprudence. Prends le temps de bien creuser le passé, de vraiment réfléchir. Et si le doute s'installe, tu connais mon remède favori…

— La méditation, je marmonne en riant, les yeux levés au ciel, reconnaissante pour ce brin de légèreté qu'elle semble toujours capable d'insuffler même dans les moments les plus noirs.

Pas encore prête à la quitter, je la retiens un instant en la suppliant presque du regard.

— Ava, est-ce que tu sais quelque chose ?

Je lui serre fermement le bras, surprise moi-même d'être soudain avide de ses conseils.

— Tu es au courant pour… Damen, Jude et moi ? Sais-tu qui je suis censée choisir ?

Elle pose sur moi un regard doux et bienveillant, mais se contente de faire non de la tête. Une mèche de cheveux auburn tombe sur son front et dans ses yeux, les voilant temporairement avant qu'elle la balaie d'un revers de main.

— C'est une découverte qui t'appartient, Ever. À toi et toi seule. Personne ne peut décider à ta place de la voie que tu dois suivre. Je ne peux t'offrir que mon amitié en soutien.

dix-sept

– **Merci pour toute ton aide.**

Jude balance un torchon mouillé sur son épaule et s'appuie contre son antiquité de réfrigérateur qui est, sans comparaison avec ceux de Damen ou de Sabine – immaculés, et de la taille d'une penderie de plain-pied –, vieux, vert, et a une tendance à émettre d'étranges et bruyants gargouillis. Les pouces accrochés aux passants de son pantalon, les chevilles croisées avec nonchalance, il me regarde remplir le lave-vaisselle d'une dernière fournée de tasses et de verres sales, puis refermer la porte et appuyer sur le bouton DÉMARRER.

Levant un bras, j'enlève l'élastique de mes cheveux et laisse mes boucles retomber librement dans mon dos, tout en essayant de ne pas tenir compte de son regard intense. De ses yeux océan qui me dévorent, suivant goulûment le mouvement de mes mains qui lissent le devant de ma robe, avant de remonter une bretelle qui a glissé, et qui s'attardent un bon moment sur moi, tant et si bien que je me sens obligée de trouver un moyen de détourner son attention.

– C'était un bel enterrement.

Brièvement, je croise son regard mais détourne les yeux

et m'affaire à ranger le plan de travail carrelé, l'évier en porcelaine blanche vitrifiée.

– À mon avis, ça lui aurait plu.

Jude sourit, roule son torchon en boule et le pose sur le bar, puis se dirige vers le salon pour aller s'affaler dans le vieux canapé marron, présumant que je vais suivre. Quelques secondes plus tard, je m'y résous effectivement.

– Je te le confirme.

Il envoie valser ses tongs, cale ses pieds sur des coussins.

– Tu veux dire que tu l'as vue ?

Je me laisse tomber sur le fauteuil en face de lui, avant de poser mes pieds nus sur la vieille porte de bois sculpté qui fait office de table basse.

Il se tourne, m'observe lentement, d'un air surpris.

– Oui, je l'ai vue. Pourquoi ? Toi aussi ?

Je lui fais signe que non pour tout de suite dissiper le malentendu, puis tripote la grappe de cristaux que je porte au cou ; mes doigts caressent les pierres rugueuses, que je préfère aux plus polies.

– Mais Ava, si.

Je relâche mon talisman et sens la chaleur des pierres sur ma peau.

– Je n'arrive toujours pas à voir les gens comme Lina.

– Parce que tu essaies encore ?

Jude se redresse pour attraper un petit coussin à ses pieds et le placer derrière sa tête, avant de se rallonger.

– Non, je soupire d'une voix mélancolique, le regard lointain. Plus maintenant. Ça fait un moment que j'y ai renoncé.

Il acquiesce, tout en continuant à m'observer, quoique d'une façon plus songeuse, moins intense.

– Si ça peut te soulager, je ne l'ai pas vue non plus. Riley, j'entends. C'est bien elle dont on parle là, non ?

J'appuie ma tête contre le dossier du fauteuil, ferme les yeux. Je me laisse aller au souvenir de ma chipie de petite sœur, qui avait un goût prononcé pour les perruques et les déguisements loufoques… Où qu'elle soit, j'espère qu'elle en profite à fond.

Jude me tire doucement de mes rêveries.

– Au fait, Ever… murmure-t-il en contemplant les poutres apparentes au plafond. Maintenant que les choses commencent à se calmer un peu, je me disais qu'il serait peut-être temps pour toi d'envisager de retourner en cours.

Je me raidis, le souffle coupé.

– Il se trouve que Lina m'a tout légué : la maison, la boutique… tout. Et puisque toute la paperasse semble être en ordre, je crois que je vais laisser l'avocat me relayer, ce qui va me permettre de reprendre mon poste à plein temps. Sans compter qu'Ava a déjà proposé de me remplacer au cas où je ne pourrais pas assurer un créneau.

La gorge nouée, je reste muette. À sa tête, je comprends que la question est déjà réglée, fixée. Il a tout planifié.

– Ton aide m'a beaucoup touché, vraiment, mais…

Il me glisse un rapide coup d'œil avant de reporter son regard vers le plafond.

– Je pense qu'il vaut mieux que tu…

Je ne le laisse même pas terminer sa phrase.

– Mais non, je t'assure ! je bafouille. Ça n'a aucune espèce d'importance !

Je me mets à lui expliquer la conclusion à laquelle je suis récemment arrivée concernant le lycée, le parcours normal que n'importe quel individu espère suivre, comparé à moi, à ma vie, que les deux ne sont plus conciliables, que tout ça n'a plus aucun sens pour moi.

Cela dit, je n'ai pas le temps d'en dire plus qu'il lève la main pour m'interrompre.

— Ever, si tu crois une seconde que c'est facile pour moi, détrompe-toi.

Poussant un soupir, il ferme les yeux.

— Crois-moi, d'un côté j'ai une envie dingue et irrésistible de juste la boucler, d'arrêter de parler et de résister et d'en profiter tant que je t'ai ici, chez moi, sous la main, et que tu ne demandes pas mieux que de passer ton temps libre avec moi.

Il marque une pause, les poings serrés, agités, signes de la bataille intime qui l'anime.

— Mais de l'autre, une part de moi beaucoup plus raisonnable me conseille de faire tout le contraire. Et tant pis si ça paraît stupide de dire ça, mais je sens que je n'ai pas le choix, alors je...

Il s'arrête encore, déglutit nerveusement, et reprend :

— Je pense qu'il vaut mieux pour toi...

Je retiens mon souffle, quasi certaine de n'avoir aucune envie d'entendre la suite, et pourtant résignée à l'idée que je ne vais pas y couper.

— Enfin que tu devrais, disons... prendre un peu tes distances pendant un temps. Voilà.

Il rouvre les yeux et les plante directement dans les miens, laissant la phrase planer entre nous, tel un obstacle infranchissable.

— J'adore ta compagnie... Depuis le temps, tu dois savoir que c'est sincère. Mais si on a le moindre espoir d'avancer, et toi celui de prendre une décision un de ces quatre concernant ton avenir, voire le nôtre, quelle que soit la tournure que prennent les choses, alors il faut vraiment que tu retournes à ta vie et que tu changes d'air. Il faut que tu arrêtes de…

Il inspire un grand coup et s'agite d'un air gêné, visiblement obligé de se faire violence pour exprimer le fond de sa pensée.

— Arrête de te planquer à la boutique, prends ta vie en main et affronte tes problèmes.

Je reste prostrée, sans voix, abasourdie, ne sachant comment je suis censée prendre cette remarque et, qui plus est, y réagir.

Me planquer, moi ?

Pour lui, c'est ce que j'ai fait toute la semaine ?

Et, pire encore, se pourrait-il qu'il ait raison ? Est-ce qu'il aurait mis le doigt sur quelque chose dont je n'avais absolument pas conscience et que je me suis donné un mal de chien à refouler ?

Je repose les pieds par terre, et renfile mes sandales à semelles compensées.

— Je crois que… Je ne me rendais pas compte…

Jude se redresse brusquement.

— Je t'en prie, n'y vois aucun sous-entendu ! Juste, réfléchis-y, d'accord ? Parce que tu sais, Ever…

Il repousse une des dreadlocks qui lui balaient la joue pour bien me voir.

— J'ignore combien de temps encore je serai capable de jouer les bouche-trous.

Il pose les mains sur ses cuisses, paumes vers le ciel, décontractées, un peu comme en offrande. Son regard s'attarde sur moi si longtemps que mon cœur commence à s'emballer, mon estomac à faire des cabrioles, et je me

176

sens brusquement grisée, comme si la pièce avait été vidée d'un coup de tout son oxygène.

L'énergie entre nous s'intensifie et prend forme, au point de devenir si palpable, si tangible que j'ai presque l'impression de la voir circuler entre nos deux corps. Comme un ruban élastique de désir, qui s'étire et se rétracte, nous poussant à nous rapprocher l'un de l'autre pour ne faire qu'un.

Et j'ignore à qui la faute : la sienne, la mienne, ou celle d'une force universelle invisible. Tout ce que je sais, c'est que cette attirance est si envoûtante, si profonde et colossale que je me lève d'un bond du fauteuil et balance mon sac sur l'épaule.

— Il faut que j'y aille.

Je suis déjà devant la porte, la main sur la poignée quand il me lance :

— Ever... Tout est OK entre nous là... Sûr ?

Mais je continue dans mon élan en me demandant s'il a vu et ressenti la même chose que moi, ou bien si je me suis juste fait un film.

Une fois dehors, je prends une longue inspiration pour emplir mes poumons d'air chaud et salé, tout en contemplant la voûte céleste constellée d'étoiles, où une en particulier brille plus que les autres.

Une simple étoile, qui parvient à éclipser tout le reste et semble me supplier de la choisir pour formuler un vœu.

Alors je l'exauce.

Les yeux levés vers cette petite étoile rien qu'à moi, je lui demande conseils, indications, toute l'aide qu'elle voudra bien m'apporter ou, à défaut, au moins un petit coup de pouce pour me mettre sur la bonne voie.

dix-huit

Je roule dans Laguna au hasard des rues, pendant ce qui s'apparente à une éternité, sans trop savoir quoi faire ni où aller. J'ai envie – une terrible envie, même – de foncer chez Damen et de me jeter dans ses bras, de lui dire que tout est pardonné, et d'essayer de reprendre exactement là où on s'est arrêtés… mais je renonce très vite à cette idée.

Je me sens seule, perdue ; au fond je suis juste en quête d'un endroit accueillant, où me poser. J'ai beau être tiraillée à son sujet, je refuse de le traiter comme une roue de secours.

On mérite mieux que ça.

Alors je continue de vadrouiller, remontant plusieurs fois Coast Highway dans un sens puis dans l'autre, avant de m'aventurer dans les rues pavées du centre, plus petites, plus étroites, plus sinueuses. J'avance au gré des méandres, sans réelle destination en tête, jusqu'à ce que je me retrouve finalement devant chez Roman, ou disons plutôt chez Haven, puisque d'après Miles elle y a pris ses quartiers.

Ma voiture garée assez loin pour qu'elle ne puisse pas la voir, je traverse la rue à pas de loup et perçois la musique bien avant d'atteindre l'allée menant à la porte d'entrée. Ses enceintes beuglent la chanson d'un de ces groupes de musique garage dont elle raffole tant, genre que Roman détestait, et dont je n'ai, pour ma part, jamais écouté un seul morceau en entier.

Je me faufile jusqu'à la fenêtre principale, une grande baie vitrée, flanquée d'une haie à l'extérieur et d'une banquette inoccupée à l'intérieur. N'ayant aucune intention d'entrer à son insu ou de me faire repérer, je m'accroupis près des buissons pour l'espionner, curieuse de découvrir ce qu'elle manigance et comment elle occupe son temps libre. Plus j'en saurai sur ses habitudes, plus je serai en mesure d'établir une stratégie. À défaut de plan précis, je saurai au moins comment réagir en temps voulu.

Elle se tient devant un feu crépitant, avec ses cheveux longs, ondulés, et son maquillage est aussi outrancier que lors de notre dernière rencontre. En revanche, elle a troqué la longue robe fluide qu'elle portait le jour de la rentrée contre une minirobe indigo moulante, et relégué les talons aiguilles qu'elle affectionne d'ordinaire pour rester pieds nus. Son entrelacs de colliers, lui, est toujours à son cou. Plus je l'observe – sa façon de parler, de gesticuler, de marcher à petits pas maniérés à travers la pièce –, plus je sens mon inquiétude grandir.

Il y a chez elle quelque chose de survolté, de très tendu, comme si elle avait du mal à contenir sa propre énergie, à se contrôler.

Trépignant d'un pied sur l'autre, dans un état de perpétuelle agitation, elle vide un verre en cristal en quelques gorgées, et va puiser dans la réserve d'élixir de Roman pour le remplir à nouveau.

Élixir qu'elle affirme être beaucoup plus puissant que celui que Damen concoctait et, à en juger par son comportement et ce que j'ai subi dans les toilettes du lycée, je commence à la croire.

Bien que ses paroles soient complètement étouffées par la musique et le vacarme des percussions qui font vibrer les murs, je n'ai pas besoin de l'entendre pour comprendre ce qui se passe ici.

Son état est encore pire que ce que je pensais.

Elle est en train de perdre les pédales.

Elle a peut-être le pouvoir d'influencer son cercle captivé d'auditeurs, de les garder sous son emprise, en extase et ravis de n'avoir d'yeux que pour elle, mais elle est bien trop délirante et nerveuse pour tenir le coup encore longtemps.

Attrapant de nouveau son verre, elle renverse la tête et le vide d'une seule et longue rasade. Puis elle passe sa langue sur ses lèvres pour ne pas en perdre une goutte, ses yeux s'embrasant presque, et recommence ce manège sans fin : elle remplit son verre, le vide, se ressert, le vide encore. Voilà qui ne laisse plus aucun doute dans mon esprit : elle est accro.

Vu que j'ai moi-même traversé cet enfer, j'en connais chaque pavé. Tous les symptômes, sans exception.

Non que je sois très surprise, cela dit. C'est plus ou moins ce à quoi je m'attendais dès lors qu'elle s'est retournée contre moi et décidée à faire cavalier seul. En revanche, je m'étonne que sa nouvelle bande d'amis se compose presque exclusivement des élèves de Bay View, qui se sont fait traiter comme du poisson pourri par Stacia, Craig ou tout autre membre de la clique des superstars du lycée, et que ces dernières, ce petit club sélect avec lequel elle copinait encore le premier jour de la rentrée, soient manifestement absentes.

Et alors que je commence tout juste à saisir, à deviner exactement ses intentions, j'entends une voix derrière moi :

– Ever, c'est toi ?

Je fais volte-face, et mon regard croise celui de Honor qui se tient sur le perron.

— Qu'est-ce que tu fais ici ? demande-t-elle, en m'examinant attentivement.

Mon regard oscille nerveusement entre elle et la maison. Le fait que je sois planquée dans les buissons et surprise de m'être fait prendre est aussi révélateur que mon silence.

Il s'installe entre nous, et devient si pesant que je suis à deux doigts de le briser quand elle enchaîne :

— On ne t'a pas trop vue en cours ces derniers temps... Je commençais à croire que tu avais abandonné le lycée.

— Ça fait une semaine, je réponds avec un haussement d'épaules.

Question repartie, celle-ci ne vaut pas tripette. En même temps, j'aurais pu être malade, avoir attrapé la mononucléose ou une mauvaise grippe ! Je peux savoir pourquoi, au juste, tout le monde présume que j'ai laissé tomber le lycée ?

Je suis vraiment si minable à leurs yeux ?

Elle se campe sur une jambe, la hanche de côté, que ses doigts pianotent avec impatience tandis qu'elle me toise.

— Une semaine... c'est tout ? s'étonne-t-elle en opinant du menton, comme si elle pesait mentalement mes mots. Hmm... j'aurais dit beaucoup plus. Ça doit être la révolution sociale la plus rapide de l'Histoire !

Je l'observe, méfiante, mais déterminée à ne pas répondre, pas tout de suite en tout cas. Je compte sur mon silence pour la galvaniser, pour qu'elle s'emballe, cherche à tout prix à m'impressionner et, qu'enfin, sans le vouloir, elle m'en révèle davantage sur ses agissements.

— J'imagine que tu es au courant ?

Elle rejette ses cheveux en arrière et commence à s'avancer vers moi.

– À mon avis, c'est pour ça que tu es là à espionner Haven. Enfin, bref, sache juste que ça a marché. Stacia, c'est de l'histoire ancienne, Haven a pris sa place.

Ses yeux brillent soudainement tandis qu'elle se laisse aller à un léger rictus, l'air très contente d'elle.

– Il y a eu des changements radicaux à Bay View ces jours-ci. D'ailleurs, plutôt que de me croire sur parole, pourquoi ne viendrais-tu pas en juger par toi-même ?

J'inspire profondément pour résister à la forte envie que j'éprouve de réagir, de me rebiffer contre son ton narquois, son sentiment de supériorité. C'est précisément ce qu'elle veut, et je ne suis pas près de fléchir.

Cela dit, j'ai bien l'intention de la déstabiliser un peu.

– Pardon mais, tu viens bien de dire que Haven avait remplacé Stacia ?

Honor acquiesce, toujours avec ce sourire suffisant aux lèvres, et cet air triomphant, bouffi d'orgueil.

– Et alors…

Exprès, je fais traîner ces deux petits mots, le temps de l'étudier lentement de la tête aux pieds. J'avise ses mocassins griffés, son legging noir, et le tee-shirt moulant à manches longues qui lui tombe sur le haut des cuisses. Mon regard remonte finalement jusqu'au sien.

– Quel effet ça te fait ?

Elle jette un coup d'œil vers la baie vitrée, derrière laquelle Haven continue de distraire ses larbins, puis reporte son attention sur moi. Tout comme son aura, son assurance commence à vaciller, ne sachant pas trop où je veux en venir.

– Ce n'est pas vraiment la rébellion que tu avais prévue, si ?

Elle pousse un gros soupir agacé, posant son regard sur la rue, le jardin, partout sauf sur moi.

– Non parce que, si je me souviens bien, Honor, ton gros souci était que tu en avais marre d'être constamment reléguée au second plan. Alors, d'après ce que tu me dis en tout cas, on dirait que tu as un peu loupé le coche, vu que tu es toujours numéro deux. C'est vrai, réfléchis : la seule différence avec avant, c'est que maintenant, ce n'est plus Stacia mais Haven qui te fait de l'ombre... Du moins, c'est l'impression que j'ai.

Elle croise les bras sur sa poitrine, d'un geste si prompt et si brusque que le sac à main pendu à son épaule glisse sur son coude et lui cogne violemment la cuisse. Mais elle ne bronche pas, et se contente de me jauger encore plus intensément.

– J'en avais par-dessus la tête des vacheries de Stacia. Mais aujourd'hui, grâce à un coup de main de Haven, je n'ai plus à la supporter. Ni moi, ni personne. Stacia n'est plus qu'une minable ringarde qui n'intéresse plus personne. Tout le monde s'en fiche, et il n'y a pas de quoi s'apitoyer sur son sort.

Elle fronce les sourcils, l'œil mauvais.

Mais elle peut grimacer et se justifier autant qu'elle veut, le fait est que j'ai atteint mon but. Touché la corde sensible. Je lui ai rafraîchi la mémoire sur ses intentions premières, à savoir prendre la place de Stacia, en lui faisant remarquer que c'était un fiasco complet.

Je me dis que je ferais aussi bien de rentrer chez moi, mais décide finalement de souligner un dernier point :

– Ce qu'il y a… je reprends en haussant brièvement les épaules avec désinvolture, c'est que Haven, du moins cette nouvelle version d'elle-même, n'est pas si différente de ta vieille amie Stacia. Pas si différente du tout. Exception faite d'un détail majeur…

Contemplant ses ongles, Honor fait de son mieux pour paraître blasée, indifférente, mais en vain. Son aura s'enflamme d'un éclat ample et vif, son énergie ruisselant vers moi comme si elle me suppliait de terminer ma phrase au plus vite. Comme un baromètre émotionnel dont elle n'est même pas consciente, et qu'elle serait bien incapable de dissimuler si elle l'était.

– Haven est très dangereuse, comme jamais Stacia ne pourra l'être.

Le regard soudé au mien, elle soupire et réplique d'un ton lourd de mépris :

– Parle pour toi. Moi je n'ai rien à craindre.

– Ah oui ? Et comment peux-tu en être si sûre ?

Je penche la tête en faisant comme si j'étais réellement intriguée et n'avais pas déjà lu directement la réponse dans son esprit.

– Parce qu'on est amies, figure-toi. Haven et moi avons un intérêt… une ennemie commune.

– Peut-être, mais je te signale, au cas où tu l'aurais déjà oublié, qu'il n'y a encore pas si longtemps Haven et moi étions amies nous aussi.

Jetant un coup d'œil dans mon dos, j'aperçois Haven qui continue de boire et bavasser sans manifester le moindre signe de relâchement.

Faisant face à Honor, j'ajoute :

– Pourtant aujourd'hui, elle est déterminée à me tuer.

J'ai prononcé ces mots d'une voix si feutrée qu'on pourrait presque croire que j'ai parlé pour moi seule.

Mais Honor n'en a rien perdu. J'en ai la certitude, rien qu'à voir sa tête et sa façon de s'agiter en faisant comme si je n'avais rien dit.

— Écoute, Ever, en dépit de ce que tu peux penser, la seule ennemie que Haven et moi avons en commun, c'est Stacia. Je n'ai vraiment aucune envie de me fâcher avec toi. Quel que soit le problème entre vous, ce ne sont pas mes oignons. Autrement dit, je ne lui dirai pas que je t'ai surprise à l'espionner, d'accord ? Disons que ce sera notre secret.

Elle se redresse, droite comme un I, adopte un air plus résolu et endurci, puis se dirige vers l'entrée.

J'enlève un bout de feuille collé à ma robe, sans croire un mot de ce qu'elle vient d'affirmer. Je sais très bien qu'elle ne pourra absolument pas s'en empêcher, qu'elle lui racontera tout à la seconde où elle aura franchi la porte.

Mais ce n'est peut-être pas plus mal, au fond. Il serait temps que Haven comprenne enfin que la récréation est terminée, et que, pas plus tard que demain, je vais faire un retour en force. Pas question qu'elle continue à terroriser son petit monde, pas même Stacia. Je ne la laisserai pas faire, du moins pas tant que je serai encore de ce monde.

— Tu sais ce qu'on dit des secrets, pas vrai ?

Je la fixe d'un regard d'acier.

Elle fait mine de paraître désinvolte, indifférente, mais ça ne sert à rien. La peur et le désarroi déforment ses traits.

— Que deux personnes ne peuvent garder un secret que si l'une d'elles est morte.

Elle secoue la tête, feint d'ignorer cet adage, mais elle est perturbée, ça crève les yeux.

Le bras tendu vers la sonnette, elle me regarde par-dessus son épaule comme je l'interpelle une dernière fois :

— Si finalement tu décides de lui raconter que j'étais ici ce soir, profites-en pour lui dire aussi que j'ai hâte de la retrouver demain, au lycée.

dix-neuf

Si je partais d'une simple déduction, basée uniquement sur l'impression générale que dégage le parking du lycée, je présumerais sans doute que tout est aussi normal que d'habitude.

Je dirais aussi que ma petite séance de gym matinale, qui m'a d'ailleurs occasionné d'horribles courbatures, était une énorme perte de temps et que j'aurais mieux fait de faire la grasse matinée.

Cependant, si je tiens compte de tout ce que Miles m'a raconté, je me dois de m'aventurer un peu plus loin que ce parking encombré, qui ressemble plus à une concession de voitures de luxe qu'à une zone de stationnement réservée à des élèves.

Je dois franchir la grille en fer forgé et pénétrer au cœur du lycée, là où se joue la véritable intrigue – en tout cas d'après lui.

Cela dit, il suppose que la situation ne choque probablement que ceux qui sont au parfum, puisque les profs et l'administration du lycée restent assez indifférents à ce nouvel ordre social.

– Et ce n'est pas tout, Ever.

Il se tourne vers moi alors que je me dirige vers ma place

187

attitrée, celle que Damen me gardait toujours et qui est maintenant occupée par la voiture de Haven.

— Il y a autre chose que tu dois savoir.

— Je t'écoute.

Je souris, mon rythme cardiaque s'accélérant tandis que j'avise l'Aston Martin rouge que Haven conduit désormais.

— Les apparences sont trompeuses.

Il m'observe attentivement, prudemment, pour être certain que je suis tout ouïe avant d'en dire plus.

— Alors… essaie de ne pas l'oublier, OK ? Ne tire aucune conclusion hâtive. Ne porte pas de jugement irréfléchi si jamais… ou, disons plutôt, quand… tu seras confrontée à la situation. D'accord ?

— Accouche, Miles ! je réplique, ôtant une mèche de devant mes yeux. Sérieux, arrête de tourner autour du pot, et dis-moi juste de quoi il s'agit de façon claire et nette. Franchement, je ne comprends pas du tout où tu veux en venir.

Les sourcils froncés, je déchiffre son énergie, son aura vacillante et craintive, signe infaillible que quelque chose se trame, mais tiens toutefois ma promesse de respecter son intimité en n'allant pas plus loin, n'envisageant pas un instant de violer ses pensées les plus secrètes.

Mais ça, il l'ignore. Tout ce qu'il voit, c'est mon regard perçant, fixé sur lui, qui le fait aussitôt paniquer.

— Hé, arrête ça tout de suite ! s'écrie-t-il. Je te rappelle que tu as juré de ne plus me sonder sans ma permission. Tu as oublié ?

— Du calme.

Je le rassure d'un geste de la main.

— Je n'étais pas du tout en train de lire dans tes pensées.

188

Loin de là. Pff ! c'est dingue ! Qu'est-ce que je dois faire pour que tu me fasses un peu confiance ?

Je marmonne la fin de la phrase, ce qui, bizarrement, le pousse à réagir.

– La confiance, ça va dans les deux sens, Ever, ne l'oublie pas, d'accord ? Voilà où je voulais en venir depuis le début.

Je hausse les épaules, passant outre cet avertissement volontairement évasif et sibyllin, pour revenir à mon objectif premier. Je ferme les yeux, le temps de faire ce qu'il faut pour montrer à une certaine personne qui est le boss, ici. Une fois l'Aston Martin déportée à l'autre bout du parking, j'enfonce l'accélérateur pour m'arroger la place fraîchement vacante.

Le souffle coupé, Miles se tourne vers moi.

– La vache ! Je crois que j'ai oublié à quel point j'aimais le covoiturage avec toi ! s'exclame-t-il en riant. En fait, ça m'a carrément manqué. Je ne dis pas que je n'ai pas hâte que ma voiture sorte de la révision pour retrouver la liberté et tout, mais quand même, rien ne vaut ta façon de trafiquer la séquence des feux, en les rendant vert ou rouge selon tes besoins, de convaincre tous les autres automobilistes de te céder leur place en changeant de file, et de te garer exactement sur la place de parking que tu as choisie, qu'elle soit déjà prise ou non. Comme maintenant, par exemple !

Il esquisse une moue penaude.

– C'est rare que ce genre de choses se produise quand je suis seul au volant.

Même si j'ai conscience qu'il plaisante, quelque chose me bouleverse profondément dans ce qu'il vient d'évoquer. Toutes ces manœuvres délicates m'ont été enseignées par le maître en personne de la conduite furtive : Damen. Et je ne peux m'empêcher de me demander quelle est sa position vis-à-vis de cette nouvelle donne.

– Dis-moi, au juste, Miles…

Je m'interromps, la voix beaucoup plus basse que voulu. Lâchant le volant, je joins les mains sur mes genoux.

– Où est Damen en ce moment ?

Du coin de l'œil, je remarque l'inquiétude qui assombrit aussitôt son regard.

– Pourquoi il passe tout à Haven – le fait qu'elle se gare à ma place, sans parler de ses petites manigances ? Pourquoi il ne fait rien pour la contrer ?

Miles détourne les yeux, le temps de se donner une contenance et de trouver les mots justes, puis me fait à nouveau face.

Une main posée sur mon bras, il le serre doucement.

– Crois-moi, il est mobilisé. Mais à sa façon : tel un citoyen responsable, soucieux de son karma. Ça rejoint un peu mon conseil de tout à l'heure : ne pas tirer de conclusions hâtives. En dépit des apparences, rien n'est totalement noir ou blanc…

Je le dévisage, suspendue à ses lèvres, mais il se contente de les pincer en faisant mine de les sceller d'une fermeture Éclair imaginaire. Je n'arrive pas à croire qu'il compte en rester là et me laisser dans un flou pareil !

– Et c'est tout ? Tu n'as rien d'autre à me dire ? Tu préfères rester évasif, et à moi de me débrouiller pour comprendre, sans le moindre tuyau ?

– Je viens de t'en donner un, de tuyau, réplique-t-il, visiblement bien décidé à ne pas m'en dire plus.

Je soupire mais ne m'emporte pas, ne cherche pas à lire ses pensées et n'insiste pas davantage. Il ne veut que mon

190

bien, je suis convaincue qu'il essaie juste de me ménager. Alors je décide de lâcher prise. Car, au fond de moi, je sais quelque chose que lui ignore : quel que soit le problème, je saurai y faire face.

Rien ne peut plus m'atteindre.

Il abaisse le pare-soleil pour s'admirer dans le petit miroir, louche devant son reflet, passant une main dans ses cheveux châtains brillants assez longs – une nouvelle coupe plutôt cool, à laquelle je ne suis pas encore tout à fait habituée – et inspecte ses dents, ses narines, son profil (les deux) ; se jugeant digne d'apparaître en public, il le remonte d'un geste sec.

– En route ?

J'attrape mon sac à ses pieds et ouvre ma portière.

– Une dernière question, Miles, j'ajoute avant de sortir. Dans quel camp es-tu, exactement ?

Il balance son sac à dos sur l'épaule en me décochant un regard. La lueur dans ses yeux est parfaitement assortie à son sourire en coin.

– Dans le mien. Je suis dans mon propre camp.

Eh bien ! On peut dire que Miles ne blaguait pas. Et il n'exagérait pas non plus. D'un côté, tout est complètement différent, un changement radical a clairement eu lieu. Mais de l'autre, pour les moins observateurs d'entre nous (*alias* le corps enseignant et administratif), tout semble exactement pareil qu'avant.

Les meilleures tables sont toujours monopolisées par les élèves de terminale, seulement ces derniers sont désormais ceux qui jusqu'ici avaient interdiction de s'en approcher, et *a fortiori* de s'y installer.

Et la garce blonde *fashion victim* qui les présidait jadis a été éclipsée par une garce brune tyrannique.

Une garce tyrannique qui braque son regard sur moi à la seconde où nous franchissons la grille.

Détournant les yeux de sa cour d'admirateurs, fronçant les sourcils, la mâchoire serrée, elle nous avise rapidement. Cette confrontation à distance ne dure qu'un instant mais suffit quand même à déstabiliser Miles.

— Génial, ronchonne-t-il. On dirait que je viens sans le vouloir de choisir mon camp.

Il grimace.

— En tout cas, c'est clairement ce qu'elle pense.

— Ne t'en fais pas… je chuchote.

Je scrute les environs à la recherche de Damen, tout en essayant de faire mine de reprendre simplement mes repères.

— Je te promets de ne…

Le voilà !

Damen.

— … de ne jamais la laisser…

La gorge nouée, je le dévore des yeux.

Il est assis paresseusement sur un banc, ses longues jambes déployées devant lui, les mains croisées derrière la tête, et son sublime visage incliné face au soleil…

— … ne jamais la laisser s'en prendre à…

Je m'efforce de finir ma phrase, mais sans succès. Maintenant que j'y suis confrontée, je comprends enfin ce dont Miles essayait si subtilement de m'avertir.

Il ne voulait ni me l'annoncer crûment, présumant à juste titre que je flipperais – ce qui est à peu près le cas maintenant –, ni que je sois prise au dépourvue et me sente trahie de la pire façon qui soit.

Miles a fait ce qu'il a pu, j'en conviens. Il a fait de son mieux pour m'épargner ce supplice. Mais il a beau avoir tenté de m'y préparer, impossible de fermer les yeux sur un tel spectacle.

J'ai eu tort d'affirmer que rien ne pouvait plus m'atteindre.

Complètement tort.

Remarquez, j'étais loin d'imaginer trouver Damen dans cette posture.

Le regard doux et bienveillant, il lui parle gentiment pour détourner son attention des vannes et des regards cruels que lui lancent à peu près toutes les personnes qui passent devant eux. Mais tant que Damen est là, ça ne va pas plus loin. Personne n'ose s'aventurer plus près. Sa seule présence suffit à les tenir à distance. À la protéger.

Tant qu'il est avec elle, elle échappe à leur colère.

Comprendre pourquoi il agit ainsi ne rend pas cette vision plus supportable. À chaque seconde que je passe à le regarder, une part de moi dépérit.

Meurt à petit feu.

Miles m'agrippe le coude pour m'entraîner à l'écart, mais c'est inutile. Je résiste, refuse de me laisser influencer.

Il ne va pas tarder à sentir ma présence, mon énergie, ce n'est qu'une question de minutes. Et j'ai beau avoir l'estomac en vrac, le cœur brisé et les mains tremblantes, j'ai beau être terrifiée d'avance par ce que je risque de lire dans son regard quand il m'aura localisée, il faut malgré tout que j'en aie le cœur net.

Que je sache de quoi il retourne.

Si oui ou non elle a pris la place que j'occupais jadis dans son cœur.

Dès qu'il me voit, ses yeux s'écarquillent et ses lèvres

s'entrouvrent d'une façon qui métamorphose ses traits. Ma respiration se bloque net.

L'instant semble s'éterniser, comme si le temps était suspendu. Très vite, elle remonte jusqu'à moi en suivant son regard et s'empresse alors de tourner la tête, l'excès d'assurance qui la caractérisait autrefois à présent sévèrement réduit.

– Je t'en prie, Ever... me souffle Miles à l'oreille d'un ton pressant. N'oublie pas ce que je t'ai dit : les apparences sont trompeuses. C'est le monde à l'envers. Les anciens losers sont devenus les stars du lycée, et les anciennes vedettes se sont presque toutes dispersées : la plupart sont planquées quelque part, et d'autres ont carrément déserté. Rien n'est plus comme avant.

J'ai beau les entendre, ces paroles me passent complètement au-dessus de la tête.

Je m'en fiche, des autres ! La seule personne qui compte c'est Damen, et cette façon qu'il a de me couver du regard.

J'ai beau attendre – une tulipe, réelle ou imaginée, ou tout autre signe de sa part –, rien ne vient.

Hormis un silence infini, qui s'étire entre nous.

Alors je prends appui sur Miles et le laisse me guider.

M'éloigner en passant pile devant eux.

Pile là où ça fait mal.

vingt

Il m'interpelle, sa voix résonne dans mon dos, tout près. Machinalement, je m'arrête et fais demi-tour, sans réfléchir.

– Alors tu es revenue.

En dépit de son ton affirmatif, je lis l'interrogation dans ses yeux.

J'acquiesce. Hausse les épaules. Et lutte pour dissimuler tout signe de nervosité, indécise quant à l'attitude à adopter.

Visiblement, lui a déjà tranché.

– Ça me fait plaisir de te voir.

– Vraiment ? je rétorque du tac au tac.

Je regrette aussitôt ce ton, ce mot, en le voyant tressaillir, baisser les yeux d'un air triste. Mais maintenant que c'est dit, pas moyen de revenir en arrière.

– Tu m'as manqué.

Il esquisse un geste, tendant une main vers moi, mais très vite elle retombe le long de son corps.

– Ton visage, ton parfum… Tout chez toi m'a manqué.

Son regard caressant m'enveloppe lentement, comme la plus tendre des étreintes.

– Et même si tu décidais de ne plus jamais m'adresser la parole, rien n'y ferait. Mes sentiments pour toi ne changeront jamais, Ever.

Je sens mon esprit se liquéfier sur place, tel un magma d'indécision. Je suis tiraillée entre l'envie de décamper et partir le plus loin possible de lui, et celle de me blottir *illico* au creux de ses merveilleux bras. Comment expliquer que je me sente tout à fait d'attaque pour affronter Haven et ses vacheries, pour essayer jusqu'au bout de la raisonner, mais que face à Damen, en le voyant avec elle, toutes mes anciennes craintes et mes doutes remontent instantanément à la surface ?

Une question qui en entraîne une autre : pourquoi est-il bien plus facile de se préparer physiquement que mentalement ?

Non mais, franchement : de toutes les filles du lycée, pourquoi elle ? Pourquoi Stacia ? Comme s'il ne pouvait pas jouer les preux chevaliers avec une autre…

Toutefois, la raison m'apparaît très vite évidente. Je la vois sortir discrètement de classe et raser les murs du couloir, tête basse, épaules rentrées, fixant un point au sol pour éviter tout contact visuel malencontreux avec ses tortionnaires, tremblant de peur face à leurs assauts haineux : torrent d'insultes, regards féroces, bouteilles d'eau qu'on lui jette à la tête.

Ma raison a beau détester le fait qu'il soit le seul à pouvoir la protéger, mon cœur sait que je n'ai rien à craindre.

— Comme tu peux le voir, elle a besoin d'être protégée plus que quiconque, explique Damen, en hochant la tête vers la scène dont je viens d'être témoin. Beaucoup de choses ont changé depuis la rentrée. Tout le lycée s'est retourné contre elle. Et même si tu estimes qu'elle l'a bien cherché, crois-moi, personne ne mérite ça, personne ne mérite tout ce que Haven lui fait endurer.

196

J'acquiesce, car je sais qu'il a raison, et j'aimerais le lui dire mais n'y parviens pas. Je suis incapable d'articuler un seul mot. Parler est trop douloureux.

— Mais, Ever...

Il s'interrompt en soutenant mon regard.

— Je ne fais que veiller sur elle, au lycée, rien de plus. Ce n'est ni ce que tu crois, ni ce que tu crains. Il n'y a que toi qui comptes. Je pensais que tu le savais, depuis le temps ?

— Je le sais, je réponds, retrouvant enfin ma voix. Mais elle, peut-être pas...

Ce sous-entendu lâche, d'une jalousie ridicule, me fait horreur. N'empêche, je vois bien comme elle le dévore des yeux. Comme elle l'a toujours fait. Comme la plupart des filles de Bay View. À cette différence près qu'avec Stacia il y a des antécédents.

— Si, elle le sait.

Le visage grave, les bras le long du corps, les paumes ouvertes, Damen ne me quitte pas des yeux.

— Crois-moi, je le lui ai dit. Elle sait.

La gorge nouée, j'observe ses mains en me remémorant toutes les merveilleuses choses dont elles sont capables, brûlant de les sentir à nouveau sur moi. Et, à leur façon de trembler légèrement, je devine qu'il fait un effort surhumain pour demeurer où il est. Il me suffirait de faire un pas vers lui, loin du passé, de Stacia et de tout le reste, pour combler le terrible gouffre qui nous sépare.

Si seulement c'était si simple.

J'ai conscience que nos vies antérieures ne déterminent en rien notre avenir, mais je n'arrive pas à tout oublier. Comme sa propension à me séparer des êtres qui me sont chers afin de me garder pour lui seul, et ce au moins à deux reprises – d'après mes infos. Mais qui sait combien de fois il en est arrivé à cette extrémité, et combien de personnes en ont souffert ?

La sonnerie retentit bruyamment, pourtant aucun de nous ne réagit.

On reste plantés là, face à face, laissant une débandade d'élèves courir dans une masse confuse de couleurs et de bruits. Nos regards rivés l'un à l'autre, nos corps immobiles, il me transmet un feu d'artifice de tulipes par la pensée, jusqu'à ce que je sois cernée par un merveilleux halo rouge que nous seuls pouvons voir.

Le charme se rompt lorsque quelqu'un me heurte violemment, une des sbires de Haven qui s'est sérieusement méprise sur mon compte. Elle me lance un regard agressif assorti de quelques mots bien choisis, mais ne tarde pas à croiser le regard féroce de Damen et s'empresse de déguerpir.

– Je comprends.

Hochant la tête, je vois une boulette de papier toilette rebondir sur la tête de Stacia tandis qu'elle court se réfugier en classe.

– Vraiment, j'ai saisi, j'insiste en reportant mon regard sur lui. C'est gentil de ta part. Tu fais bien. Alors ne t'inquiète pas pour moi, continue de la protéger...

Je parcours des yeux le couloir qui se vide à mesure que chacun se presse pour arriver à temps en cours.

– De mon côté, je ferai mon possible pour éviter que ça empire... et neutraliser Haven.

– Et nous ? Nous reste-t-il une chance ?

La question reste en suspens derrière moi.

Je tourne les talons et remonte le couloir mais ses

pensées me poursuivent, m'encerclent, se pelotonnent contre moi.

Pour me rappeler qu'il est là.

Qu'il le sera toujours.

Il suffit que je lui ouvre mon cœur.

vingt et un

J'étais certaine qu'elle essaierait de m'éviter jusqu'au déjeuner.

Qu'elle voudrait faire durer le plaisir de l'attente de notre confrontation, le temps de rassembler tous ses admirateurs pour mieux me prouver le poids et l'ampleur de son entreprise diabolique.

Et je suis convaincue qu'elle a pris mon absence d'une semaine, mon besoin de tirer les choses au clair à propos de Damen, pour de la peur.

Une peur liée à elle et à tout ce qu'elle a accompli.

C'est bien pour cette raison que je fais en sorte de lui tomber dessus la première.

Sans crier gare, je surgis à côté d'elle, lui donne une petite tape sur l'épaule, et plante mon regard dans ses yeux exagérément maquillés et un peu surpris.

— Salut Haven.

J'adopte un ton affable, voire carrément amical. Je veux qu'elle sache que je suis de retour, qu'il est temps pour elle de calmer ses ardeurs. Mais il n'est pas question de la défier directement, ça ne servirait à rien.

— Juste pour t'informer que ta voiture a été déplacée. J'avais besoin de la place.

Elle me toise, un rictus aux lèvres, manifestement bien

200

plus amusée que fâchée, et même outrageusement ravie d'apprendre que la compétition a repris.

— Remarque, ça ne doit pas vraiment t'étonner puisque tu sais que ce n'est pas la tienne. C'est la nôtre à Damen et moi. Depuis presque un an.

Elle s'esclaffe, un bref éclat de voix qui s'éteint presque immédiatement. Ôtant son short et son tee-shirt, elle les balance dans son casier et les troque contre une robe bleu marine qu'elle enfile par la tête.

— Ouais, bon, tu n'étais pas là, et ça n'avait pas l'air de déranger beaucoup Damen. En même temps, il a l'air assez préoccupé ces derniers jours…

Elle descend la robe sur ses hanches et croise mon regard alors que sa tête ressort du drapé de tissu, puis elle se dandine pour ajuster sa tenue. L'air moqueur, elle me jauge de la tête aux pieds, dans l'attente d'une réaction qui se fait attendre.

Sa remarque glisse sur moi sans m'atteindre. Damen et moi nous sommes mis d'accord, je sais à quoi m'en tenir. Mais cette confrontation avec elle, je l'attendais de pied ferme. C'est exactement ce pour quoi je me suis tant préparée.

— Je croyais que tu détestais les cours d'éducation physique ?

Après m'être laissée tomber sur le banc en bois buriné, je croise les jambes et joins les mains sur un genou. Je considère d'un regard circulaire le vestiaire des filles, lieu qu'elle évitait depuis un bizutage particulièrement brutal dont elle avait fait les frais à son arrivée dans ce lycée.

— C'était vrai, avant.

Elle rajuste le méli-mélo de colliers qu'elle affectionne

désormais au détriment du talisman que je lui ai offert, et relève vers moi un visage radieux au regard de braise.

— Mais aujourd'hui, comme tu sais, les choses ont changé, Ever. Ou plutôt, j'ai changé. Et depuis, j'ai compris certaines choses dont j'étais loin de me douter avant.

Elle marque une pause pour enfiler ses nu-pieds et enrouler les lanières autour de ses chevilles, un tour, puis deux, avant de les nouer à mi-hauteur de ses mollets fins, bien dessinés.

— Quand on a atteint le sommet de la pyramide, qu'on est belle, puissante, et armée d'une force et d'une vitesse inouïes, il n'y a vraiment plus aucune raison de se prendre la tête avec quoi que ce soit. Excepté peut-être avec les losers d'une jalousie pathétique, qui sont déterminés à vous faire tomber. Sinon, franchement, c'est que du bonheur ! Tu n'imagines pas quel pied c'est d'être moi en ce moment.

Elle fait bouffer ses cheveux, lisse le devant et les côtés de sa robe, observant son reflet dans un miroir en pied pour s'assurer que tout est parfaitement en ordre.

Reportant son regard sur mon propre reflet, elle pousse un gros soupir d'un air navré pour moi.

— Je disais ça au sens propre, au fait : tu n'as vraiment aucune idée de ce que c'est que d'être dans ma peau, en pleine forme — au meilleur de ma forme, même !

Elle sourit d'un air narquois, puis fouille dans son casier, tâtonnant sur l'étagère du haut pour attraper les bagues qu'elle y a cachées.

— Au fond, il faut dire ce qui est : ce n'est pas pour être cruelle ni rien, mais tu as plus ou moins été une grosse minable toute ta vie, et même aujourd'hui, alors que tu peux avoir ce que tu veux et qui tu veux, du moins en théorie, tu choisis quand même d'être une pauvre naze.

Secouant la tête, elle enfile une à une ses bagues – tâche qui prend pas mal de temps en raison de leur nombre.

– Si je ne m'éclatais pas autant, j'aurais presque de la peine pour toi. D'ailleurs, j'avoue que d'un côté je te plains.

– Et de l'autre ?

Sans me répondre, elle arrange ses cheveux en lissant les longues mèches qui encadrent son visage et s'étalent sur ses épaules.

Satisfaite de sa coiffure, elle farfouille dans son sac à la recherche d'un brillant à lèvres, avant de finalement me lancer un rapide coup d'œil.

– Eh bien, de l'autre, je vais te tuer ! répond-elle en éclatant de rire. Mais ça, tu le sais déjà.

J'acquiesce d'un air décontracté, comme si sa remarque était désinvolte, innocente, et non une menace de mort.

– J'avais prévu de tuer Jude en premier, de bien le faire souffrir sous tes yeux, quelque chose dans ce goût-là. Mais à la réflexion, je me suis rendu compte que ce serait beaucoup plus drôle de me débarrasser de toi d'abord. Comme ça, il se retrouverait tout seul, sans défense et sans personne pour voler à son secours. Il est clair que ce n'est pas Damen qui se porterait volontaire ! Et pas seulement parce qu'il est occupé avec Stacia, mais parce que, pour dire les choses franchement, il a beau se plaire à penser qu'il est un homme de cœur, je doute qu'il soit si triste de le voir partir compte tenu de tout ce qui s'est passé dernièrement.

Elle passe le bâtonnet de gloss sur ses lèvres, appliquant une couche dans un sens puis dans l'autre, les pince et adresse un baiser boudeur au miroir. Tout sourire, elle range le bâtonnet dans son sac.

– Enfin, je ne sais pas, je dis ça comme ça. Qu'est-ce que tu en penses, toi ?

– Ce que j'en pense ? je répète, un sourcil haussé d'un air de défi. J'en pense : vas-y, viens, je t'attends.

Pliée en deux, elle part d'un rire tonitruant, un peu forcé. Puis elle se calme, remet de l'ordre dans ses cheveux, balance son sac sur une épaule, et inspecte une dernière fois son reflet dans le miroir, pivotant sur elle-même pour s'admirer sous tous les angles.

– Tu n'es pas sérieuse, Ever. Tu veux vraiment qu'on s'y mette ici ? Maintenant ?

Elle me dévisage, incrédule.

– Pourquoi pas ? Ici ou ailleurs, c'est aussi bien. Au fond, à quoi bon repousser l'inévitable, pas vrai ?

Elle soutient mon regard tandis que je me lève du banc et me dresse face à elle sans un soupçon de crainte, totalement confiante en ma supériorité physique. Je me remémore toutefois la promesse que je me suis faite : à elle d'attaquer la première. Je ne la provoque pas, ne fais rien de plus que de me tenir là, devant elle, et d'attendre. Les conséquences seront bien trop graves, bien trop irréversibles, pour tenter la moindre imprudence. Mon seul but est de lui donner une leçon, de la rabaisser d'un cran, voire deux. De lui prouver que je suis plus coriace qu'elle le pense, qu'il est temps pour elle de se retirer de la partie, de battre en retraite. Je veux la pousser à réfléchir encore, lui faire comprendre que toutes ses manigances ne sont finalement pas si judicieuses.

Marmonnant, elle tente un passage en force vers la sortie, rejetant mon affront d'un geste dédaigneux.

– Fais-moi confiance : ton tour viendra en temps et en heure.

Elle me lance un regard acéré.

– Sache juste que tu n'auras ni le contrôle ni le choix,

et surtout… tu ne verras rien venir. C'est bien plus excitant comme ça, tu ne trouves pas ?

Mais alors même qu'elle arrive devant la porte des vestiaires, persuadée qu'on en a fini, je surgis devant elle et lui barre la route.

— Écoute-moi bien, Haven, si tu touches ne serait-ce qu'à un cheveu de Miles, de Jude ou de qui que ce soit, je te jure que tu le regretteras…

Sa bouche se crispe tandis que ses yeux s'assombrissent, plus sinistres que jamais.

— Et si je m'en prends à Stacia ?

Elle sourit, mais son sourire cède peu à peu la place à un regard noir.

— Tu feras quoi ? Tu vas risquer ta vie, que dis-je ? ton âme, pour la protéger elle aussi ?

Elle s'interrompt, puis plaque brusquement une main sur sa bouche dans un faux élan de gêne.

— Oups, j'avais oublié ! Elle a Damen pour veiller sur elle, à présent. Au temps pour moi !

Elle me décoche un sourire narquois, et s'élance pour sortir en me bousculant au passage.

Je me retrouve seule, consciente que cette victoire n'est pas glorieuse, mais ne doutant pas un instant de m'être bien fait comprendre.

La balle est désormais dans son camp.

vingt-deux

J'ai du mal à me faire à cette nouvelle routine à l'heure du déjeuner : Haven entourée de sa cour, Miles et moi installés à notre table habituelle. On fait tous les deux semblant de regarder partout sauf vers la table où Damen est assis près de Stacia, alors qu'en réalité nous ne perdons pas une miette du spectacle.

Ce dernier est douloureux mais Damen et moi sommes parvenus à un accord, une sorte de trêve où chacun accepte ses responsabilités temporaires et dont je dois profiter pour essayer, à mon rythme, de me résigner à ses erreurs passées. Au fond, je sais que ça en vaut la peine. Je vois bien la façon qu'il a de me contempler, de toujours garder un œil sur moi. Et puis, tant que lui et moi sommes là, Haven est bridée.

Et tout le monde est indemne.

Je dévisse le bouchon de ma bouteille d'élixir et en avale une bonne lampée. Ce faisant, je vois Honor qui met les bouchées doubles pour garder sa place à la table de Haven – plus encore que lorsqu'elle frayait avec Stacia – tandis que Craig et certains de ses acolytes, quoique relégués à une table à proximité, semblent soulagés de s'en être pas trop mal tirés. C'est vrai, ç'aurait pu être pire ; sans son lien avec Honor et le fait que cette dernière éprouve encore des sentiments pour lui, je suis certaine que Craig serait aussi pestiféré que Stacia.

— J'ai l'impression d'avoir atterri sur la planète Mars ! lâche Miles entre deux bruyantes cuillerées de yaourt à la vanille, balayant la caféteria d'un regard aussi anxieux que le mien. C'est vrai, tout le monde est bizarre, les rôles sont complètement inversés, et tout ce que je croyais savoir de ce lycée, la dichotomie entre les gentils et les méchants n'ont plus rien à voir — tout ça à cause d'elle !

Il esquisse un signe de tête vers notre ancienne meilleure amie, l'observe quelques secondes puis se tourne vers moi.

— Est-ce que c'est l'impression que tu ressentais quand Roman avait pris le pouvoir ?

Je tourne brusquement la tête vers lui, les yeux écarquillés, prise au dépourvu. Nous n'avons jamais vraiment reparlé de cette période où Roman avait hypnotisé tous les élèves pour les liguer contre moi. Ces jours font partie des plus sombres de mon existence — du moins, de celle-ci.

— Oui, c'était plus ou moins similaire.

Mon regard dévie jusqu'à Damen, happé par le souvenir de cette époque où, là aussi, il passait son temps avec Stacia.

— Très similaire, en fait.

Je joue avec le bouchon de mon élixir, le visse et le dévisse plusieurs fois tandis que ma mémoire revisite le passé. Elle choisit de repasser en boucle les scènes les plus blessantes, avant de me rappeler aussi que j'ai surmonté cette épreuve, tout comme je surmonterai celle-ci. Comme dit toujours Ava : « Ça aussi, ça passera. »

Néanmoins, elle ne manque jamais de me répéter que cette phrase marche dans les deux sens : elle vaut pour les mauvais comme les bons moments.

Tout passe, tout a un terme, c'est le cycle de la vie. À moins, évidemment, d'être comme Damen et moi, auquel cas on se retrouve coincé dans une farandole sans fin.

Je chasse cette idée de ma tête et termine d'un trait mon breuvage. Tandis que je fourre la bouteille dans mon sac et cale ce dernier sur mon épaule, Miles, occupé à manger son yaourt, suspend son geste en levant les yeux vers moi.

– Tu t'en vas ?

J'acquiesce et, à sa tête, je comprends tout de suite que ça ne l'enchante pas.

– Ever... bredouille-t-il.

Mais je l'arrête aussi sec.

Je sais ce qu'il se dit, que je pars parce que c'est trop douloureux de voir Damen avec Stacia, ignorant que nous nous sommes entendus sur ce point.

– Je viens de penser à un truc dont je dois m'occuper tant que j'en ai l'occasion, je marmonne, consciente de ne pas être très convaincante.

Du coin de l'œil, je vois Haven déambuler autour de sa table, rieuse et séductrice, visiblement enchantée par son nouveau rôle de commandant en chef.

– Tu peux être plus claire ? s'enquiert Miles, d'un air intrigué.

Je ne relève pas, trop impatiente de me mettre en route sans que Haven s'en rende compte, car je ne voudrais surtout pas qu'elle décide de me filer le train.

– Bon... est-ce qu'au moins je peux venir ?

Il m'interroge du regard, sa cuillère en suspens dans les airs.

Sans quitter Haven des yeux, je réponds par la négative d'un signe de tête.

– Non, je confirme, sans même prendre deux secondes pour y réfléchir, ce que Miles apprécie moyennement.

– Et on peut savoir pourquoi ?

Sa voix se fait aiguë, son visage grave.

– Parce que tu as cours.

Je grimace en entendant mon propre ton ; on croirait entendre une prof plus qu'une amie.

– Pas toi, peut-être ?

Poussant un soupir, je reporte finalement mon regard sur lui. C'est différent… Je suis différente. Et maintenant qu'il est au courant, je ne devrais même pas avoir à m'expliquer.

Mais il ne renonce pas pour autant et continue de me fixer de ses grands yeux marron avec insistance, à tel point que je cède la première :

– Écoute, tu as peut-être envie de m'accompagner mais, crois-moi, il vaut mieux pas. Non que je ne veuille pas ou que j'essaie de me débarrasser de toi ni rien, simplement, ce que j'ai l'intention de faire n'est pas exactement légal. Je t'assure, Miles, j'essaie juste de te protéger.

Il me dévisage, fourrant sa dernière cuillerée de yaourt dans sa bouche, pas le moins du monde perturbé par la cause que je viens de plaider. Il se couvre le visage d'une main.

– Me protéger de qui, au juste ? De toi ?

Lâchant un soupir, je lutte pour garder mon sérieux, mais ce n'est franchement pas gagné vu la tête qu'il fait, grimaçant d'un air patibulaire, le manche de sa cuillère entre les dents.

– Non, de la loi, je finis par préciser, un peu gênée par le côté dramatique de ma réponse, même si c'est la vérité.

– Mais bien sûr…

Il fait traîner la phrase, les yeux plissés à l'extrême comme s'il réfléchissait sérieusement au problème.

— Et dans la famille infraction, tu fais allusion à quoi, exactement ?

Il m'observe attentivement. Visiblement, il n'a aucune intention de lâcher prise tant qu'il n'aura pas connaissance de tous les détails.

— Cambriolage, corruption, usurpation, ou je ne sais quel autre acte illégal se terminant en « -ion » ?

Je soupire encore, plus fort et plus bruyamment, mais en vain. Alors, je cède quand même.

— Bon, si tu tiens tant à le savoir, ça commence par un E, ce n'est pas bien méchant, et, oui, ça se termine en « -ion », satisfait ?

— Quoi ! une effraction ?

Il s'efforce de ne pas me regarder bouche bée, mais c'est plutôt raté.

— Effectivement, il n'y a pas de quoi fouetter un chat.

J'acquiesce en levant les yeux au ciel avec impatience. L'horloge tourne, la pause-déjeuner s'achève, la cloche va sonner, et sans son interrogatoire j'aurais déjà filé depuis longtemps.

Il nettoie sa cuillère d'un coup de langue, la jette dans la poubelle, et se lève d'un coup.

— Dans ce cas, j'en suis.

Je commence à protester, mais il ne veut rien savoir.

— N'essaie même pas de m'empêcher, me coupe-t-il, une paume levée face à moi. Je viens avec toi, un point c'est tout.

J'hésite, rechignant à l'idée de l'impliquer dans cette histoire, mais songeant par ailleurs que ça pourrait être

210

sympa d'avoir un peu de compagnie pour une fois. J'en ai assez de jouer en solo.

Les yeux mi-clos, je le toise en faisant mine de peser encore le pour et le contre, alors que j'ai déjà pris ma décision. Jetant un rapide coup d'œil à Haven, je m'assure qu'elle est toujours occupée ailleurs, toujours absorbée par sa petite cour sur la planète Haven.

— D'accord. Mais surtout, fais comme si de rien n'était, OK ? Fais celui qui rassemble ses affaires parce qu'il sait que la sonnerie va bientôt retentir – dans deux secondes et demie très exactement – et qui veut arriver à l'heure en cours, et ensuite…

La sonnerie retentit, interrompant mes instructions. Miles me dévisage d'un air ahuri.

— Comment as-tu… ?

Sans répondre, je lui fais signe de me suivre en lui conseillant de ne pas regarder vers la table de Haven, pendant que je jette un coup d'œil furtif à celle de Damen.

— Et n'oublie pas, quoi qu'il arrive, tu l'auras voulu, j'ajoute tandis que nous franchissons la grille du lycée.

J'ai bien capté le regard à la fois étonné et interrogateur de Damen, qui est à mille lieues d'imaginer que ce que je m'apprête à faire, sous réserve que je réussisse, pourrait changer nos vies pour toujours et en mieux.

Sinon, si je ne trouve pas ce que je cherche, eh bien il faudra peut-être le voir comme une réponse en soi.

— Ah, voilà ce qui nous manquait !

Le sourire jusqu'aux oreilles, Miles a les joues pour ainsi dire rouges d'excitation.

– Voilà à quoi est censée ressembler l'année de termi-nale… tu sais : sécher les cours, faire la fête, se laisser tenter par quelques activités illégales…

D'un coup d'œil en biais, je vérifie qu'il est bien attaché avant de démarrer en trombe. Inutile de faire semblant, il sait parfaitement qui je suis et ce dont je suis capable. Et, après un long silence de sa part qu'il passe cramponné à son siège, on arrive à destination.

Je veille à me garer à mi-chemin dans la rue, comme lors de ma dernière visite, estimant que c'est plus sûr, pour ne pas dire plus judicieux, de faire le reste à pied. Inutile de me garer dans l'allée et de signaler notre présence.

– Si tu veux faire machine arrière, c'est le moment ou jamais.

Je lance un regard à mon ami à côté de moi, livide, qui cherche visiblement à retrouver une respiration régulière.

– Comment veux-tu que je fasse machine arrière, dit-il d'une voix entrecoupée, alors que je ne sais même pas dans quoi je m'embarque ?

– Au bout de la rue, il y a la maison de Roman, qui est désormais celle de Haven. Toi et moi, on va y faire un tour.

– Tu comptes entrer par effraction… chez elle ? souf-fle-t-il, commençant enfin à comprendre la potentielle gra-vité de la situation. T'es sérieuse ?

– Très, je réponds en remontant mes lunettes de soleil sur le haut de mon front. Et je suis tout aussi sérieuse quand je te propose de renoncer parce que, au fond, rien ne justifie vraiment ton implication. Ça ne me dérange pas du tout si tu veux m'attendre ici. Tu pourras faire le guet, si tu veux. Non que je pense en avoir besoin, mais bref.

Mais j'ai à peine fini ma phrase qu'il se glisse déjà dehors, décidé.

— N'imagine pas que tu vas me faire changer d'avis.

Il secoue vigoureusement la tête, ce qui lui vaut de se retrouver avec une large mèche devant les yeux.

— Si un jour j'auditionne pour un rôle de cambrioleur, d'Arsène Lupin des musées, ou quelque chose comme ça, cette expérience me sera très utile ! ajoute-t-il en riant.

— Oui, sauf que ce qu'on recherche n'est pas exactement ce qui s'appelle une œuvre d'art...

Je lui fais signe de me suivre tandis que je remonte l'allée menant à la porte d'entrée.

— Et puis, crois-moi, quand il te suffit de te planter devant chez quelqu'un et de déverrouiller la porte de tête, tu n'as pas vraiment l'impression d'entrer par « effraction ». Cela dit, vu qu'on n'a pas été invités, en théorie le terme doit quand même s'appliquer.

Miles se fige net, l'air extrêmement déçu.

— Attends... c'est vrai, ça ? C'est tout ? On ne va même pas avoir besoin de contourner la maison sur la pointe des pieds pour se faufiler par le jardin ? Ni de se glisser à l'intérieur par une fenêtre entrouverte ou de se disputer pour savoir lequel devra ramper par la chatière pour ouvrir à l'autre ?

Je m'arrête un instant, repesant à ce jour où je m'étais introduite chez Damen à peu près de la même manière, à l'époque où j'étais si troublée par ses étranges habitudes que j'étais prête à tout pour le percer à jour... Tout ça pour finalement découvrir aujourd'hui que je suis exactement comme lui.

— Désolé, Miles, mais ce sera loin d'être aussi excitant

que tu l'imagines. Ça va plutôt être tout ce qu'il y a de plus simple.

Arrivée devant la porte, je visualise le verrou pour le faire glisser, et retiens ma respiration, attendant le cliquetis caractéristique... qui ne vient pas.

– Bizarre.

Fronçant les sourcils, je tente carrément d'actionner la poignée, et à ma surprise la porte s'ouvre sans difficulté. Cela m'amène à penser deux choses : soit Haven est d'une telle arrogance ces derniers jours qu'elle ne prend même pas la peine de fermer à clé, soit nous ne sommes pas seuls ici...

Tournant rapidement la tête, je fais signe à Miles de ne faire aucun bruit, de rester en arrière, puis m'immobilise sur le pas de la porte, le temps que mes yeux s'accommodent. J'inspecte l'entrée pour m'assurer que la voie est libre, et lui donne le feu vert pour me rejoindre.

Mais à peine pose-t-il un pied à l'intérieur que le parquet grince bruyamment, faisant un raffut incroyable. On se fige instantanément, gardant instinctivement nos positions en entendant les bruits caractéristiques d'éclats de verre, de messes basses, d'un départ précipité et d'une porte de derrière claquée si violemment que les murs en tremblent.

Je fonce. Je cours comme une flèche vers la cuisine et arrive à la fenêtre juste à temps pour voir Misa et Marco prendre la fuite. Marco court un peu comme un manche, encombré par un balluchon ouvert, plein à craquer de bouteilles d'élixir, qu'il tient délicatement dans ses bras, et Misa lui colle au train, son sac à elle, vide, en bandoulière. Elle jette un rapide coup d'œil dans son dos, le temps de croiser mon regard, qu'elle soutient un moment avant de finalement reprendre sa course, d'enjamber la clôture d'un bond à la suite de Marco, après quoi je les perds de vue dans l'allée.

— Dites-moi que je rêve ! bafouille Miles quand il me rattrape enfin en entrant dans la pièce. Tu viens vraiment de te déplacer aussi vite que je le crois ?

Je me retourne, considérant les tessons de verre qui jonchent le sol et le liquide rouge foncé, opaque, qui ruisselle sur le carrelage et dans les jointures.

— Alors, on est où ? Qu'est-ce que j'ai raté ?

Ses yeux font la navette entre les miens et la pagaille à nos pieds. Mais je me contente de hausser les épaules. Je n'ai aucune idée de ce qui se passe. Je ne vois pas du tout quel intérêt Misa et Marco auraient à voler l'élixir. Ni pourquoi ils ont paniqué au point de casser une bouteille. Et encore moins pourquoi Misa a eu l'air si effrayée de me voir.

Une seule chose est claire : ils n'avaient pas vraiment carte blanche pour se servir dans la réserve de Haven.

Mais tout ça n'a rien à voir avec nous ou la raison de notre venue. Alors, après avoir nettoyé les dégâts en formulant le vœu de voir tout disparaître, j'annonce la couleur à Miles :

— Bon, ce qu'on cherche, c'est une chemise. Une chemise blanche en lin. Avec une grosse tache verte sur le devant…

vingt-trois

Les semaines s'écoulent, sans que grand-chose change. Jude continue de m'éviter tant que je n'ai pas pris de décision, Damen de garder un œil sur Stacia au lycée, Miles de veiller sur mon état d'esprit vis-à-vis de Damen et Stacia, et Haven de mener son petit monde à la baguette, cependant que, pour ma part, je reste sur le qui-vive en attendant le moment où elle décidera de donner l'assaut.

Mais ça, c'est à première vue.

Car en y regardant de plus près, on s'aperçoit que quelques fissures commencent à se former.

D'abord, il est flagrant que Honor est aussi malheureuse de jouer les seconds couteaux avec Haven qu'elle l'était avec Stacia, voire plus.

Ensuite, bien que je n'en sois pas tout à fait certaine étant donné que nous ne nous adressons pas vraiment la parole, Stacia a une telle façon de lorgner sans cesse son ancienne table, d'un air à la fois résolu et nostalgique, que pour moi il est clair qu'elle commence à en avoir ras-le-bol d'être chaperonnée par un garçon complètement réfractaire à ses charmes et cherchant uniquement à la protéger.

Quant à Haven, après avoir branché et jeté à peu près tous les garçons qui l'avaient snobée par le passé, elle se lasse visiblement de ce petit jeu. Elle est en outre de plus en plus agacée que tout le monde copie les différents looks qu'elle se donne tant de mal à créer, ce qui l'oblige à en inventer d'autres, toujours plus extravagants, qui finissent eux aussi par être imités.

J'imagine qu'elle avait une vision différente du rôle de chef de bande. La réalité commence à émousser l'image qu'elle s'en faisait, et il lui apparaît à présent comme un petit boulot qui ne lui plaît pas particulièrement et pour lequel elle n'était en fin de compte pas si qualifiée à la base.

Je le vois bien à cette façon qu'elle a de rembarrer ses prétendus nouveaux amis, de lever les yeux au ciel et de pousser de gros soupirs en en faisant des tonnes, et parfois même de piquer des colères en trépignant quand elle est vraiment sur les nerfs et qu'elle veut que ça se sache.

La vie au sommet ne lui réussit pas et, d'après ce que je vois, Honor apprécie de moins en moins sa mainmise sur le groupe, exactement comme je l'avais prévu.

Toutefois, il est évident aussi que ni l'une ni l'autre n'ont l'intention de quitter leur poste. Haven a trop à prouver et Honor – bien que j'ignore quel niveau de compétences elle a atteint question magie et autres sortilèges, puisque Jude a mis un terme à leurs travaux pratiques –, elle, ne fait pas le poids contre Haven. Et ça, nul doute qu'elle en a conscience.

Et même si nous n'en avons pas vraiment discuté avec Miles, même si, jour après jour, je me cantonne plus ou moins à la même sempiternelle routine – entraînement à l'aube, vigilance au lycée, nouvel entraînement le soir avant de me coucher, et rebelote le lendemain –, je sais que je ne suis pas la seule à remarquer tous ces changements.

Damen aussi s'en rend compte.

Je le devine à sa façon de garder constamment un œil sur moi, de me suivre à la trace, où que j'aille. Il est angoissé, terriblement inquiet pour moi.

Inquiet qu'elle commence à perdre les pédales, qu'elle pète brusquement les plombs et décide de s'en prendre à moi.

Inquiet que j'omette de le prévenir le moment venu, même si je lui ai promis que je le ferai.

Et le fait est qu'il a probablement raison de s'inquiéter. Elle est dérangée. Turbulente. Une véritable épave.

Comme une bombe à un cheveu d'exploser.

Un fil à ça de se casser.

Et quand ça arrivera, c'est à moi qu'elle s'en prendra en premier.

Du moins, espérons.

Mieux vaut moi que Jude.

En rentrant chez moi après le lycée, je fais un crochet par la boutique. Ça m'est égal que Jude m'ait demandé de ne pas revenir, sous prétexte que ma présence dans les parages lui est insupportable tant que je n'aurai pas pris de décision ferme et définitive.

Je me persuade quand même que c'est mon devoir, que je suis tenue de veiller sur lui et de m'assurer qu'il est en sécurité, qu'il va bien.

Mais lorsque je me surprends, après avoir matérialisé une jolie robe neuve et des chaussures assorties, à vérifier ma coiffure et mon maquillage dans le rétroviseur, je réalise que ce n'est pas la seule raison de ma visite. L'autre étant que j'ai besoin de le voir. Et de découvrir si me trouver en sa présence suscite quelque chose chez moi.

Une quelconque impression que je pourrai exploiter.

Quelque chose de fort, de tangible et d'assez précis pour m'aiguiller dans la bonne direction.

Sur le pas de la porte, je m'arrête pour arranger une dernière fois ma tenue et ma coiffure, puis j'entre en prenant une grande inspiration. Je m'attends plus ou moins à trouver Ava derrière le comptoir, vu le temps magnifique qu'il fait dehors, présumant que Jude aura bien du mal à résister à l'appel du large et des belles vagues ; mais à ma grande joie c'est bel et bien lui que j'aperçois derrière la caisse. Le visage détendu, son aura verte, paisible, il plaisante, s'esclaffe, comme s'il n'avait pas le moindre souci, tout en s'occupant d'encaisser une cliente.

Et pas la plus moche.

Une cliente dont l'aura rose vif me porte à croire qu'elle est ici en partie pour les livres qu'elle achète, mais surtout pour voir Jude.

Immobile sur le seuil, j'hésite à rebrousser chemin dans l'idée de repasser plus tard, quand la porte se referme derrière moi dans le cliquetis sonore de la clochette. Jetant un coup d'œil derrière sa cliente, Jude me voit à seulement quelques mètres de lui. Ses yeux s'assombrissent aussitôt, son sourire s'évanouit et son aura devient ondulée et nébuleuse – pour ainsi dire tout le contraire de quand il lui parlait à elle.

Comme si le simple fait de me voir suffisait à gâcher tout son plaisir.

Il fourre ses achats dans un sac et la fait partir avec un tel empressement, une telle brusquerie même que, forcément, elle s'en rend compte. Elle me toise avec froideur, fronce des sourcils accusateurs, puis marmonne entre ses dents et passe son chemin, pendant que Jude s'affaire derrière le comptoir comme si je n'étais pas là.

— Tu lui plais, je dis en le regardant prendre tout son temps pour ranger sa copie du reçu. Non seulement tu lui plais, mais en plus elle est mignonne, j'ajoute face au grognement qu'il m'adresse en guise de réponse. Tu lui plais, elle est mignonne et elle dégage aussi une très belle énergie !

J'insiste, le pousse à me regarder en m'avançant davantage :

— Alors, forcément, je me dis... où est le problème ?

Il se fige. Il cesse de farfouiller partout, de faire mine d'être occupé et de ne pas me voir alors que je suis plantée sous son nez.

Et finalement, il lève les yeux vers moi.

— C'est toi.

Il répond d'une manière si franche, si simple, que je ne sais pas trop comment réagir.

— C'est toi, mon problème.

Fixant le bout de mes pieds, incapable de le regarder dans les yeux, je me sens stupide d'avoir débarqué comme ça. Et maintenant c'est à peine si j'ose ouvrir la bouche.

— C'est bien ce que tu voulais entendre, non ? ajoute-t-il durement.

J'acquiesce d'un léger hochement de tête presque imperceptible. Il a raison. C'est bien ce que je voulais entendre. C'est exactement pour ça que je suis venue.

Il s'écroule sur son tabouret, ses épaules s'affaissant d'un coup comme il cache son visage dans ses mains. Il se frotte les yeux, la pulpe de ses doigts enfoncée dans les cavités, avant de relever la tête vers moi d'un air sceptique.

– Qu'est-ce que tu veux, Ever ? Sérieusement ? Qu'est-ce que tu fais ici… qu'est-ce que tu attends de moi ?

Je déglutis nerveusement, consciente que je lui dois une explication, la vérité – sous toutes ses formes. Et c'est bien ce que je compte faire :

– Eh bien, tout d'abord, je voulais m'assurer que tu allais bien. Ça fait un petit moment que je ne t'ai pas vu…

– Et alors ? me coupe-t-il, visiblement pas d'humeur à jouer.

– Alors, je… j'avais juste très envie de te voir. Je crois qu'on peut même dire que j'en avais besoin.

– Tu… crois ?

Il me passe au crible de son regard, si bien que je me sens nue, exposée et étrangement déloyale envers Damen. Mais j'ai quand même besoin de lui. Je suis complètement à court d'idées. C'est vrai, quoi : je n'arrive pas à remettre la main sur cette chemise, les grands sanctuaires de la connaissance refusent de m'aider, le vœu que j'ai formulé auprès de ma petite étoile solitaire n'a toujours pas été exaucé, et pour l'instant il n'y a pas eu le moindre présage ni aucun signe d'aucune sorte. Autant de raisons qui m'ont conduite ici, à défaut d'avoir trouvé une autre solution pour obtenir le fin mot de cette histoire.

La solution en question a déjà été abordée mais jamais concrètement mise en œuvre.

Or il se pourrait bien qu'elle me mette sur la voie.

– Jude…

Ma voix paraît âpre, comme étouffée.

– Jude, je…

Je me rapproche de lui, pensant : *C'est ridicule... Tout cela est ridicule.*

Il m'aime et je sais que, fut un temps, si ce n'était vraiment de l'amour, j'avais des sentiments pour lui. Peut-être qu'un baiser suffira à m'éclairer sur leur nature. Comme lors de notre premier baiser avec Damen. Nous nous sommes sentis si étroitement liés, en parfaite symbiose, jusqu'à ce que la dure réalité s'invite à la fête.

Je passe derrière le comptoir et tends la main vers lui, si vite qu'il s'écoule à peine une seconde avant que mes doigts entrent en contact avec les siens et que le flot apaisant de son énergie pacifique se répande en moi. Elle me tranquillise, me détend des pieds à la tête, et je vois son visage se rapprocher du mien, son regard me sonder, s'embraser, tandis que mes doigts s'enroulent autour de son mince bras tendu.

Mon être tout entier brûle de désir comme je l'attire contre moi dans l'attente de sentir ses lèvres sur les miennes. J'ai besoin d'aller enfin au bout de cette expérience, de savoir exactement à côté de quoi nous sommes passés durant tous ces siècles d'existence.

Le premier contact est un électrochoc, la fraîcheur inattendue de sa bouche, la fermeté élastique de son baiser... diamétralement opposées à l'alliance parfaite de chaleurs que je ressens avec Damen. Laissant échapper un faible gémissement, il m'agrippe la nuque à deux mains et se colle à moi. Alors que ses lèvres s'entrouvrent doucement et que sa langue cherche la mienne, la porte de la boutique s'ouvre en grand, se rabat violemment sur le mur et envoie la clochette se fracasser par terre dans un charivari métallique.

Nous nous retournons. Nous écartons dans un brusque sursaut.

Et découvrons la mine sinistre de Haven, dont la silhouette se profile cruellement à contre-jour, tandis qu'elle bloque l'entrée d'un air mauvais.

— Regardez-moi ça... lâche-t-elle, une main sur la hanche, un rictus au coin des lèvres. Ça doit être mon jour de chance. D'une pierre deux coups, et aucun risque que vous m'échappiez.

vingt-quatre

Je me tourne vers Jude et le supplie de s'enfuir, d'aller se cacher, de faire n'importe quoi mais de se débrouiller pour filer d'ici. Dans une seconde, deux au maximum, elle passera à l'attaque et ce sera trop tard, il sera coincé.

Mais j'ai beau être on ne peut plus sérieuse et lui lancer un regard dans ce sens, confirmant que je ne plaisante pas du tout, il ne bouge pas d'un pouce. Il reste planté derrière le comptoir, pensant à tort que, d'une certaine façon, notre ébauche de baiser l'oblige à rester pour me protéger.

Je n'ai pas le temps de me répéter que Haven a déjà traversé la pièce à la vitesse de la lumière pour se dresser devant nous, une lueur sauvage, délirante, dans les yeux, et l'air passablement déjanté.

En la voyant sourire, passer lentement le bout de sa langue sur ses lèvres, je m'empresse de couvrir Jude en faisant bouclier.

— N'écoute pas Ever, tu te faciliteras la vie, Jude ! lance-t-elle en penchant la tête pour regarder derrière moi. Tu es très bien où tu es, surtout ne bouge pas. De toute façon, tu peux toujours essayer de courir, je te rattraperai. Mais un conseil : ménage tes forces. Tu vas en avoir besoin.

Elle se déporte rapidement sur sa droite, afin de me contourner et de s'emparer brusquement de lui, mais je lui barre aussitôt la route, le regard fixé sur elle. Évidemment, la scène me rappelle notre fâcheuse entrevue dans les toilettes du lycée, quand elle m'a dominée et plaquée au mur sans que je puisse rien y faire. Sachant que je fais déjà tout juste le poids contre elle, il est clair que Jude, lui, ne survivrait pas à un tel affrontement.

— Navrée d'interrompre votre petite séance de bécotage.

Elle éclate de rire en braquant sur nous tour à tour ses yeux cernés de rouge.

— J'ignorais que vous aviez décidé de passer ce « cap » dans votre relation.

Le bras tendu, elle enfonce la pointe de son long ongle verni de bleu dans mon épaule, puis s'écarte. La sensation cuisante de son énergie glaciale subsiste, mais l'effort qu'elle a dû faire pour empêcher sa main de trop trembler ne m'a pas échappé.

Elle attrape une mèche de cheveux sur son épaule et l'entortille sur son index dressé.

— Ne t'emballe pas trop d'avoir passé le stade du premier baiser, lâche-t-elle, le regard rivé exclusivement sur lui. Si Ever a consenti à aller jusque-là, c'est uniquement parce que Damen l'a laissée tomber pour Stacia. Une fois de plus !

Moqueur, son regard oscille férocement entre nous.

— Et bon… je pense qu'elle cherche juste quelqu'un sur qui se rabattre, tu vois. Façon de parler.

Je jette un rapide coup d'œil à Jude, croisant les doigts pour qu'il ne l'écoute pas vraiment, qu'il ne la prenne pas au sérieux, mais son regard est si trouble, si tourmenté, qu'il est presque impossible à déchiffrer.

— Tu n'en as pas assez ?

Elle relâche sa mèche pour admirer les bagues qui ornent ses doigts.

– Tu sais… du fait qu'Ever se serve constamment de toi comme d'un lot de consolation et comme larbin pour faire le sale boulot à sa place ? Franchement, quand on y pense, un baiser est bien la moindre des choses qu'elle puisse te donner, étant donné que c'est principalement à cause d'elle que ta vie est vouée à une fin prématurée aussi tragique.

Je sens qu'elle est prête à soliloquer pendant des heures, mais j'en ai assez entendu. *Idem* pour Jude. Je n'ai aucune envie qu'elle accapare son attention ou, pire, qu'elle réussisse insidieusement à le convaincre.

– Qu'est-ce que tu veux, Haven ?

Respirant calmement, je me concentre, me prépare à toute éventualité, quoi qu'elle ait l'intention de me dire.

– Oh, mais tu le sais, Ever…

Ses yeux lancent des éclairs, leurs iris autrefois colorés d'un sublime tourbillon écaillé de bronze et d'or désormais marbrés de rouge, sombres et menaçants.

– Je crois que j'ai été assez claire là-dessus, ajoute-t-elle avec un sourire narquois. En revanche, je n'arrive toujours pas à décider lequel de vous deux je vais tuer en premier. Tu peux peut-être m'aider à trancher ? Qu'est-ce que tu préfères : Jude ou toi d'abord ?

Soutenant son regard, je fais mon possible pour apaiser l'aura de plus en plus nerveuse de Jude, tout en maintenant l'attention de Haven et le gros de sa colère sur moi.

– Alors c'est ça ? je rétorque en regardant tout autour de nous, les sourcils en circonflexe. C'est ça ton super plan, l'impitoyable vengeance que tu menaces de mettre à exécution depuis… quoi ? des semaines… des mois ?

J'esquisse un piètre haussement d'épaules comme si la question ne méritait même pas réflexion.

– Tu comptes faire ça ici, dans une pittoresque petite boutique de quartier ?

Je secoue la tête, l'air d'être extrêmement déçue par la banalité de son choix de champ de bataille.

– Je dois dire que je suis un peu surprise. J'avoue que je m'attendais à une mise en scène bien plus dramatique et stylée. À une attaque audacieuse, dans un centre commercial bondé, quelque chose comme ça. Mais, remarque, tu m'as l'air d'être… quel était ce mot que Roman utilisait, déjà ?

Je plisse le front comme si je faisais réellement un effort de concentration, et en rajoute en tapant brusquement dessus du plat de la main :

– J'y suis : affamée ! Tu m'as l'air d'être constamment affamée ces derniers temps.

Mon regard se plante dans le sien.

– Tu sembles un peu à plat, fatiguée, à cran, même. Comme si tu avais besoin à tout prix d'un bon repas, voire… d'un gros câlin.

Elle se renfrogne, puis s'avance d'un pas mal assuré.

– Ne t'inquiète pas pour moi, les câlins, ce n'est pas ce qui me manque en ce moment. Et si je me retrouve à court, je pourrai toujours solliciter Jude.

Elle le lorgne d'un regard si dérangeant et vorace que je le sens se crisper dans mon dos.

– Quant au côté tragédie et audace, rassure-toi, Ever, tu vas être servie. Et puis, peu importe la mise en scène tant que la pièce est bien jouée, non ? Évidemment, je ne vais pas te gâcher la surprise en te révélant une partie de l'intrigue… Avoue que ce sera quand même plus drôle, mais je peux te dire qu'au final je compte bien te faire payer toutes les horreurs que tu m'as fait subir, y compris la dernière en date…

Je plisse les yeux, étonnée, ignorant à quoi elle fait allusion.

— Tu me fais marcher, là ? Tu crois que je ne sais pas que c'est toi qui t'es introduite chez moi en mon absence pour me voler mes bouteilles d'élixir ?

J'en reste muette, éberluée qu'elle puisse penser que j'y suis pour quelque chose.

— Tu crois que je ne vérifie pas mes réserves ? s'indigne-t-elle en haussant le ton. Tu pensais que je n'allais pas remarquer que mon frigo était quasi vide ? Tu me prends pour une débile à ce point ? Je me doute plus ou moins de la raison de ton geste. Tu t'imagines que c'est le seul moyen pour toi d'être de taille face à moi. Mais, tiens-toi bien, j'ai un scoop : tu ne m'arriveras jamais à la cheville, Ever. Et boire mon élixir n'y changera rien.

— Pourquoi je voudrais te voler ton élixir alors que j'ai déjà le mien, tu peux me le dire ?

Derrière moi, je sens les muscles de Jude se contracter et son aura vaciller, deux mauvais signes qui me portent à croire qu'il a un plan stupide en tête, que je vais devoir contrer *fissa* avant qu'il passe à l'acte.

Discrètement, je recule en le poussant, en faisant en sorte que Haven ne remarque rien mais en y mettant toutefois assez de force pour qu'il saisisse, se tienne tranquille et me laisse gérer.

— Admets-le, Ever.

Haven m'observe attentivement tandis que son corps se met à trembler.

— Le mien est meilleur, bien plus puissant et supérieur

au tien. Mais tu pourrais en boire tout ce que tu voudrais, ça ne te serait d'aucune aide. Tu ne feras jamais le poids.

– Mais comment veux-tu que j'aie envie d'en boire quand je vois ce que tu es devenue ? je rétorque d'un ton cinglant. Sans rire, Haven, regarde-toi !

D'un geste, je désigne ses yeux injectés de sang, ses doigts secoués de tics, et son visage pâle à faire peur, à l'instar de sa silhouette filiforme et rabougrie… Et soudain, maintenant que je l'ai concrètement observée, je prends conscience que je ne peux pas continuer. Quelles que soient ses menaces, je ne peux pas aller plus loin.

Il s'agit de Haven, bon sang.

Ma vieille amie Haven.

Une amie avec laquelle j'étais tout le temps fourrée et avec qui je rigolais bien. La seule personne, avec Miles, qui a bien voulu que je m'asseye à côté d'elle lors de mon premier jour dans ce lycée.

Elle est vraiment mal en point, elle a besoin d'aide, et c'est à moi d'essayer de lui parler, de la soutenir et de la persuader de tout laisser tomber avant qu'il soit trop tard et que je la perde pour de bon.

– Je t'en prie, Haven, dis-je sur un ton et avec un regard plus doux, tendant les paumes devant moi.

Je veux qu'elle comprenne bien que j'essaie de calmer le jeu, que je suis sincère, et qu'à cet instant je ne lui veux aucun mal.

– Ça peut s'arranger autrement. Rien ne t'oblige à ça. On peut décider d'arrêter tout, maintenant. Si tu vas au bout de ton idée, tu ne vas faire qu'aggraver une situation déjà terriblement tragique. S'il te plaît, réfléchis.

Moyennant une profonde inspiration, j'absorbe toute la lumière blanche que mon corps est capable de contenir, puis expire lentement pour la lui transmettre. Je l'enveloppe avec soin de fines vagues d'énergie apaisantes que je vois flotter autour d'elle, tenter de la pénétrer, mais se heurter finalement à un mur, repoussées par sa cuirasse de haine et de rage.

— Il n'est pas trop tard pour conclure une trêve.

Je garde une voix douce, posée, dans l'espoir de débloquer la situation avec elle, et en parallèle de dissuader Jude de s'embarquer dans je ne sais quelle action suicidaire.

— Tu as mauvaise mine plus qu'autre chose, Haven. Tu as complètement disjoncté. Crois-en mon expérience, je suis passée par là. Rien n'est irréversible, il existe une solution et j'aimerais vraiment t'aider à la trouver si tu es d'accord.

Mais en réponse à ces paroles pacifiques, elle me rit au nez. D'un rire dur, sarcastique, rehaussé d'un regard sauvage et agité, incapable de se fixer sur un point.

— Toi, m'aider ? Arrête, s'il te plaît. À quand remonte la dernière fois où tu m'as aidée ? Tu n'as toujours fait que te servir de moi. Constamment. Mais m'aider, je ne crois pas, non !

— Très bien… je soupire.

Je suis bien décidée à ne pas tenir compte de ce qu'elle dit, et à faire en sorte qu'elle cesse de s'autodétruire.

— Si tu considères que tu ne peux pas te fier à moi, dans ce cas laisse quelqu'un d'autre t'aider. Tu as toujours ta famille, tu sais. Et des amis. Des vrais. Des gens qui tiennent vraiment à toi, contrairement à ceux que tu as manipulés pour qu'ils deviennent tes amis.

Elle me dévisage, ses paupières clignant rapidement tandis qu'elle tangue d'une jambe sur l'autre de façon imperceptible. Elle fouille dans son sac à la recherche de son élixir, mais n'en sort qu'un nombre grandissant de bouteilles vides, qu'elle jette au fur et à mesure par terre.

Là, je comprends que je dois faire vite, activer un peu la cadence et lui parler franchement. On n'a plus beaucoup de temps, elle va exploser d'une seconde à l'autre.

— Pourquoi pas Miles ? Il serait plus que prêt à t'aider, je suggère à la hâte. Et ton petit frère Austin, qui t'a toujours admirée et qui compte sur toi ? Bon sang, je suis certaine que même Josh est encore raide dingue de toi ! Tu m'as bien dit qu'il t'avait écrit une chanson pour tenter de te reconquérir, non ? Si tu veux mon avis, je doute fort qu'il se soit remis de votre rupture. Je suis persuadée que si tu l'appelais, il débarquerait en un rien de temps. Et...

Je m'apprête à évoquer ses parents, mais je me ravise aussitôt. Ils n'ont jamais vraiment été là pour elle, et ça explique en grande partie comment on en est arrivés là.

Mais j'hésite trop longtemps, en tout cas assez pour qu'elle me lance un regard noir et en profite pour répliquer :

— Et qui d'autre encore ? Qui donc vas-tu ajouter à cette liste, Ever ? La femme de ménage, peut-être ?

Elle roule des yeux d'un air mauvais.

— Désolée, mais il est trop tard pour ça. Tu m'as privée de la seule et unique personne qui comptait pour moi, et qui de surcroît tenait à moi. Alors maintenant tu vas le payer. Toi comme Jude. Ça, n'en doutez pas une seconde : lorsque vous ressortirez d'ici, ce sera les pieds devant ! Enfin, surtout pour lui, parce que toi, Ever, tu ne seras plus qu'un petit tas de cendres.

— Ça ne le ramènera pas.

Mais ces mots arrivent trop tard. Je l'ai perdue. Elle a

déjà sombré dans le recoin le plus sombre de son esprit dérangé.

Je le vois à son regard dans le vague, à la façon dont son corps s'immobilise tandis qu'elle se met au diapason de la rage incendiaire qui brûle en elle.

Je le vois aux murs qui se mettent brusquement à vibrer.

Aux livres qui dégringolent par paquets des rayonnages.

À la volée d'angelots qui traversent la pièce en flèche, se fracassent contre les meubles et retombent en mille morceaux sur le sol.

La communication est rompue.

Et tout retour en arrière, impossible.

Elle se plante devant moi, l'œil flamboyant, les cheveux dressés sur la tête, et son corps tout entier tremblant de rage. Les poings serrés, elle se hisse sur la pointe des pieds pour s'emparer de Jude.

Cours, Jude ! Fais apparaître le portail et tire-toi d'ici !

Mais je n'ai pas le temps de lui crier ces mots qu'il bondit déjà.

Il se jette sur elle, met bêtement son plan à exécution, pour me protéger au péril de sa vie.

Et alors que je me précipite pour le retenir et l'empêcher d'aller plus loin, Haven se rue sur moi.

Elle arrache violemment le talisman à mon cou, le visage tordu par la haine et les yeux brûlants d'un vif éclat.

— Alors Ever, dis-moi : comment comptes-tu te défendre à présent ?

vingt-cinq

Narquoise, elle m'agite sous le nez les cristaux luisants, sans lesquels je suis vulnérable, exposée, sans défense. Puis elle balance le talisman derrière elle et part d'un rire perçant et sinistre, qui retentit à travers toute la boutique.

Poings serrés, Jude vocifère, prêt à bondir, mais il n'est pas de taille. D'un simple revers de main, elle l'éjecte à travers la boutique et l'envoie s'écraser contre un mur.

Elle reste indifférente à l'épouvantable bruit de ses os qui se cassent net et transpercent sa chair tandis qu'il s'effondre, comme un pantin désarticulé.

Je meurs d'envie de me précipiter auprès de lui pour m'assurer que ce n'est pas trop grave, mais je n'en fais rien. C'est trop risqué. Elle en profiterait pour me talonner et je ne peux plus me permettre de la laisser l'approcher. Pour la sécurité de Jude, je dois monopoliser l'attention de Haven.

À défaut, je lui lance un regard et l'implore mentalement de faire apparaître le portail, de se dépêcher tant qu'il en a encore la force, croisant les doigts pour que, d'une façon ou d'une autre, il m'entende. J'ignore si son refus d'obtempérer est dû à la gravité de ses blessures, à l'atroce masque de souffrance sur son visage, au filet de sang qui coule de sa bouche, ou bien au fait qu'il refuse simplement de me

233

laisser avec elle, qu'il veut coûte que coûte être là pour moi, quel que soit le prix à payer pour lui.

Haven s'avance, amorçant tant bien que mal une démarche lente qui se veut intimidante, mais atterrit finalement devant moi d'un pas instable, et toute tremblante. Pour être franche, c'est très éprouvant pour les nerfs, beaucoup plus que si elle se jetait franchement sur moi. Son état de nervosité m'empêche de sonder son énergie, d'anticiper sa prochaine action.

Elle arme son bras, son poing se lève, décrit un arc de cercle vers sa cible : moi. Mais je l'esquive aussitôt, passe en dessous comme une flèche et rejoins l'autre côté de la pièce. Elle fait volte-face, rageuse, et s'élance de nouveau à mes trousses, la colère attisant et décuplant son énergie, au point de faire vaciller les lumières, de déformer le sol et faire voler en éclats tout le mobilier en verre de la boutique, y compris le comptoir.

— Bien essayé, Ever. Mais crois-moi, tu ne fais que retarder l'inévitable. Chaque fois que tu m'échappes, je m'amuse encore plus. Cela dit, je ne suis pas pressée, on peut continuer ce petit jeu toute la journée si ça te chante. Seulement n'oublie pas que plus tu repousses l'échéance…

Du pouce, elle indique vaguement derrière elle l'endroit où Jude est étendu sur le sol, respirant à peine.

— … Plus il souffrira.

Les dents serrées, je pince les lèvres avec détermination. Ras-le-bol d'essayer de la raisonner. J'ai fait tout ce que j'ai pu. Il est temps de mettre mon entraînement à profit.

Elle se jette sur moi, mais si vacillante qu'il me suffit de faire un pas de côté à la dernière seconde pour qu'elle percute un portant de CD et s'écroule. Alors qu'elle atterrit violemment sur un tas de verre brisé, une gerbe de sang écarlate éclabousse le mur.

Mais Haven se contente d'éclater de rire en roulant sur le dos. Elle prend le temps d'ôter les morceaux de verre de sa chair tailladée qu'elle regarde cicatriser d'un œil luisant, puis se ressaisit, époussette ses vêtements et se relève, me faisant face.

– Quel effet ça fait de savoir qu'on va bientôt mourir ? raille-t-elle d'une voix râpeuse et mal assurée, qui trahit le poids de ses efforts.

– Je ne sais pas. À toi de me le dire.

Je recule un peu mais m'aperçois trop tard que je suis acculée, dos au mur. Ce n'est pas vraiment la position idéale quand on a besoin de garder ses distances et assez de latitude pour pouvoir s'échapper. Mais je ne compte pas m'attarder là très longtemps ; il faut juste que j'atteigne l'autre côté de la pièce où m'attend mon talisman. Dès que j'aurais remis la main dessus, je le raccrocherai à mon cou et ferai ce qu'il faut pour mettre un terme à tout ça.

Haven se campe devant moi, les bras le long du corps, les mains agitées, les jambes écartées et les genoux légère-ment fléchis, prête à bondir.

Je profite de ce bref répit pour l'examiner attentivement, évaluer l'énergie qu'elle dégage et essayer de déterminer où va porter son prochain coup. Mais elle est si détraquée, si déconnectée d'elle-même et du reste du monde, que ça revient à essayer de regarder à travers un nuage de parasites. Elle est impossible à déchiffrer.

Alors, en la voyant charger de plus belle, le poing brandi et se rabattant vers mon ventre, je m'empresse de la contrer.

Sans imaginer un instant que le coup va bifurquer au dernier moment.

Qu'une personne aussi à cran et instable qu'elle puisse être en mesure de réussir une telle feinte.

J'entraperçois la folle lueur de triomphe dans ses yeux alors que son poing s'écrase contre ma gorge.

Il percute violemment sa cible, mon cinquième chakra, siège du manque de discernement, des mauvaises décisions et d'une confiance aveugle et erronée dans toutes les mauvaises personnes.

Le choc est si brutal, si soudain que je mets un moment à comprendre ce qui m'arrive.

À succomber à cette douleur prodigieuse qui m'assaille.

À m'élever hors de mon corps, à flotter et tourbillonner dans le vide, apercevant au-dessous de moi le regard machiavélique de Haven, la silhouette disloquée de Jude, et le magnifique mais fugitif ciel bleu qui s'étire à perte de vue, jusqu'à ce que l'Univers tout entier se réduise comme peau de chagrin et s'écroule.

Ensuite, trou noir.

vingt-six

On dit qu'au moment de mourir on revoit tout le film de sa vie en accéléré.

Eh bien, je vous le confirme.

C'est exactement ce qui m'est arrivé.

Enfin, pas la première fois. Alors, j'avais directement atterri à l'Été perpétuel.

Mais là, c'est différent.

Je vois absolument tout.

Les moments décisifs de ma vie actuelle, comme ceux de mes existences antérieures.

Un tourbillon d'images m'accompagne tandis que je tombe en chute libre dans un gouffre d'un noir opaque, submergée par un sentiment à la fois terrifiant et familier dont j'essaie tant bien que mal de retrouver la source, le moment auquel j'ai bien pu l'éprouver par le passé.

Et soudain, ça fait tilt.

Le pays des Ombres.

Refuge des âmes perdues.

Abysse sans fond pour les immortels comme moi.

C'est précisément la destination qui m'attend, et l'expérience en tout point similaire à celle que j'ai vécue à travers Damen.

À l'exception du spectacle.

Ça, il s'est bien gardé de me laisser y assister.

Et je ne tarde pas à comprendre pourquoi.

Et aussi pourquoi le souvenir de son propre périple le hantait à ce point.

Pourquoi sa traversée du pays des Ombres avait été une telle leçon d'humilité pour lui, et l'avait tant transformé.

Je dégringole comme un plomb, ballottée par une sorte de gravité inversée qui me donne l'impression que mes tripes vont bientôt jaillir de mon crâne, tandis que les images défilent autour de moi.

Au début, ce ne sont que des bribes, de brefs aperçus de moi-même sous mes différentes apparences antérieures, mais à mesure que je m'habitue à cette sensation, à ce mouvement chaotique et effréné, j'apprends à le dompter, à ralentir la cadence. Mes yeux s'accommodent, j'étudie une à une les images qui continuent d'affluer.

Très nettes.

Sans retouches.

Y compris pour les séquences que Damen ne voulait pas que je voie.

Je commence par le début, ma première vie à Paris, à l'époque où j'étais une domestique orpheline et sans le sou prénommée Evaline, et grimace en découvrant les corvées fort déplaisantes qu'on m'obligeait à accomplir – des scènes à vous tordre les boyaux dont Damen m'avait effectivement fait grâce. Tout se déroule exactement comme il me l'a toujours raconté, jusqu'au jour où je remarque l'existence de Jude, qui a alors les traits d'un jeune et beau valet d'écurie à la carrure mince et musclée, aux cheveux blond-roux et aux yeux bleu-vert perçants. Nous commençons à nous tourner autour, discrètement d'abord, un regard volé par-ci, quelques mots échangés par-là, puis la confiance s'installe et des sentiments réciproques naissent entre nous, nous poussent à nous promettre monts et merveilles. Promesses que j'ai la ferme intention de tenir jusqu'à ce que Damen fasse irruption et chamboule mon existence.

Bien sûr, il a usé de quelques ruses, fait appel à tous ses charmes d'immortel. Il s'est toujours débrouillé pour débarquer au bon moment, au bon endroit, pour m'impressionner en me sortant le grand jeu avec ostentation. Cependant, tout ça n'était pas vraiment nécessaire, car en vérité – vérité qui m'avait toujours échappé jusqu'ici – ce n'était pas la magie qui lui avait permis de ravir mon cœur. Pas du tout.

Damen m'avait conquise dès le premier instant de notre rencontre, au premier regard.

Il m'avait conquise bien avant que je sache seulement qui il était, ou ce dont il était capable au juste.

Son pouvoir de séduction, la raison pour laquelle je suis tombée amoureuse de lui si vite ne relevait pas de la magie, mais du fait qu'il était tout simplement lui, Damen.

Après avoir visionné toute l'époque où nous sommes sortis ensemble, scènes que nous avons pour la plupart revécues dans l'Été perpétuel mais aussi les autres – y compris la mort terrible que Drina m'a infligée –, je passe à ma vie d'après. Celle où je suis une puritaine élevée par un père très strict, orpheline de mère depuis longtemps, et dont la garde-robe se résume à trois tenues aussi ternes que son existence. Le seul rayon de soleil à l'horizon de ma vie monotone est un paroissien du village aux cheveux bruns hirsutes, au sourire généreux et au regard bienveillant, dans lequel je reconnais immédiatement Jude. Un jeune homme dont mon père a bonne opinion, et dans les bras duquel il me pousse, jusqu'au jour où je repère Damen, assis sur un banc à l'église, et où mon univers, mon avenir basculent.

Peu de temps après l'avoir rencontré et fait plus ample connaissance, je lui promets de renoncer à ma vie d'humble obédience pour embrasser la sienne, bien plus fascinante. Mais bien entendu, Drina y met brutalement un terme.

Elle ne fait que ça, depuis le début.

Mon père est anéanti, Jude abasourdi, et Damen recommence à sillonner la planète, accablé de douleur, pendant de longues années, en attendant que mon âme se réincarne et que nous soyons à nouveau réunis.

Enchaînant avec la vie suivante, je vois mon âme se joindre au corps d'un bébé extrêmement choyé et dorloté. Fille d'un riche baron, je deviens quelques années plus tard une jeune femme gâtée et frivole, qui rejette avec insouciance Jude, un comte anglais auquel tout le monde me voit déjà mariée. Je lui préfère les bras d'un mystérieux inconnu vraisemblablement débarqué de nulle part. Mais, une fois de plus, grâce à Drina, ma vie s'achève dans des circonstances tragiques avant que j'aie l'occasion d'officialiser mon choix, même si mon cœur, lui, sait ce qu'il en est.

Puis vient l'époque d'Amsterdam, où je suis la superbe muse sensuelle et charmante d'un artiste peintre, dotée d'une magnifique chevelure blond vénitien. Je batifole avec Jude, comme je l'ai fait avec bon nombre de prétendants avant lui, jusqu'à ce que Damen se pointe et retienne toute mon attention.

Il n'a recours à aucun subterfuge, aucun tour de magie manifeste. Il me conquiert en étant simplement lui-même. Ni plus ni moins. Dès l'instant où mon regard se pose sur lui, plus personne n'a la moindre chance.

Mais l'existence qui m'intéresse le plus, c'est celle dont j'ai eu vent récemment.

Ma vie dans le Sud.

À l'époque où j'étais esclave et où Damen m'a affranchie au détriment de mon bonheur.

Je regarde ce pan de mon passé se révéler, une enfance qui n'en a jamais vraiment été une ; la seule lueur de cette existence misérable : un baiser de Jude à la dérobée.

Dès que le soleil commence à se coucher, nous nous éclipsons de notre poste pour nous retrouver derrière la grange. Je ne sais pas exactement ce qui fait le plus palpiter mon cœur : l'excitation de recevoir mon premier vrai baiser, ou bien la peur que mon maître découvre mon absence. Je sais que cette désertion est passible d'une violente correction, voire pire.

Toutefois, bien décidée à honorer ma promesse de le retrouver, je suis submergée par un rare sentiment de joie, une vague d'euphorie inattendue en constatant qu'il est déjà au rendez-vous.

Il sourit d'un air un peu gêné, je hoche la tête pour toute réponse, subitement assaillie par un accès de timidité, par la crainte de paraître trop empressée. Mais je ne tarde pas à remarquer la façon dont ses mains tremblent, les coups d'œil nerveux qu'il lance autour de nous, et je comprends alors qu'il est dans le même état que moi.

Nous échangeons des propos anodins auxquels aucun de nous ne prête réellement attention. Et, alors que je me dis que je me suis absentée trop longtemps, que je n'ai d'autre choix que de retourner travailler avant que ça se remarque, il passe à l'acte.

Il se penche vers moi et me contemple de ses grands yeux avec tant d'amour et de bonté que j'en oublie de respirer. Puis il les ferme doucement, me laissant face au spectacle de ses longs cils noirs recourbés sur sa peau foncée luisante, et de ses lèvres gourmandes s'approchant des miennes. Le contact tendre et apaisant de sa bouche douce et familière déclenche en moi une extraordinaire vague de sérénité qui se répand dans tout mon corps.

Même après m'être écartée, soulevant mon jupon pour repartir à toutes jambes vers la maison, la sensation de ce baiser subsiste.

Sa saveur continue de m'enivrer, tandis que je me répète silencieusement la promesse que nous nous sommes murmurée de nous revoir dès le lendemain.

Mais, quelques heures à peine avant ledit rendez-vous, Damen fait son apparition.

Comme dans chacune de mes existences antérieures, il débarque de nulle part, à la différence que cette fois il se dispense de me faire la cour ou même de me gratifier de quelques aimables propos, ses intentions étant bien trop pressantes pour perdre son temps à cela.

Il est déterminé à m'acheter, à me libérer d'une vie de violences et de servitude particulièrement dure, pour m'en offrir une d'opulence et de privilèges. Une vie aux antipodes de tout ce à quoi je suis habituée, si bien que je suis sûre qu'il ment, que c'est un piège, et n'y crois pas une seconde.

Convaincue que ma vie vient de prendre un tournant fatidique, je pleure en appelant mes parents, en tendant la main vers Jude pour qu'il me prenne dans ses bras, me protège, empêche Damen de m'emmener en territoire inconnu. Persuadée qu'on me prive de la seule forme de bonheur que je connaisse pour me condamner à bien pire, je suis terrifiée, prise au piège dans un état épuisant d'agitation et de crainte. Je me méfie terriblement de ce nouveau maître à la voix douce, qui s'adresse à moi en chuchotant gentiment, qui me traite avec respect et se montre si admiratif à mon égard, comme jamais on ne l'a été, que je suis certaine de rêver.

Il m'installe avec soin dans mes appartements, dans une aile qui m'est réservée, au cœur d'une demeure bien plus grande et plus chic que celle que j'étais contrainte d'astiquer. Mes seuls devoirs : dormir, manger, m'habiller, rêvasser, sans la moindre menace de corvées humiliantes ou de douloureuses corrections.

Damen me fait visiter mes nouveaux quartiers, salle de bains personnelle, lit à baldaquin, penderie garnie de robes splendides, coiffeuse couverte de produits importés les plus raffinés – crèmes, parfums et brosses à cheveux aux manches d'argent –, puis il me dit de prendre tout le temps qu'il me faut, que le souper attendra jusqu'à ce que je sois prête.

Notre premier repas ensemble se déroule dans un silence absolu ; je suis installée sur un siège, face à lui, vêtue de la robe la plus sophistiquée que j'aie jamais vue. Absorbée par le toucher soyeux de son tissu, son tombé gracieux sur ma peau délicatement parfumée, j'entame à peine mon assiette tandis qu'il sirote une boisson rouge. Le regard perdu au loin, hormis les quelques coups d'œil qu'il lance dans ma direction, pensant que je ne m'en aperçois pas, il est plongé dans ses pensées. Le front plissé, la mine sombre, son regard est tourmenté, éloquent, si bien que je devine qu'il est aux prises avec une indécision.

Je m'attends au pire, mais il ne vient pas. Alors je termine simplement mon repas, lui souhaite une bonne nuit et retourne dans ma chambre où m'accueillent une belle flambée et des draps de coton fin.

Le lendemain matin, réveillée à l'aube, je me précipite à la fenêtre juste à temps pour le voir s'élancer à cheval. Avec angoisse je suis sa course des yeux, certaine que c'est donc ça, qu'il m'a fait venir jusqu'ici uniquement pour se livrer à un jeu tordu et malsain et m'abandonner à mon sort en attendant que quelqu'un me trouve et me batte à mort.

Mais je me trompais, il est de retour le soir même.

Bien qu'il me salue avec un sourire, son regard révèle malgré lui son échec.

Partagé entre l'envie de me dire la vérité et celle de ne pas me bouleverser plus que je ne le suis déjà, il décide de me cacher sa défaite, présumant qu'il peu probable que je la découvre un jour.

Mais même si je n'en aie jamais rien su dans cette vie-là, le pays des Ombres ne se gêne pas pour me conter tout ce qu'il a gardé pour lui.

Il me dévoile avec force détails tout ce qui s'est passé ce jour-là, quand il est parti à cheval, tout l'aspect sordide de cette affaire.

Il est retourné à la plantation avec la ferme intention d'acheter mon père, ma mère, Jude et tous ceux de leur condition, et de les ramener chez lui afin qu'ils jouissent de leur liberté. Mais les propriétaires restent indifférents à la somme d'argent exorbitante qu'il leur propose. Ils ne prennent même pas le temps d'y réfléchir et le congédient rapidement. Ils sont si pressés de se débarrasser de lui qu'ils missionnent même un contremaître pour l'escorter hors du domaine.

Au premier coup d'œil, je détecte que ce dernier n'est pas du tout ce qu'il prétend être.

Je le perçois à sa démarche, son attitude suffisante, trop parfaite à tout point de vue.

C'est un immortel.

Pas un gentil, comme Damen, mais un renégat. Il est passé du côté obscur bien avant que Damen se soit aperçu que Roman était toujours en vie, qu'il avait concocté son propre élixir et transformait les gens en toute liberté. À la lueur d'inquiétude dans son regard, je comprends que lui aussi a saisi.

Comme il ne tient pas à créer de problèmes, à faire un esclandre ou à causer plus de tort à ma famille ou à Jude, Damen s'en va. Captant à distance ma peur et ma solitude dans cette grande maison, il se hâte de rentrer pour me rassurer, tout en se jurant de revenir à la plantation plus tard, à la faveur de la nuit, dans l'intention de libérer tout le monde en douce.

Il ignore qu'alors il sera trop tard.

Il n'a aucun moyen de soupçonner ce qui va se produire, et qui se déroule devant mes yeux : Roman, tapi dans l'ombre pendant que le maître est sorti, tirant les ficelles en aveugle.

Aucun moyen de deviner qu'un incendie va être volontairement déclenché après son départ, et qu'on ne pourra le maîtriser ni secourir qui que ce soit.

La suite de l'histoire se déroule exactement comme il me l'a décrite : il m'emmène en Europe, procède avec moi avec prudence, pas à pas, me laissant le temps et la liberté nécessaires pour apprendre à lui faire confiance, à l'aimer, et à vivre auprès de lui un bonheur bien réel... quoique éphémère.

Car Drina découvre rapidement le pot aux roses et me liquide une fois de plus, vite fait bien fait.

Et tout à coup, je prends conscience d'une chose que j'aurais dû réaliser depuis le début.

C'est Damen, l'élu de mon cœur.

Et cette évidence se confirme à mesure que je revis les moments clés de ma dernière existence...

Je le vois s'agenouiller près de mon corps sans vie au bord de la route, juste après l'accident. Plus qu'un simple témoin, j'éprouve pleinement son choc, sa douleur de m'avoir encore perdue. Sa souffrance devient mienne, le poids de sa peine me laissant haletante, tandis qu'il demande conseil et se débat pour décider si, oui ou non, il doit me transformer pour que je devienne comme lui.

Rongé par cette perte effroyable, il finit toutefois par trouver le courage de m'avouer ce qu'il a fait de moi – ce que je suis –, et ce jour-là ma réaction est sans équivoque : je hurle, le repousse, lui dis de s'en aller, de me ficher la paix et de ne plus jamais m'adresser la parole.

Je ressens l'intensité de sa confusion lorsqu'il se retrouve ensorcelé par Roman. Sa torpeur, son incapacité à contrôler ses actes, ses paroles : tout est soigneusement orchestré par Roman qui le manipule afin qu'il se montre cruel, blessant envers moi. Et bien que je l'aie déjà admis à l'époque, ici, au pays des Ombres, je le sens désormais dans ma chair, je sais aujourd'hui plus que jamais que, quoi qu'il ait dit ou fait, le cœur n'y était pas.

Pantin malgré lui, il exécute des gestes programmés à l'avance, son corps et son esprit faisant les quatre volontés de Roman, mais son cœur, qui refuse de se soumettre, ne s'écarte jamais du mien.

Même quand il prend ses distances pour me laisser choisir entre lui et Jude, il m'aime autant qu'au premier jour. Si bien qu'il n'est pas certain d'avoir la force de s'en remettre s'il me perd à nouveau. Pourtant, persuadé de bien faire, que sa décision est la bonne, la plus juste, il se prépare pleinement à l'accepter, si tel est mon choix.

Je le regarde tuer le temps sans moi, complètement perdu, solitaire, et anéanti. Hanté par les souvenirs du passé, il est certain de n'avoir que ce qu'il mérite ; et bien qu'il soit clairement fou de joie en me voyant revenir, au fond de lui il doute encore d'être vraiment digne de moi.

J'éprouve la peur qu'il réfrène lorsque la magie noire s'empare de moi de mon propre fait, tout comme son empressement à me pardonner mes forfaits lorsque j'étais sous cette emprise.

Son amour m'envahit avec une telle force que je suis vidée et troublée. Ses sentiments n'ont jamais faibli, pas une seule fois, à travers tous ces siècles d'existence et malgré le tumulte de l'année passée.

Cela me bouleverse que, contrairement à moi, il n'ait jamais douté de son amour.

Pourtant, en dépit des quelques fois où je lui ai tourné le dos, je sais désormais une chose dont je ne parvenais pas à me rendre compte avant.

Mon amour pour lui est demeuré intact depuis le début.

Il se peut que je l'aie remis en question, critiqué, que je m'en sois détournée de temps en temps, mais cette confusion n'existait que dans ma tête.

Au fond de moi, mon cœur, lui, connaissait la vérité.

Et je sais à présent que Haven avait tort.

En amour, il n'y en a pas systématiquement un qui aime plus que l'autre.

Quand deux personnes sont réellement faites pour être ensemble, elles s'aiment tout autant.

Différemment, mais autant.

L'ironie de la chose, maintenant que j'ai pris conscience

de tout ça, que je sais tout de nous, de notre histoire, c'est que je suis condamnée à errer dans cet abîme, à méditer mes erreurs pour l'éternité.

Plongée dans un manteau de ténèbres sans fin, je suis coupée de tout, hantée par les souvenirs de mes fautes passées qui se rappellent sans arrêt à moi dans un tourbillon d'images. Comme un spectacle sans fin, programmé pour passer en boucle et me torturer en me montrant tout ce que j'aurais pu être si mes choix avaient été différents.

Si seulement j'avais écouté mon cœur plutôt que ma raison.

Une chose est maintenant tout à fait claire, d'une évidence flagrante : Jude a toujours été là, il s'est toujours montré bon, généreux et aimant envers moi, c'est vrai… mais Damen est ma seule et véritable âme sœur.

J'ouvre la bouche, je veux à tout prix hurler son nom, retrouver la sensation de ce mot sur mes lèvres, ma langue, dans l'espoir hypothétique de le joindre.

Mais aucun son n'en sort.

Et quand bien même, personne ne peut m'entendre.

Voilà, c'est la fin.

L'éternité qui m'attend.

La solitude.

Dans l'obscurité.

Et constamment harcelée par un passé que je ne peux plus changer.

Je sais que Drina est quelque part par là. Et Roman aussi. Chacun de nous est prisonnier de sa propre vision de l'enfer, sans aucune possibilité de communiquer, sans échappatoire.

Alors je me résigne : je ferme les yeux et capitule. Maintenant au moins je sais tout ce que je devais savoir.

J'ai obtenu la réponse à la question que je me posais depuis si longtemps.

Sans émettre un son, je chuchote dans le vide, mes lèvres s'agitent rapidement, sans cesse. Je l'appelle, le supplie de me retrouver.

Même si je sais que ça ne sert à rien.

Que c'est vain.

Trop tard.

vingt-sept

Le son de sa voix flotte dans l'air, me pénètre, m'envahit. Comme une vague et lointaine vibration, qui traverse les océans, les continents et les galaxies pour m'atteindre.

Mais je ne peux y répondre ou y réagir d'aucune façon. C'est inutile. Irréel.

Un sale tour de mon imagination.

Une ruse du pays des Ombres.

Personne ne peut entrer en contact avec moi maintenant que je suis ici.

Mon nom sur ses lèvres résonne comme une supplique :

– Ever, ma belle, ouvre les yeux et regarde-moi... je t'en prie.

Ces mots me paraissent si familiers que je suis certaine de les avoir déjà entendus.

Et, une fois de plus, je lutte pour lui obéir. Je relève lentement les paupières et le découvre face à moi, le front plissé de soulagement, ses grands yeux angoissés plongés dans les miens.

Mais c'est un mirage. Une sorte de jeu. Le pays des Ombres est un lieu cruel et solitaire et je ne peux pas me permettre de tomber dans ce piège.

Ses bras m'enlacent, me bercent, et je finis par me laisser

faire, par m'abandonner à leur étreinte, car bien que ce soit peut-être un leurre, c'est trop bon pour y résister.

J'essaie encore de crier son nom de toutes mes forces, mais il pose un doigt sur mes lèvres.

— Chut… murmure-t-il avec douceur. Tout va bien. Tu es sauve. C'est terminé.

Je m'écarte un peu, sans le quitter des yeux, pas tout à fait convaincue. Je porte une main hésitante à ma gorge, en quête d'une preuve, tâtonnant à l'endroit précis où le poing de Haven s'est abattu pour me porter le coup fatal.

Je me souviens alors exactement de ce que j'ai ressenti en mourant pour la seconde fois de cette existence.

Rien à voir avec la première.

Impatiente qu'il comprenne ce qui s'est réellement passé, je le dévore des yeux, vois l'inquiétude qui marque ses traits, mais aussi le soulagement qui gagne peu à peu son regard.

— Elle m'a tuée, je dis. Malgré tous mes efforts et ma préparation, en fin de compte, je n'étais pas de taille contre elle.

— Elle ne t'a pas tuée, Ever. Je t'assure, tu es toujours parmi nous.

Je tente tant bien que mal de me redresser, mais il me serre davantage contre lui. Alors je parcours la boutique des yeux, aperçois le fatras de verre brisé, les étagères renversées – à l'image d'une scène tirée du plus grand film catastrophe de tous les temps, représentant des tremblements de terre, des tornades, une offensive sans merci.

— Mais… je suis partie au pays des Ombres et j'ai vu…

Je referme les yeux, déglutis avec peine à cause du nœud qui me serre la gorge.

— Je sais. J'ai senti ton désespoir. Je sais que tu dois avoir l'impression qu'il s'est écoulé des heures… Du moins moi, c'est ce que j'avais ressenti, mais c'était loin d'être suffisant pour que le fil d'argent qui relie ton âme à ton corps se rompe. C'est pourquoi j'ai pu te faire revenir.

Mais Damen a beau s'exprimer d'un ton confiant, hocher la tête et soutenir mon regard avec une pleine assurance, je sais qu'il n'en est rien. Bien que mon fil ne se soit pas rompu, j'ai la certitude d'être morte. Et si j'ai pu reparaître, c'est pour une seule et unique raison.

J'ai surmonté mon point faible.

Dès l'instant où j'ai pris conscience de la réalité, sur moi, sur nous, au moment où j'ai enfin pris la bonne décision, d'une certaine façon, j'ai été ramenée à la vie.

– Elle a touché mon point faible en plein dans le mille, mon cinquième chakra, et ensuite… j'ai tout vu.

Je le regarde droit dans les yeux, pour qu'il sache, qu'il m'entende vraiment.

– J'ai vu tous les moments clés de nos existences, sans exception. Y compris ces choses que tu t'es donné tant de mal à me cacher.

Il inspire longuement, l'esprit assailli de questions, dont une en particulier qui pèse lourd entre nous.

Mais je réagis tout de suite, m'empresse de passer mes bras autour de son cou pour l'attirer à moi, ressentant vaguement le film d'énergie qui ondule entre nos deux bouches, tandis que mes pensées se glissent dans les siennes. Elles lui révèlent tout ce que j'ai vu et ce que j'ai enfin compris.

J'ai accepté la seule réalité qui soit.

Et jamais plus je ne douterai de lui.

Nous restons ainsi quelques instants, blottis l'un contre l'autre, bien conscients du miracle qui vient de se produire.

Je n'ai pas seulement ressuscité : je me suis véritablement réveillée.

Enfin, je m'écarte un peu pour l'interroger du regard sur un point qu'il s'empresse d'éclaircir :

– J'ai perçu ta détresse. Je me suis précipité ici aussi vite que j'ai pu, mais à mon arrivée la boutique était déjà sens dessus dessous, et toi… pour ainsi dire, morte. Mais tu es rapidement revenue à toi, même si je sais que ç'a dû te sembler une éternité. C'est typique du pays des Ombres.

– Et Jude ?

Je sens mon cœur se serrer et mes tripes se tordre, tandis que mon regard balaie la pièce sans parvenir à le distinguer en dépit de mes efforts.

– Jude n'est plus ici, répond Damen tout bas.

Cette fois, mon cœur se vrille pour de bon.

vingt-huit

La première chose que je vois à notre arrivée est bien la dernière à laquelle je m'attendais : les jumelles.

Debout côte à côte, Romy vêtue de rose de la tête aux pieds et Rayne de noir, elles écarquillent les yeux de concert dès qu'elles me voient.

— Ever ! s'écrie Romy en se précipitant pour m'embrasser.

Son petit corps frêle me fonce dessus, et je manque de tomber à la renverse sous la force de l'impact alors qu'elle enroule ses bras maigrelets pour me serrer de toutes ses forces.

— On était persuadées que tu étais coincée au pays des Ombres, intervient Rayne en secouant la tête pour masquer son émotion.

Elle s'approche et se poste discrètement près de sa sœur, toujours cramponnée à moi. Et alors que je m'attends à ce qu'elle me sorte une vacherie, une vilaine pique du style qu'elle est très déçue que je sois saine et sauve, elle plante son regard dans le mien :

— Je suis bien contente qu'on se soit trompées, ajoute-t-elle d'une voix chevrotante, si bien qu'elle a toutes les peines du monde à articuler.

Ce gage de réconciliation qu'elle m'offre à demi-mot ne m'échappe pas, alors je glisse mon bras autour de ses épaules, stupéfaite qu'elle me laisse faire et se blottisse contre moi. Elle ne se contente pas de réagir à ce câlin... Non, elle le prolonge bien plus longtemps que je n'aurais osé l'imaginer. Elle s'écarte quelques secondes plus tard, puis se racle la gorge, passe la main dans sa frange droite coupée au cordeau, et s'essuie le nez d'un revers de manche.

Je meurs d'envie de leur demander comment elles ont atterri ici, mais ça peut attendre. Des questions bien plus importantes me taraudent.

Je n'ai pas le temps de les formuler à voix haute que les deux sœurs hochent la tête d'un air grave.

— Il est ici.

Elles se tournent pour m'indiquer les grands sanctuaires de la connaissance, derrière elles.

— Il est avec Ava. Tout va bien.

— Donc il... il a guéri alors ? je demande d'une voix nerveuse, cassée, en espérant avoir bien interprété ce qu'elles viennent de dire.

Quand je les vois confirmer d'un signe de tête, je suis submergée par le soulagement.

— Et vous ? Vous êtes revenues vivre ici ?

Elles échangent un regard, le visage toujours grave et sombre, mais très vite leurs épaules se mettent à remuer nerveusement et elles se tordent de rire. Elles tombent dans les bras l'une de l'autre, savourant une sorte de blague entre elles, puis Rayne retrouve un peu son sérieux :

— Pourquoi ? Ça te ferait plaisir ? me demande-t-elle.

Les sourcils froncés, elle me dévisage, retrouvant son attitude habituelle à mon égard, du moins en grande partie.

— Je veux juste que vous soyez heureuses, je m'empresse de répondre. Que ce soit ici ou ailleurs.

Le visage de Romy s'illumine d'un grand sourire.

— On reste avec Ava. Maintenant que nous savons comment venir ici et que nous le pouvons quand on en a envie, nous ne ressentons plus vraiment le besoin d'y retourner définitivement. En plus, on aime bien l'école.

— Ouais, et l'école nous le rend bien.

Rayne esquisse un de ces brefs et rares sourires qui font pétiller ses yeux :

— Je viens d'être élue déléguée de classe !

J'acquiesce, pas franchement étonnée.

— Et Romy a intégré l'équipe des pom-pom girls, ajoute-t-elle en roulant des yeux.

— Je commence à croire que tous mes entraînements avec Riley ont été utiles… tu sais, à l'époque où elle vivait ici et passait son temps avec nous, précise sa sœur.

— Riley a joué les entraîneurs avec toi ?

Pour le coup, je suis plutôt surprise, sans trop savoir pourquoi.

— Elle voulait te ressembler, tu le sais, non ? reprend Romy. Elle nous a appris toutes les chorégraphies de pom-pom girls que tu avais faites, elle les connaissait par cœur.

Je me mords la lèvre et me blottis contre Damen, profitant du cocon que m'offrent la chaleur et la force de ses bras, et de sa main serrant la mienne. Je sais maintenant avec certitude que je pourrai m'y réfugier aussi souvent que j'en aurai envie ou besoin. Il sera toujours là pour moi.

— En parlant des absents… je dis en reportant mon attention sur les jumelles.

Elles échangent un coup d'œil perplexe avant de me regarder du même air.

— Je connais quelqu'un qui aimerait beaucoup vous revoir.

Je visualise mentalement le vieil Anglais que j'avais croisé le jour où j'étais tombée par hasard sur la petite maison de bois qu'elles habitaient jadis ; ce jour-là, j'avais découvert la vérité sur leurs liens avec ma petite sœur et Ava. Je leur transmets cette image par télépathie.

– D'ailleurs, il m'avait l'air de s'emmêler un peu les pinceaux avec vous. J'ignore pourquoi, mais il a décrété que Romy était la tête de mule, et Rayne la plus sociable des deux, mais je pense qu'on sait tous que c'est faux…

Leurs regards vont de Damen à moi, et rebelote, elles se laissent aller à une grande crise de rire. Damen et moi restons un peu bêtes, n'ayant pas la moindre idée de ce qui peut les rendre hilares à ce point, mais en faisons très vite abstraction pour nous concentrer plutôt sur nous.

Et c'est ainsi qu'Ava et Jude nous trouvent à leur sortie du temple, en descendant les hautes marches en marbre.

Les jumelles pliées de rire.

Damen et moi en pleine conversation intime, ma tête posée sur son épaule, nos mains étroitement enlacées.

Jude n'a pas besoin d'en voir plus pour comprendre que mon choix est fait.

Que Damen et moi sommes faits l'un pour l'autre.

Que, quoi qu'il se soit passé entre lui et moi, c'était fini bien avant d'avoir vraiment commencé.

Il s'arrête sur la dernière marche, et laisse Ava passer devant tandis que son regard se fige sur moi. J'ai l'impression que cet instant dure des heures ; nous n'échangeons aucun mot, ni oralement ni par télépathie.

Mais au fond, c'est normal : parler ne sert à rien quand le message est clair.

Enfin, il inspire profondément, le temps de se ressaisir, puis acquiesce d'un signe de tête. Nous savons tous les deux que ma décision est prise, et qu'il n'est désormais plus question d'y revenir.

Reportant son attention sur Ava et les jumelles, il décide de se joindre à elles pour une tournée de leurs anciens lieux de prédilection, ne serait-ce que pour se changer les idées.

Ils sont sur le point de se mettre en route quand j'interpelle les jumelles :

— Au fait… comment avez-vous fait pour revenir ici ?

Je vois le visage d'Ava rayonner subitement de fierté. Les jumelles se regardent puis se tournent vers moi.

C'est Romy qui prend les devants :

— On a arrêté d'être centrées sur nous-mêmes, et reporté notre attention sur quelqu'un d'autre, pour une fois.

Je fronce les sourcils, sans trop comprendre où elle veut en venir.

— On était avec Damen quand il t'a trouvée, explique alors Rayne. Et quand on a vu Jude et l'état dans lequel il était, on a tout de suite su qu'il n'y avait qu'un moyen de le sauver : l'amener ici, dans l'Été perpétuel.

— Autrement dit, notre objectif c'était lui, pas nous. L'aider était notre seule priorité. Et ça a marché !

Romy sourit.

— Exactement comme nous l'a toujours dit Ava ! reprend sa sœur en levant un regard admiratif vers elle. Comme elle dit toujours…

Elle s'interrompt pour lui faire signe.

— À toi l'honneur, puisque c'est ta phrase fétiche.

Ava pouffe doucement, puis ébouriffe les cheveux de la fillette avant de la serrer contre elle ainsi que sa sœur et de me regarder attentivement.

— Tout se résume à nos intentions. Quand on est obsédé par un problème, on finit par s'en attirer davantage. Mais

258

si l'on s'efforce de rendre service à quelqu'un, alors notre énergie se reporte sur cette action et non plus sur ce problème. Voilà pourquoi, avant, les jumelles étaient incapables de retourner dans l'Été perpétuel : elles étaient trop centrées sur elles-mêmes et sur leur difficulté à revenir ici. Mais cette fois, comme elles n'avaient qu'une idée en tête – la survie de Jude –, elles y sont parvenues en un rien de temps. En résumé, chaque fois qu'on cherche une solution, on émet des ondes positives, et à l'inverse, quand on se focalise sur le problème en question, nos émotions sont négatives, et ça, comme vous le savez, ça ne mène jamais à rien. Dès l'instant où l'on cesse de ne penser qu'à soi et à son propre intérêt, et qu'on se concentre plutôt sur le fait qu'obtenir ce qu'on désire peut aussi être bénéfique à quelqu'un, alors on est amené à réussir, explique-t-elle d'une voix douce. C'est la clé de tout succès.

Rayne hausse les épaules en souriant, puis secoue la tête.

– Qui l'eût cru ?

Comme tu dis !

Je souris intérieurement, croisant furtivement le regard d'Ava qui oscille entre Damen et moi, et comprend d'instinct qu'elle approuve mon choix. Puis mon regard bifurque vers Jude qui, grâce aux merveilleux pouvoirs de guérison de l'Été perpétuel, est redevenu le garçon musclé, mignon et sexy qu'il a toujours été.

Comme si Haven ne venait pas de lui broyer tous les os.

Et moi de lui briser le cœur.

Le genre de garçon que n'importe quelle fille serait heureuse d'avoir à son bras.

Et que moi, j'ai été heureuse de connaître pendant tout ce temps.

Fermant les yeux, je fais apparaître ma petite étoile et l'accroche haut dans le ciel de l'Été perpétuel, juste au-dessus de sa tête. Je sais que la réalité n'est pas toujours conforme à nos souhaits, mais si on garde espoir et l'esprit ouvert, il y a de fortes chances pour qu'ils finissent par être exaucés d'une manière ou d'une autre. Bien que je ne m'en sois pas rendu compte sur le coup, c'est exactement ce que ma petite étoile a accompli pour moi.

En m'envoyant au pays des Ombres, elle m'a permis de trouver la réponse que je cherchais.

Alors, avant qu'ils s'en aillent et que mon étoile disparaisse, je prends une grande inspiration et formule un vœu pour Jude.

Je lui souhaite de rester toujours ouvert et optimiste, et prêt à croire que quelqu'un l'attend quelque part, une personne qui lui est destinée et faite pour lui, bien plus que je ne le serai jamais.

Je lui souhaite de trouver la perle rare, celle qui l'aimera autant que lui.

Et, enfin, je lui souhaite de trouver ce que j'ai trouvé chez Damen.

Je le quitte sur ce vœu, laissant mon étoile scintiller dans le firmament. Ils partent dans une direction, tandis que Damen et moi nous éloignons dans l'autre sans nous presser, main dans la main, sereins et heureux, vers la rotonde.

– Tu es sûre ? me demande-t-il devant la porte, visiblement hésitant à l'idée de renouveler cette expérience.

Je hoche la tête et l'entraîne à l'intérieur. Oui, j'en suis certaine. En fait, j'ai même hâte qu'on s'y mette. Il me reste tant de choses à découvrir de notre vie dans le Sud ; et d'après ce que j'ai vu au pays des Ombres, il y a bel et bien eu des moments heureux que j'adorerais revivre.

Plantée devant l'écran, je lui tends la télécommande avec un sourire :

— Fais juste avance rapide sur les bonnes séquences, après avoir gagné ma liberté, ma confiance et notre départ pour l'Europe...

vingt-neuf

Lorsque nous sortons enfin, j'ai complètement perdu la notion du temps.

Normal, puisque l'existence même de l'Été perpétuel repose sur une lumière dorée constante, au milieu de laquelle tout se produit dans un présent infini.

Mes lèvres sont sensibles et gonflées, j'ai les joues rosies et légèrement éraflées par la barbe naissante qui borde la mâchoire de Damen – petits désagréments physiques qui devraient disparaître d'ici quelques secondes.

Bien plus rapidement que la colère de Sabine après mon absence prolongée de la maison.

Et que la jubilation de Haven qui pense avoir réussi à m'éliminer.

Même si je sais que je dois retourner sur le plan terrestre pour affronter ces deux problèmes, je suis peu disposée à partir et à rompre le charme aussi vite. Visiblement, Damen ne l'est pas plus que moi. Il matérialise un étalon blanc pour m'emmener en balade. Il laisse le cheval vagabonder comme bon lui semble, tandis que nous profitons du paysage qui défile devant nous.

Mon menton posé sur son épaule et mes bras autour de sa taille, nous longeons des ruisseaux au cours paisible, sillonnons des routes pavées désertes, traversons d'immenses prairies s'étirant à perte de vue, peuplées d'oiseaux gazouillant et de fleurs délicieusement odorantes. Puis nous remontons le rivage d'une superbe plage de sable blanc bordant une mer turquoise, jusqu'à l'orée d'un sentier escarpé et sinueux menant à la cime d'une montagne qui nous offre un panorama extraordinaire et dont nous redescendons l'autre versant avant de poursuivre à pied, à travers un aride désert de sable.

Nous parcourons même les rues de toutes nos existences antérieures, rues que Damen fait ressurgir au fur et à mesure en reconstituant tour à tour Paris, la Nouvelle-Angleterre, Londres, Amsterdam, et, oui, le vieux Sud aussi. Il va même jusqu'à me donner un aperçu de son enfance en Italie, à Florence. Du doigt, il me montre la petite chaumière où il habitait, l'atelier de son père au fond d'une ruelle, et les étals préférés de sa mère, auxquels elle venait s'approvisionner régulièrement.

Il matérialise fugacement quelques images de ses parents, des silhouettes sans âme qui vacillent sous nos yeux sans jamais devenir vraiment nettes. Il sait que je les ai déjà vus, le jour où j'ai fait ma petite enquête sur son passé aux grands sanctuaires de la connaissance, mais il tient quand même à me donner sa vision d'eux. À partager avec moi tous les vestiges de sa vie – de nos vies – jusqu'au dernier, jusqu'à ce qu'il n'y ait plus de secrets entre nous, que les pièces du puzzle s'agencent parfaitement et que l'histoire tout entière de notre parcours soit retracée.

Et comme je me sens plus proche de lui que jamais, comme j'ai la certitude que nous sommes liés pour le meilleur et pour le pire, je décide de lui montrer une chose que je lui avais jusque-là cachée.

Fermant les yeux, je talonne notre monture pour qu'elle

nous conduise vers cet endroit, le côté hostile de l'Été perpétuel, dont j'avais tenu secrète l'existence. Pour une raison que je ne peux pas vraiment expliquer, quelque chose me dit que c'est le moment idéal pour lui en faire part.

Le cheval m'obéit aussitôt, change de trajectoire et s'élance au galop.

— Il y a quelque chose dont je ne t'ai jamais parlé… je murmure à Damen, au creux de son oreille. Quelque chose que j'aimerais te montrer.

Il tourne la tête pour me couler un regard en biais, et son sourire s'évanouit pour laisser place à l'inquiétude quand il découvre mon air sérieux.

Mais je me contente d'un hochement de tête confiant et encourage l'étalon à poursuivre sans s'arrêter, pressentant que nous nous rapprochons à mesure que son allure ralentit. Rien qu'au brusque changement dans l'atmosphère, à la façon dont le ciel s'assombrit et le brouillard s'épaissit, au fait que ce qui était encore une forêt luxuriante boisée d'arbres et de fleurs épanouis il y a quelques minutes, devienne un marais boueux, noyé par la pluie, je sais que nous sommes tout près.

Notre monture s'immobilise brusquement, fouette l'air de sa queue et donne de violents coups de tête en arrière en signe de protestation, refusant d'aller plus loin. Inutile de la forcer. Je me laisse glisser à terre et fais signe à Damen de me rejoindre.

— J'ai découvert cet endroit il y a un petit moment, j'explique, devinant sa question muette. Tu sais, le jour où je suis venue dans l'Été perpétuel avec Jude et que j'ai marché vers toi ? Étrange, tu ne trouves pas ?

Le front plissé, il examine le sol détrempé et les arbres rachitiques, leurs branches fragiles, cassantes, dépourvues de feuillages, d'un quelconque signe de croissance ou de vie en dépit du crachin continu qui s'abat sur cette zone.

– Où sommes-nous ?

– Je ne le sais pas plus que toi. La dernière fois que je me suis retrouvée ici, c'était un peu par hasard. Enfin, je suppose que ce n'en était pas vraiment un puisque le hasard n'existe pas ici, mais quand même ce n'est pas comme si je l'avais cherché. Je voulais juste tuer le temps en attendant que Jude ressorte des grands sanctuaires de la connaissance. Alors, pour m'occuper et ne pas rester inactive, j'ai demandé à l'Été perpétuel de me montrer un lieu que je n'aurais encore jamais visité, un endroit que j'aurais vraiment besoin de découvrir… et ma monture m'a conduite ici. Mais quand j'ai voulu m'aventurer plus loin pour explorer un peu les environs, elle n'a rien voulu savoir, exactement comme notre cheval. Alors j'ai essayé de partir à pied, mais la boue était si profonde que je m'enfonçais sans cesse jusqu'aux genoux, et j'ai très vite renoncé. Et maintenant qu'on y est, je m'aperçois que…

Il me dévisage, piqué de curiosité.

– Ça me paraît plus grand qu'avant. Comme si…

Je m'interromps, observe les environs…

– Comme si cet endroit gagnait du terrain, quelque chose comme ça.

Je soupire.

– C'est dur à expliquer. Qu'est-ce que tu en penses, toi ?

Damen prend une grande inspiration. Son regard se trouble au début, comme s'il essayait de me protéger de quelque chose, mais très vite cette lueur disparaît. Ce mode de communication entre nous était valable avant. Aujourd'hui, nous n'avons plus de secrets l'un pour l'autre.

Il tripote sa barbe du bout des doigts.

– Honnêtement ? Je ne sais pas du tout quoi en penser. Je n'ai jamais rien vu de tel, du moins pas ici en tout cas. Mais je peux déjà te certifier que ça ne me fait pas une très bonne impression…

J'acquiesce sans rien dire. J'aperçois une volée d'oiseaux à l'écart, et observe la façon dont ils évitent soigneusement de pénétrer ce périmètre ou de s'élever dans les airs à proximité de cette zone hostile.

– Un jour, peu de temps après que j'ai fait leur connaissance, Romy et Rayne m'ont dit que l'Été perpétuel contenait la possibilité de toute chose, et toi aussi tu me l'as dit.

Damen me regarde, intrigué.

– Si elles disent vrai, alors cet endroit est peut-être son côté obscur… Si ça se trouve, l'Été perpétuel est à l'image du yin et du yang, tu sais : ombre et lumière à parts égales ?

– Égales, j'espère que non, réplique-t-il, le regard à nouveau paniqué. Ça fait longtemps, des lustres que je viens ici. Et je croyais vraiment en avoir fait le tour, mais ça… c'est nouveau. Rien à voir avec l'Été perpétuel que je connais d'expérience ou à travers mes lectures. Et si ce lieu n'existait pas à l'origine, si d'une certaine façon il est apparu… progressivement, eh bien quelque chose me dit que ce n'est pas bon signe.

– Si on allait l'explorer ? Un petit tour rapide pour essayer d'en apprendre davantage ?

– Ever…

Damen semble loin d'être aussi curieux et empressé que moi.

– Si tu veux mon avis, ce n'est pas une très…

Je ne le laisse pas finir, ma décision est prise, ne reste plus qu'à le convaincre.

– On jette juste un coup d'œil et on s'en va.

L'hésitation que je lis dans ses yeux me convainc que j'y suis presque.

– En revanche, je te préviens : c'est un vrai bourbier, alors attends-toi à t'enfoncer jusqu'aux genoux.

Inspirant profondément, il fait mine d'hésiter encore, même si on sait tous les deux que l'affaire est pour ainsi dire réglée. Il me prend la main et nous voilà partis. Lentement, nous évoluons dans la gadoue, jetant un coup d'œil furtif derrière nous pour voir notre monture s'ébrouer, piaffer et hennir doucement, les oreilles rabattues en arrière, et nous regarder d'un air de dire : « Si vous croyez que je vais vous suivre, vous vous fourrez le doigt dans l'œil. »

Nous avançons tant bien que mal sous une pluie battante implacable, et très vite nos vêtements sont à tordre, nos cheveux plaqués sur nos visages. De temps à autre, nous échangeons un regard perplexe, mais continuons notre progression malgré tout, nous enfonçons plus avant.

Tous les deux embourbés jusqu'aux genoux, je remarque soudain un détail que j'avais observé la première fois.

– Ferme les yeux et essaie de matérialiser quelque chose, je souffle à Damen. N'importe quoi. Vas-y ! Cela dit, tant qu'à faire, va pour un truc utile, un parapluie par exemple.

Damen me regarde, et je vois aussitôt dans ses yeux ce à quoi il pense – ça ne risque pas de nous servir, mais n'en est pas moins charmant : une tulipe rouge. Elle reste toutefois dans ses pensées, refusant de se matérialiser devant nous.

– Je croyais que le problème venait juste de moi, je commente en repensant à ce jour morose où je m'étais retrouvée ici pour la première fois. J'étais tellement mal à

267

cette époque que je me disais que cet endroit avait pris forme à cause de moi. Un peu comme si c'était une représentation physique de mon état d'esprit, tu vois… un truc comme ça.

Haussant les épaules, penaude, je me sens franchement bête d'avoir émis cette hypothèse tout haut.

Je m'apprête à repartir quand Damen tend brusquement le bras devant moi pour m'empêcher d'aller plus loin.

Figée, je suis du regard la direction qu'il pointe du doigt, à l'autre bout du marais sombre et boueux. Le souffle coupé, j'aperçois une vieille femme à quelques mètres de nous.

Ses cheveux trempés pendouillent, de fines mèches blanches qui tombent jusqu'à sa taille, collées à sa tunique grise en coton assortie au pantalon qu'elle porte rentré dans de grandes bottes de pluie marron. Ses lèvres remuent sans arrêt, tandis qu'elle marmonne toute seule et se baisse pour enfoncer ses doigts dans la gadoue. Damen et moi la regardons faire sans un mot, stupéfaits de ne pas l'avoir remarquée plus tôt.

Nous restons immobiles, ne sachant que faire ou que dire si elle venait à déceler notre présence. Mais pour l'instant, il n'en est rien, elle reste absorbée par sa tâche. Elle finit par interrompre ses fouilles pour attraper un petit bidon gris métallisé, et entreprend d'arroser le terrain déjà copieusement détrempé.

C'est seulement lorsqu'elle se retourne, face à nous, que je découvre à quel point elle est vieille. Sa peau est si fine et diaphane qu'on peut presque voir à travers, et ses mains, noueuses et couvertes de bosses, ont de grosses articulations saillantes qui semblent douloureuses. Cependant, ce sont ses yeux qui la racontent le mieux, leur couleur pareille à un blue-jean délavé, décoloré par le soleil. Ces yeux qu'elle braque sur moi, chassieux, opacifiés par la cataracte.

Ses doigts se desserrent et lâchent le bidon qui tombe à ses pieds dans la vase, qui l'engloutit presque aussitôt sans qu'elle s'en inquiète. Lentement, elle lève le bras et pointe un index tremblant dans ma direction.

– C'est toi…

Instinctivement, Damen se met devant moi pour me protéger, lui barrer la vue.

Mais c'est sans effet. Le regard de la femme reste fixé sur moi, inébranlable, tandis qu'elle continue de me pointer du doigt.

– Oui… c'est bien toi, répète-t-elle. Je t'ai attendue si longtemps…

Damen me donne un petit coup de coude.

– Ne l'écoute surtout pas, Ever, chuchote-t-il, les dents serrées. Ferme les yeux et visualise le portail… vite !

Mais nous avons beau essayer l'un comme l'autre, pas de portail en vue. Aucun moyen de s'échapper *fissa*. Magie et pouvoir de matérialisation n'ont décidément pas leur place en ce lieu.

Percutant mon épaule à reculons, il m'agrippe la main et m'ordonne de courir, tourne les talons à son tour et se met à patauger dans la vase, faisant de son mieux pour me tirer derrière lui. Chacun son tour, nous trébuchons, tombons, aidons l'autre à se relever, et continuons tant bien que mal d'avancer. Nous devons à tout prix rejoindre notre monture et filer d'ici.

Mettre un maximum de distance entre nous et cette voix qui continue de nous poursuivre.

De nous torturer. En répétant sans relâche la même phrase :

De la vase il surgira,
S'élevant vers de vastes cieux enchanteurs,
Tout comme tu t'élèveras toi, toi, toi...

trente

À **peine avons-nous franchi** la grille du lycée que nous partons à la recherche de Haven. Mais c'est elle qui nous repère la première.

Je le sais à la façon dont elle se fige, retenant son souffle, sans plus dire un mot ni faire un geste, ni même ciller. Elle se contente de me fixer d'un air médusé.

Elle me croyait morte.

Elle a laissé Jude pour mort.

De toute évidence, la suite du programme ne s'est pas déroulée exactement comme elle l'avait prévu.

Je lui adresse un signe de tête et repousse mes cheveux derrière mon épaule pour dégager mon cou toujours dépourvu de talisman, comme la dernière fois qu'elle m'a vue. Je veux qu'elle sache que je ne suis plus vulnérable. Fini la domination et le point faible. Je ne risque plus de manquer de discernement, de me fier aux mauvaises personnes ou d'utiliser mes connaissances à tort et à travers.

Terminé, tout ça. J'ai dépassé ce stade.

À défaut de pouvoir me supprimer, elle n'a désormais d'autre choix que de me supporter.

Une fois certaine qu'elle a eu le temps de bien assimiler tout ça, je lève la main qui serre celle de Damen, assez haut pour qu'elle la voie. Qu'elle sache qu'on est toujours

271

ensemble, qu'on a tenu le coup et qu'elle ne peut rien contre nous, ni elle ni personne.

Elle a beau me tourner rapidement le dos et tenter de faire comme si tout allait bien avec ses amis, nous savons toutes les deux qu'il n'en est rien. J'ai sérieusement bousculé ses plans et, si ce n'était pas encore le cas, elle va vite se rendre compte à quel point.

Nous passons devant elle, au milieu de sa bande, pour aller rejoindre Stacia. Cette dernière est assise toute seule sur un banc, des écouteurs dans les oreilles, une capuche sur la tête et des lunettes de soleil griffées modèle extra-large sur les yeux – un attirail visant à détourner et ignorer le flot d'insultes qu'elle reçoit d'à peu près tous les élèves qui passent devant elle –, attendant que Damen se pointe et la défende.

Je m'arrête, frappée par sa ressemblance avec moi – du moins avec celle que j'étais avant – et curieuse de savoir si ça lui rappelle aussi cette époque, si elle a capté l'ironie de la situation.

Damen me serre la main et me lance un regard interrogateur, croyant à tort que, si je me suis interrompue dans mon élan, c'est parce que je ne suis plus disposée à aller plus loin, alors qu'on en a déjà discuté des milliers de fois.

– Ça va aller, je dis pour le rassurer. Ne t'inquiète pas. Je sais exactement quoi lui dire.

Il sourit et se penche pour m'embrasser et effleurer ma joue de ses lèvres douces et tendres. Une manière simple et efficace de me rappeler qu'il m'aime, qu'il me soutient et sera toujours là pour moi. C'est adorable, ça me touche vraiment, mais au fond je ne doute plus de tout ça.

Levant le nez de son iPod, Stacia grimace à la seconde où elle me voit. Et je ne peux que constater la transformation : sa mine s'assombrit subitement, ses épaules s'affaissent et elle se recroqueville un peu plus encore quand je m'octroie la place à son côté.

N'ayant pas la moindre idée de ce que je peux lui vouloir mais visiblement convaincue qu'elle ne peut que s'attendre au pire, elle relève puis cale ses lunettes sur le haut de son front, et lance un regard de détresse à Damen, l'air de dire : « Ne me laisse pas. » Mais il se contente de s'asseoir près de moi.

— C'est moi que tu dois regarder, pas lui, je suggère à Stacia sans la quitter des yeux. Crois-le si tu veux, mais c'est moi qui vais te tirer d'affaire. Je vais remettre de l'ordre ici et tout redeviendra comme avant. Du moins, presque.

Son regard va nerveusement de Damen à moi tandis que ses doigts tripotent l'ourlet de sa robe. Elle ne sait pas trop si je suis sincère ou si je l'embobine en vue d'une petite revanche que j'aurais concoctée.

Alors qu'elle s'apprête à se lever pour partir, préférant tenter sa chance au milieu de la foule hostile, je la retiens.

— Mais comme tu l'as sans doute deviné, il y a une condition.

Elle tourne vers moi un visage inquiet, présumant du pire.

— Quand je t'aurai rendu ta place dans ce lycée, que ta popularité te serve à être quelqu'un de bien et non une peste.

Elle secoue la tête, incrédule, puis part d'un rire nerveux qui s'éteint presque immédiatement. Elle n'arrive toujours pas à déterminer si je suis honnête ou si je me moque d'elle, et de nouveau implore Damen du regard, lequel se borne à lui répondre par un haussement d'épaules et un geste vers moi.

– Ce n'est pas une blague. Je suis très sérieuse. Je te signale, au cas où tu l'aurais déjà oublié, que tu n'as pas cessé de te comporter comme une garce envers moi depuis le jour de mon arrivée dans ce lycée. Tu as pris beaucoup de plaisir, trop même, à faire de ma vie un enfer sur Terre. Et je suis prête à parier que tu as passé plus de temps à comploter contre moi qu'à réviser ton bac.

Les yeux rivés sur ses genoux, Stacia ne sait plus où se mettre face à ces accusations en rafale. Elle rougit mais choisit de ne pas répliquer. Sage décision. Je suis loin d'en avoir fini avec elle et elle n'a encore rien vu.

– Et je ne parle pas du fait que tu as essayé de me piquer mon petit ami sous mon nez, et plus d'une fois !

Je pose sur elle un regard perçant, impitoyable.

– Mais ne nous voilons pas la face : je n'étais pas ton seul souffre-douleur, loin de là, tu le sais aussi bien que moi. Presque tous ceux que tu considérais comme étant plus faibles ou, d'une certaine manière, indignes de toi, ou même juste susceptibles de te faire de l'ombre, étaient des cibles à abattre. Tu t'en es même prise à ta meilleure amie.

Elle tourne la tête, le nez froncé et les yeux écarquillés d'un air ahuri.

– Honor, ça te rappelle quelqu'un ? je précise, de plus en plus agacée.

Je commence à me demander si je ne suis pas en train de perdre mon temps et s'il est réellement possible de tirer quelque chose d'une personne aussi superficielle, égoïste et handicapée des sentiments.

– Pourquoi elle s'est retournée contre toi, à ton avis ? Tu crois que Haven est la seule responsable ? Eh bien, tu te trompes. Ça faisait un bon moment qu'elle y pensait, principalement parce que tu la traitais mal, exactement comme tout le monde ! Mais aussi parce que tu as essayé de lui piquer son copain, et d'après ce que je sais ç'a été la goutte d'eau qui a fait déborder le vase.

Elle déglutit avec peine et se passe les doigts dans les cheveux en se débrouillant pour planquer à moitié son visage derrière. Elle ne veut absolument pas me regarder, et encore moins que je la voie ; mais au moins elle ne cherche pas à nier en bloc, car elle sait aussi bien que moi que tout est vrai.

— D'ailleurs, il paraît que cette tentative avec Craig a eu autant de succès qu'avec Damen, j'ajoute pour enfoncer le clou.

Je ne la lâche pas des yeux, mais décide d'en rester là, estimant avoir assez jubilé comme ça.

— Malgré ton comportement cruel, calculateur et tout à fait injustifié, je vais quand même t'aider à récupérer ton ancienne position.

Elle m'observe du coin de l'œil pour évaluer ma sincérité, et recommence aussitôt à scruter ses genoux enduits d'auto-bronzant.

— Mais ne te fais pas d'idées : ce n'est pas parce que je t'aime bien… Ça, ça ne risque pas, ni parce que j'estime que tu le mérites… certainement pas. Non, c'est parce que, crois-le ou non, les manigances de Haven sont encore pire que celles dont tu te délectais avant. Et étant donné que devenir la cheftaine du lycée ne m'intéresse pas du tout, j'ai décidé de laisser cette place te revenir. Mais comme je l'ai déjà dit, ce n'est pas sans condition. Alors à compter de maintenant, tout de suite, il va falloir que tu trouves un autre moyen de t'épanouir. Il faut que tu arrêtes de critiquer tout le monde pour te donner de l'importance et l'impression d'être la meilleure et la plus forte, parce que c'est bien la chose la plus odieuse et la plus minable qu'un être humain puisse faire. Et si cette expérience, ce revers de fortune dans ta cote de popularité ne t'a pas appris ça, alors je ne sais pas ce qu'il te faut. Puisque que tu sais à présent quel effet ça fait d'être de l'autre côté de la barrière, quel effet ça fait d'être rejeté et aussi mal traité que tu traitais tout le monde à l'époque, je ne peux pas imaginer que tu aies envie de refaire subir ça à quelqu'un. Mais, bon, je me trompe peut-être. Avec toi, on ne sait jamais…

Stacia reste prostrée sans dire un mot, les épaules rentrées, ses cheveux comme un rideau entre nous. Elle dodeline, cogne les pointes de ses chaussures hors de prix l'une contre l'autre, seul signe qu'elle est attentive, qu'elle me prend au sérieux. Il ne m'en faut pas plus pour continuer :

— Au fond, tu es une fille intelligente, jolie, qui possède tous les atouts dont on peut rêver sur Terre, et honnêtement ça devrait suffire à te rendre plus forte. Alors peut-être, pourquoi pas, au lieu de te comporter comme une sale gosse cupide et d'essayer de piquer aux autres tout ce que tu sais ne pas pouvoir avoir, réfléchis à un moyen d'utiliser tes dons pour qu'ils aient une bonne influence sur ton entourage. Tu peux trouver ça idiot, me trouver ridicule, mais moi je suis très sérieuse. Si tu veux redevenir la star de ce lycée, tu vas suivre mes conseils. Sinon, je n'ai aucun intérêt à t'aider. Pour ce que ça me fait, tu peux passer le restant de l'année dans ta galère, ni Damen ni moi ne lèverons le petit doigt pour toi !

Elle inspire un grand coup, nous observe tour à tour, puis pousse un soupir en remuant la tête.

— Elle est sincère, là ? Vraiment ? demande-t-elle en s'adressant à Damen.

Damen acquiesce en silence, glisse un bras autour de ma taille pour m'attirer contre lui.

— Oui, vraiment. Tu ferais bien de l'écouter, et même de prendre des notes si nécessaire.

Elle soupire encore, le temps de parcourir du regard l'enceinte du lycée où elle régnait autrefois en maître et qu'elle craint désormais plus que tout. Elle est loin d'être convertie, c'est évident. Si elle accepte ce marché, c'est uniquement parce qu'elle a touché le fond et n'a plus rien à perdre, ni nulle part où aller à moins de s'enfoncer davantage. Mais c'est quand même un début.

Pour ma part, ça fera l'affaire.

Alors je lui laisse encore un instant pour bien imprimer mes paroles et attends qu'elle se tourne vers moi pour me confirmer notre accord.

— OK, alors voilà ce que tu vas faire pour commencer...

Si ça ne tenait qu'à moi, elle se mettrait à l'œuvre sur-le-champ. Damen et moi la regarderions se diriger droit vers Honor et mettre notre plan à exécution.

Mais Stacia a besoin d'un peu de temps.

Du temps pour réfléchir, se faire à cette idée. Elle veut retrouver sa gloire passée, bien sûr, mais elle a si peu l'habitude de présenter des excuses qu'il lui faut encore une bonne dose d'arguments convaincants, ainsi que quelques conseils pour trouver les mots justes.

Malgré mes encouragements, mes tentatives pour la persuader qu'elle prend la bonne décision, au fond je ne m'attends pas vraiment à un miracle de sa part – du moins pas dans l'immédiat. Je m'intéresse davantage au fait qu'elle accepte l'idée de devenir une meilleure personne ; et, pour être tout à fait franche, je veux aussi qu'elle comprenne que je pense tout ce que j'ai dit, qu'elle se le rentre bien dans le crâne.

Mon aide ne sera pas sans condition. Si elle l'accepte, elle devra la mériter.

Désormais il ne faudra plus me chercher.

À l'heure du déjeuner, lorsque Haven et ses larbins sortent de classe sans se presser et nous voient, Damen, Miles, Stacia et moi, installés à leur table, à vrai dire ils ne savent pas trop comment réagir.

Clairement, Haven ne sait surtout pas trop quoi penser de moi.

Pas plus que Honor d'ailleurs.

Incrédules, un peu bêtes, elles piétinent, tandis que Craig et ses amis s'avancent lentement vers nous, acceptant avec gratitude les sièges que Damen vient de leur indiquer. Gratitude qu'ils manifestent par un « Salut » accompagné d'un signe de tête amical, une marque de politesse qui peut paraître banale mais dont, assurément, ils ne se seraient jamais donné la peine auparavant.

Haven reste dans son coin sans bouger, les mains tremblantes et les yeux plissés, tout rouges. Je fais mine de ne pas le remarquer, et abstraction du nuage noir de haine qui émane d'elle.

— Tu es la bienvenue si tu veux te joindre à nous, je lui lance. Enfin, à condition que tu saches te tenir, évidemment.

Roulant des yeux, elle marmonne une flopée d'insultes, puis tourne les talons, sur le point de s'en aller. Elle s'imagine que ses sous-fifres vont forcément lui emboîter le pas, mais son emprise sur eux n'est plus ce qu'elle était. Elle est sur le déclin. Et honnêtement, il est clair qu'ils commencent tous à en avoir un peu leur claque d'elle. Voyant que le reste de la troupe finit par accepter l'offre de Damen, elle se tourne vers Honor et d'un regard incendiaire la met au défi de choisir son camp.

Au moment où Honor s'apprête à se détourner de nous pour la suivre, Stacia se lève d'un bond.

– Attends, Honor ! Je... je te demande pardon !

Les mots semblent si stridents, choquants et insolites dans sa bouche que Miles éclate aussitôt de rire, et je suis contrainte de lui serrer le genou – assez fort, j'avoue – pour qu'il se calme.

Stacia se retourne vers moi, les sourcils froncés, l'air de dire : *Tu vois, j'ai essayé, mais ça ne marche pas !*

Je me contente de lui désigner Honor d'un signe du menton, pour qu'elle voie comme moi que cette dernière s'est figée et retournée, la tête penchée avec un air interloqué, hésitant entre ses soi-disant deux meilleures amies qu'elle n'apprécie pas plus l'une que l'autre.

Elle hésite si longtemps que Haven finit par partir comme un ouragan, vexée. Je suis tentée de la rattraper, d'essayer de l'apaiser, de trouver un moyen de l'aider, ou tout au moins de lui faire entendre raison, mais je m'abstiens. Plus tard peut-être, pas maintenant. Pour l'heure, j'ai plus urgent à régler.

D'un petit coup de coude, d'un regard pénétrant et énergique, j'encourage Stacia à persévérer, à ne pas s'arrêter en si bon chemin, même si le terrain lui paraît glissant et hostile.

Cinq minutes plus tard, elles s'en vont.

Marchant côte à côte, Honor accable Stacia en lui braillant une longue liste de reproches et toutes les bonnes raisons qu'elle a de vouloir s'excuser, tandis que Stacia l'écoute sans broncher, comme je le lui ai conseillé.

– Tu écoutes ce qu'elles disent ? me demande Miles en pointant un doigt vers elles.

– Non, pourquoi, je devrais ?

– Ben oui, tiens ! Imagine que ce n'est pas ce que tu crois ? Qu'elles décident de se liguer contre toi ?

Je souris sans répondre, observant l'aura de Stacia qui se modifie à vue d'œil et s'éclaircit un peu plus à chaque pas. Il lui reste un sacré chemin à parcourir, je le sais bien, et elle n'arrivera peut-être jamais au bout. Mais je reste confiante : les auras ne mentent jamais. Et la sienne est sur la bonne voie.

Je bois une gorgée d'élixir et me tourne vers Miles.

– La confiance, ça marche dans les deux sens. C'est bien toi qui me l'as affirmé, non ?

trente et un

Bien que tout porte à croire que la situation pourrait vite tourner au malaise général, Damen insiste pour passer chez Magie et Rayons de lune. Et cette fois, juste avant de sortir de la voiture et d'aller plus loin, c'est moi qui lui demande s'il est certain de vouloir continuer.

– Écoute, Ever, ça fait plus de quatre cents ans qu'on s'évite, répond-il en me regardant avec tendresse. Tu ne crois pas qu'il serait temps d'enterrer la hache de guerre ?

J'acquiesce. Évidemment qu'il est temps. Sauf que je ne suis pas persuadée que Jude verra les choses du même œil. C'est bien plus facile de faire preuve de logique et de bon sens quand on fait partie de l'équipe victorieuse.

Il me tient la porte pour me laisser entrer la première. Je repère quelques habitués parmi les clients qui déambulent entre les rayons : la femme qui collectionne les figurines de chérubins, le type qui nous casse constamment les pieds pour trouver une station d'observation vidéo d'auras – même si, d'après ce que j'ai vu de la sienne, il serait sûrement déçu du résultat –, et la dame d'un certain âge, entourée d'un superbe halo mauve, à qui Ava est en train de conseiller des CD de méditation. Jude, quant à lui, sirote un café, assis derrière le comptoir. Son aura s'enflamme dès qu'il nous aperçoit, surtout Damen, mais elle ne tarde pas à s'apaiser. Soulagée, je pousse un soupir. Je sais que ce n'était qu'un vieux réflexe de sa part, une sorte d'automatisme dont il mettra peut-être du temps à se défaire. Mais un jour il y parviendra, si Damen sait s'y prendre.

Ce dernier passe devant moi, impatient de se lancer. Il se dirige droit vers le comptoir avec un sourire avenant.

— Salut, dit-il doucement.

Jude prend une autre gorgée de café et se contente d'un hochement de tête pour toute réponse. Son regard oscille entre nous, inquiet et dubitatif, et j'espère sincèrement qu'il ne croit pas qu'on est venus ici pour le narguer.

— J'aimerais discuter un peu avec toi, si tu es d'accord ?

D'un geste vague, Damen désigne la porte du fond.

— Dans un coin tranquille, si possible ?

Jude hésite un instant, avale quelques gorgées d'un air songeur, puis jette finalement son gobelet pour nous conduire dans l'arrière-boutique. Il s'installe derrière le vieux bureau en bois, tandis que Damen et moi prenons place sur les deux sièges face à lui.

Le regard attentif et la mine sérieuse, Damen se lance, déterminé à aller droit au but.

— Je présume que tu dois vraiment me haïr, depuis le temps.

Si Jude est surpris par cette déclaration quelque peu frontale, il n'en laisse rien paraître. Se bornant à un vague haussement d'épaules, il se carre dans son fauteuil et pose les mains sur son ventre, les doigts en éventail sur le mandala aux couleurs vives qui figure sur son tee-shirt blanc.

— Et si c'est le cas, je te comprends, ajoute Damen calmement, concentré sur Jude. Il est clair qu'en l'espace de six cents et quelques années...

Il me lance un rapide coup d'œil, hésitant encore à verbaliser le fond de sa pensée, bien qu'il se surprenne à le faire de plus en plus souvent ces derniers jours.

— J'ai commis bon nombre d'actes odieux, soupire-t-il finalement.

Silencieux, Jude incline son dossier en arrière autant que possible, contemple le plafond et joint les mains, avant de revenir brusquement en avant et de planter son regard dans celui de Damen :

— Bon, tu me fais quoi là, mon vieux ?

Damen cligne des yeux tandis que je change de position, mal à l'aise. C'était une mauvaise idée. On n'aurait jamais dû débarquer comme ça.

Jude se penche davantage, glissant les coudes sur le bureau en repoussant ses dreadlocks.

— Sérieux, qu'est-ce que je dois comprendre ?

Damen hoche doucement la tête en émettant un son à mi-chemin entre le rire et le grognement, mais se détend aussitôt. La tension s'efface de son visage et il se carre plus confortablement dans son fauteuil. Croisant une cheville sur le genou, il fait claquer le bas de sa tong contre son talon, et finit par répondre :

— Eh bien... disons que...

Il s'interrompt, en quête du terme approprié.

— Ça fait un bail... Un sacré bail, même, ajoute-t-il avec un petit rire qui fait plisser ses yeux.

Jude le regarde en acquiesçant d'une façon qui montre qu'il est tout ouïe, désireux d'en entendre davantage. Alors Damen poursuit, tripotant l'ourlet défait et effiloché de son vieux jean délavé :

— Pour être honnête, parfois c'est un peu fatigant. Et parfois même carrément décourageant, surtout quand on est contraint de voir de sempiternelles erreurs se répéter encore et encore, et d'entendre toujours les mêmes excuses pourries pour justifications.

Il secoue la tête, perdu dans un flot de souvenirs que la plupart des gens ne découvrent que dans les livres d'histoire.

— Et ce sont précisément ces erreurs que j'ai commises.

À ces mots, un sourire illumine son visage.

— Mais remarque, il y a aussi de tels moments de beauté et de joie, que, bon, on se dit que toutes ces erreurs en valaient la peine, tu comprends ?

Jude hoche la tête d'un air plus songeur qu'approbateur, comme s'il réfléchissait encore à cette affirmation.

— D'ailleurs, ça te tente peut-être ? Tu veux essayer ? ajoute Damen face à son silence.

Jude et moi le dévisageons avec des yeux ronds comme des billes, incapables de savoir s'il est sérieux.

— Si c'est le cas, je peux t'arranger ça. Je connais quelqu'un qui...

En voyant le grand sourire qui lui tord les lèvres, je comprends qu'il le taquine, et me renfonce dans mon siège avec soulagement.

— Plus sérieusement, reprend Damen, le fait est que ça revient plus ou moins à la même chose. Que je vive pendant des siècles et toi seulement trois quarts de siècle, l'un comme l'autre on se retrouvera toujours préoccupés par notre environnement immédiat, ou, comme c'est très souvent le cas, par ce qui nous paraît inaccessible...

Nous restons silencieux alors que ces paroles planent de façon pesante entre nous. Je fixe mes genoux, trop gênée pour regarder ailleurs. C'est le moment que Damen et moi attendions, le but de notre venue, et je sais qu'il est prêt à fournir à Jude toutes les explications qu'il pourrait exiger.

Mais Jude ne bronche pas, il attrape un trombone égaré dans le fouillis de son bureau et le tord dans tous les sens, au point de le rendre inutilisable.

Il finit par lever les yeux vers nous.

— Je comprends, déclare-t-il en nous lançant à chacun un coup d'œil.

Puis son regard se pose sur moi dans l'attente que je relève la tête vers lui.

— Vraiment, je comprends.

Son visage dégage une telle sincérité que je n'en doute pas un instant.

— Mais si tu es venu ici pour t'excuser et essayer de te rattraper ou je ne sais quoi, laisse tomber.

Retenant mon souffle, je constate que Damen garde tout son calme et attend simplement qu'il continue.

— Je ne vais pas te mentir, toute cette histoire, ça craint... enfin, pour moi.

Il se force à rire, mais le cœur n'y est pas.

— Il n'empêche que je comprends. Je sais très bien que ce n'était pas uniquement une question de jouer franc-jeu ou pas, que ton immense fortune et tes tours de magie ne faisaient pas tout. D'ailleurs, j'ai conscience que c'était assez prétentieux de ma part de croire le contraire. Parce que le fait est qu'Ever est loin d'être futile. Tout comme Evaline et les autres.

Il pose sur moi un regard chaleureux, bon et aimant, à tel point qu'il m'est impossible de m'en détourner.

— La seule raison pour laquelle je n'ai jamais eu ma chance avec Ever, c'est parce que je n'étais pas censé en avoir une. Le destin avait décidé depuis le début que c'était toi qui étais fait pour elle.

J'expire lentement, relâchant les épaules et le ventre pour libérer une tension dont je n'avais même pas conscience jusqu'ici.

— Et pour l'incendie… hasarde Damen, voulant à tout prix s'expliquer aussi sur ce point.

— Je suis au courant, le coupe Jude aussitôt en agitant une main devant son visage, grâce à l'Été perpétuel et aux grands sanctuaires de la connaissance.

Il soupire d'un air las.

— J'y ai passé pas mal de temps dernièrement, peut-être trop, du moins si l'on en croit l'inquiétude d'Ava. Mais parfois… du moins depuis récemment, je préfère être là-bas qu'ici. Ça explique sans doute pourquoi je suis aussi fasciné que tu aies vécu si longtemps. Je ne sais pas comment tu fais pour tenir le coup, sachant que, par moments, la durée de vie « normale » semble déjà être amplement suffisante, tu comprends ?

Damen acquiesce, lui confirme que oui, il ne le comprend que trop bien. Puis il se lance dans le récit de sa première visite dans l'Été perpétuel, à l'époque où il était seul et paumé, où il cherchait un sens plus profond à cette vie, et où il s'est retrouvé à méditer en Inde aux côtés des Beatles. Ayant moi-même déjà entendu cette histoire des milliers de fois, je me lève pour m'éclipser discrètement et retourner dans la boutique, impatiente de prendre des nouvelles d'Ava.

Je la trouve dans un coin de l'entrée, occupée à remplir à ras bord une étagère de cristaux.

— Tout est bien qui finit bien, n'est-ce pas ? me lance-t-elle de biais.

Je ne comprends pas à quoi elle fait référence.

– Ton choix.

Elle sourit, puis se retourne vers l'étagère.

– Tu dois te sentir mieux d'avoir tiré cette affaire au clair, non ?

Je soupire. Oui, c'est sûr, je suis bien contente que tout ça soit derrière moi ; mais l'ennui avec les problèmes, c'est que le stock n'est jamais épuisé. À peine en a-t-on résolu un qu'un autre se présente.

Elle plonge la main dans un sachet de quartz rose, le cristal de l'amour, et en ressort une bonne poignée qu'elle tient en équilibre dans sa paume.

Elle me coule un regard.

– Mais… ?

Elle étire volontairement le mot aussi longtemps qu'elle le peut.

– Mais…

Je tends vivement la main devant moi pour rattraper au vol un des cristaux et le lui rendre.

– Il reste le problème avec Haven, qui est de plus en plus incontrôlable, je soupire finalement. Et puis celui de l'antidote, sans lequel Damen et moi ne pouvons toujours pas nous toucher… enfin, pas vraiment…

Pas en dehors de la rotonde en tout cas, mais ça, je ne compte pas la mettre au parfum.

– Sans parler de…

Elle lève les yeux vers moi, sourcils haussés, attendant patiemment la suite pendant que j'évalue rapidement si oui ou non je dois me confier à elle au sujet de la zone obscure de l'Été perpétuel que j'ai découverte et de l'étrange vieille dame visiblement dérangée sur laquelle Damen et moi sommes tombés.

Mais je m'abstiens. Mon petit doigt me dit de ne pas m'embarquer sur ce sujet avec elle. Du moins, pas tout de suite. Pas avant qu'on ait pu creuser un peu la question.

Alors je prends une profonde inspiration et attrape avec délicatesse une petite grappe d'améthystes sur l'étagère, que j'inspecte minutieusement, sous toutes leurs coutures.

— Tu sais, avec Sabine… la crise est loin d'être finie.

Je repose la grappe à sa place, consciente que, même si ce n'est pas vraiment un mensonge, je ne suis pas non plus tout à fait honnête. Cette affaire est loin de me miner autant qu'avant. C'est triste à dire, mais je commence à m'habituer à vivre avec elle dans cette ambiance.

— Est-ce que tu aimerais que j'aille lui parler ? propose Ava.

Je m'empresse de décliner son offre.

— Crois-moi, ça ne servirait à rien. Elle est déterminée, et j'ai le sentiment que seul le temps pourra résoudre nos problèmes.

Acquiesçant, elle essuie ses mains sur le devant de son jean et recule pour admirer son œuvre sur l'étagère. Tête penchée et bouche de travers, elle permute la larme d'Apache et le quartz fantôme, puis sourit d'un air approbateur.

Plus je la regarde, je veux dire, plus je la regarde vraiment, et moins j'arrive à m'expliquer qu'elle soit toujours seule. Évidemment, comme elle a la garde des jumelles, on ne peut pas dire qu'elle est réellement seule ; mais quand même, depuis que je la connais c'est une célibataire endurcie, et à ma connaissance elle n'a jamais de rendez-vous amoureux.

— À ton avis, est-ce que tout le monde a une âme sœur ? je lâche à brûle-pourpoint, incapable de tenir ma langue.

Elle se tourne vers moi et m'étudie avec sérieux.

– Est-ce que tu crois qu'on a tous une personne unique, faite pour nous, qui nous attend quelque part... comme pour Damen et moi ?

Elle reste silencieuse un moment, l'air de véritablement prendre le temps d'y réfléchir. Et alors que je suis certaine qu'elle ne va pas me répondre, elle réagit d'une façon pour le moins... inattendue.

Elle éclate de rire.

Son visage tout entier s'égaye autour de ses yeux pétillants.

– Pourquoi cette question, Ever ? Qui est-ce qui t'inquiète le plus ici, Jude ou moi ?

Je deviens rouge écrevisse. Je ne pensais pas être transparente à ce point. En même temps, sachant que question voyance et tout elle est plutôt douée, j'aurais dû me douter qu'elle lirait en moi comme dans un livre ouvert.

– Les deux, en fait, je réponds en souriant faiblement.

Elle se remet au travail, s'affairant à plier les sacs maintenant vides, qu'elle empile ensuite l'un sur l'autre avant de ranger le tout dans un sac plus grand.

– Pour ta gouverne, oui, j'y crois. Après, être capable de reconnaître cette âme sœur et de construire quelque chose avec elle, ça, c'est une autre histoire...

trente-deux

– **Alors, comment ça s'est passé ?**

Du coin de l'œil, j'observe Damen qui s'installe sur le siège passager et claque sa portière tandis que je démarre.

– Bien.

Hochant la tête, il ferme les yeux pour rabattre mentalement le toit ouvrant, puis inspire une longue bouffée d'air frais dans le ciel de la nuit.

– On va aller surfer ce week-end.

Je le regarde bouche bée, stupéfaite par cette nouvelle. À l'origine, je pensais qu'il aurait déjà de la chance s'il obtenait le cessez-le-feu auquel il aspirait, mais jamais je n'aurais envisagé qu'ils puissent devenir amis.

– Quoi, tu veux dire que vous avez rencard ? je dis d'un ton taquin.

Je serais curieuse de savoir depuis combien de temps il n'a pas eu d'ami, un vrai, un copain loyal qui sache la vérité à son sujet.

– Jamais.

Il me lance un regard en biais.

– Je n'ai jamais eu de véritable ami qui soit au courant pour moi. Et pour être franc, ça fait très longtemps que je n'essaie même plus de nouer ce type de liens.

Il détourne la tête pour regarder défiler les devantures,

les platanes, les passants qui se pressent sur les passages piétons et les trottoirs, puis reprend :

— Les amitiés que j'ai eues ont toujours été de courte durée, puisque j'étais obligé de partir au bout de quelques années. Les gens deviennent méfiants quand ils s'aperçoivent que tu ne prends pas une ride alors qu'eux vieillissent inexorablement. Alors, maintenant, j'évite ce genre de relations.

La gorge nouée, je me concentre sur la route. Ce n'est pas la première fois qu'il me donne cette explication, mais elle est toujours aussi pénible à entendre. Surtout quand je fais le lien avec moi, ma vie, et la longue série d'adieux auxquels je vais devoir me préparer.

— Ça t'ennuierait de me raccompagner chez moi ?

Sa requête me tire brusquement de mes pensées, je lui lance un regard ahuri. J'étais certaine qu'il essaierait de m'entraîner encore à la rotonde et, à vrai dire, je n'avais pas l'intention de refuser.

— J'ai rendez-vous avec Miles. Je lui ai promis de l'aider à répéter les répliques de la pièce pour laquelle il auditionne.

Je secoue la tête en riant, puis bifurque à droite sur Coast Highway.

— Et est-ce qu'il restera un peu de temps pour moi dans cet emploi du temps de ministre ? je demande d'un ton à moitié moqueur.

À moitié seulement. J'accélère un peu et emprunte tranquillement un tournant.

— Toujours.

Il sourit, se penche pour m'embrasser dans le cou et finit par tellement détourner mon attention que je manque nous envoyer dans le décor.

Je le repousse gentiment pour redresser le volant. Par la fenêtre, j'aperçois l'océan, et les vagues qui se transforment en un bouillon d'écume blanche à mesure qu'elles s'écrasent sur le rivage.

Je m'éclaircis la voix et prends mon courage à deux mains :

— Damen, qu'est-ce qu'on va faire pour l'antidote ?

Je le vois se raidir et sens son énergie s'agiter, se modifier, mais j'insiste malgré tout car je sais que le sujet mérite discussion.

— Écoute, mon engagement envers toi, envers nous, est total, je pense que tu le sais depuis le temps. Mais j'ai beau adorer nos virées à la rotonde…

Je déglutis avec peine, je n'ai jamais été très douée pour parler de ce genre de choses… Je finis toujours par bafouiller des âneries, cramoisie et gênée au plus haut point. Mais tant pis, je suis déterminée à aller jusqu'au bout.

— Tu me manques. Nos étreintes dans la vraie vie me manquent. Sans parler que j'avais l'espoir qu'un jour nous pourrions rompre ce mauvais sort vieux de quatre cents ans pour…

Je marque l'arrêt devant la grille de sa résidence et adresse un geste à Sheila, qui nous fait alors signe d'entrer. J'amorce la côte et la série de virages menant à sa rue, avant de mettre le frein à main dans son allée et de pivoter sur mon siège pour être face à lui.

Mais je n'ai pas le temps d'aller au bout de ma pensée qu'il prend les devants :

— Je sais ce que tu ressens, Ever. Je t'assure.

Il tend le bras et pose délicatement la main sur ma joue, ses yeux plantés dans les miens.

– Je n'ai pas renoncé. Je suis même allé jusqu'à transformer la cave à vin en labo de chimie, et j'y ai passé tout mon temps libre dans le but de te faire une bonne surprise.

Je le fixe avec des yeux ronds en essayant de calculer à quand remonte la dernière fois où je suis venue fouiner chez lui, et me rends finalement compte que ça fait un bout de temps. Quand je ne l'évitais pas pour je ne sais quelle raison, on allait soit s'entraîner, soit se faire des câlins dans l'Été perpétuel.

– Mais alors, si la cave est devenue un laboratoire, où tu entreposes tes bouteilles d'élixir maintenant ? je m'étonne, le front plissé, tentant de trouver la réponse.

– Dans la nouvelle cave que j'ai aménagée à la place de la buanderie.

– Et la buanderie ?

– Y a plus ! réplique-t-il en riant. Mais bon, je n'en ai jamais vraiment eu l'utilité de toute façon, puisque je peux matérialiser des vêtements propres et neufs quand je veux.

Puis son sourire s'évanouit.

– Je ne veux pas te donner de faux espoirs, Ever. Je n'ai pas dit mon dernier mot, pas encore, mais mes recherches progressent très lentement. J'ignore quels ingrédients Roman a mis dans cette préparation, et pour l'instant toutes mes tentatives ont échoué.

Soupirant, j'enfonce ma joue au creux de sa paume et savoure ce quasi-contact de sa peau contre la mienne. Au fond, ça me suffit, je ne m'en lasserai jamais ! Mais mon engagement a beau être total et sincère, je ne peux pas m'empêcher d'espérer plus.

– Il faut à tout prix qu'on retrouve cette chemise.

Je le fixe avec sérieux.

– Il le faut, tu entends ? Je suis persuadée qu'elle l'a toujours. Impossible qu'elle s'en soit débarrassée. Soit elle la garde par sentimentalisme, soit parce qu'elle sait la valeur qu'elle a pour moi, soit les deux. De toute façon, c'est pour ainsi dire notre seule chance.

Damen me dévisage, exactement de la même manière que la dernière fois que nous avons abordé le problème : entièrement d'accord pour dire que c'est capital, mais réticent à l'idée de fonder tous ses espoirs là-dessus.

– Il doit bien y avoir un autre moyen… murmure-t-il.

Je secoue farouchement la tête, loin d'être aussi patiente que lui. Je n'ai aucune envie de passer les cent prochaines années à me contenter de brefs moments de répit sous les traits de mes différentes réincarnations pour que nous puissions nous bécoter chastement de temps à autre, et qu'en parallèle il passe ses journées à bricoler dans sa cave transformée en labo de chimie. C'est de cette vie-là que je veux profiter. De celle que je vis ici, et maintenant.

Je veux la savourer aussi pleinement et normalement que n'importe quelle fille de mon âge.

Et surtout, je veux en jouir à deux, avec LUI.

– Il n'y a pas moyen de te faire changer d'avis, j'imagine ? soupire-t-il d'un ton résigné.

Je lui fais signe que non de la tête.

– Dans ce cas je viens avec toi.

– Où ça ? Je n'ai pas parlé d'aller quelque part.

– Peut-être pas, mais je sens bien que tu as une idée derrière la tête, je le vois dans tes yeux. Alors compte sur ma présence.

– Non, reste avec Miles, ne t'en fais pas pour moi. Je t'assure.

Mais en dépit de mes protestations, il a déjà dégainé son

294

téléphone pour envoyer un texto à Miles et le prévenir qu'il aura un peu de retard car il a une course à faire.

— Alors, par où veux-tu commencer ? lance-t-il en rangeant le portable dans sa poche.

— Le magasin d'antiquités. Mais je t'assure, tu n'as pas besoin de m'accompagner… Je saurai me débrouiller toute seule, j'ajoute pour lui donner une dernière chance de renoncer.

— Laisse tomber.

Il boucle à nouveau sa ceinture.

— Je viens avec toi, que ça te plaise ou non. Tu sais, pour info, je commence vraiment à avoir des complexes à force d'être tenu à l'écart.

Je le fixe sans comprendre.

— L'autre jour… Quand tu es entrée par effraction chez Haven et que tu as choisi d'entraîner Miles plutôt que moi !

« Entraîner » est un bien grand mot. Miles ne s'était pas fait prier pour m'accompagner. Sans parler du fait que je n'avais pas vraiment la possibilité de me tourner vers Damen puisqu'il était occupé à protéger Stacia. Enfin, bref, là n'est pas la question. J'aimerais plutôt savoir comment il se fait qu'il soit au courant de cette expédition, étant donné que je n'ai pas encore eu le temps de le mettre au parfum.

— C'est Miles qui me l'a dit, ajoute-t-il, en réponse à mon air interrogateur.

Pensive, je jette un coup d'œil par la fenêtre.

— Alors ce sera toujours comme ça maintenant que tu es monsieur-j'ai-la-cote-avec-tous-mes-nouveaux-amis ?

Je me retourne vers lui.

– Tu vas passer ton temps à leur tirer les vers du nez pour qu'ils te racontent tous mes secrets ?

– Seulement les plus importants.

Damen sourit et me plaque un baiser sur les lèvres, avant que je fasse demi-tour dans son allée et reparte en trombe vers la grille.

trente-trois

Nous passons devant Renaissance, l'ancienne boutique d'antiquités de Roman, mais je n'ai pas pour projet d'y entrer pour l'instant, il est encore trop tôt. Une énième confrontation avec Haven ou un autre immortel de sa bande est bien la dernière chose dont j'ai besoin. Je veux juste y jeter un œil. Je ralentis à mesure qu'on approche, calculant rapidement depuis combien de temps je ne suis pas venue dans le quartier, curieuse de voir ce que le magasin est devenu maintenant que Roman n'est plus de ce monde.

Je m'attendais bien à quelques changements, mais de là à le trouver condamné à l'aide de planches de cette façon ! La vitrine est vide, les objets jadis savamment exposés ont disparu, et non seulement la boutique est close, mais une pancarte sur laquelle on peut lire « Fermé ! » est aussi placardée sur la porte. Et juste en-dessous, griffonné à la hâte : « Définitivement ! »

— Je ne devrais pas être surpris, je sais, mais j'avoue que je n'imaginais pas cela, souffle Damen, les yeux rivés sur l'écriteau. J'étais persuadé que Haven reprendrait le flambeau, ou bien Marco, Misa ou Rafe.

Je lui réponds d'un signe de tête approbateur en me garant le long du trottoir, puis nous descendons de voiture

297

en quatrième vitesse et traversons la rue pour revenir sur nos pas, jusqu'à la boutique. À travers la fenêtre, nous apercevons l'essentiel du mobilier – le canapé, les présentoirs et les petites vitrines – qui, pour une raison inconnue, a été laissé à l'abandon. Sinon, pour ce qu'on en distingue, à quelques exceptions près, tous les articles moins volumineux tels que les costumes, les bijoux anciens et autres ont disparu.

Force est de se demander qui a bien pu prendre la décision de fermer boutique. Et surtout, qui Roman aurait-il pu charger de cette responsabilité ?

Vu qu'il était immortel, quelque part je doute qu'il ait un jour pensé à rédiger un testament.

Je scrute les alentours pour m'assurer que personne ne prête attention à nous, puis ferme les yeux et déverrouille mentalement la porte. Je me dis qu'au rythme où vont les choses cet endroit pourrait bien être dévalisé bientôt, donc mieux vaut battre le fer pendant qu'il est chaud.

– Dis-moi, tu commences à prendre tes aises question effraction, me chuchote Damen à l'oreille tandis qu'il m'emboîte le pas à l'intérieur. Est-ce que je devrais m'inquiéter ?

Mon rire résonne de façon singulière dans la vaste pièce au haut plafond. Je lui fais signe de refermer la porte derrière nous, puis, les mains sur les hanches, j'examine attentivement les lieux. Je ferme à nouveau les yeux et canalise tous mes sens pour essayer de décrypter l'endroit et repérer où pourrait être cachée une chemise blanche tachée, pendant que Damen fait de même, debout près de moi.

Mais, faute de résultat, nous décidons d'adopter une technique plus classique : fouiller la boutique de fond en comble. Nous passons au crible de vieilles armoires et des commodes branlantes. Pourtant efficaces et méthodiques, nous ne parvenons pas à mettre la main sur ce qui nous intéresse. Damen part inspecter la petite pièce du fond qui servait autrefois de bureau à Roman. À peine y a-t-il pénétré qu'il m'appelle pour que je l'y rejoigne.

Tout y est sens dessus dessous. Un vrai capharnaüm. Comme si une tornade était passée par là, ou qu'une ligne de faille venait de se fracturer. Ce n'est pas sans me rappeler l'état de la boutique de Jude le jour où Haven nous a laissés pour morts… Évidemment, je le prends comme un signe infaillible. Elle y est forcément pour quelque chose.

Nous nous frayons un chemin entre des monceaux de feuilles éparpillées par terre. Damen progresse lestement, avec précaution, alors que moi, loin d'être aussi agile, je dérape à plusieurs reprises et glisse involontairement, le contraignant chaque fois à me rattraper avant que je tombe.

J'esquive un fauteuil retourné, enjambe d'un bond une paire de coussins verts à motif cachemire franchement hideux tombés de la petite causeuse repoussée dans un coin, m'arrête un instant, le temps que Damen dégage du chemin un classeur vide, puis nous nous dirigeons vers un bureau presque aussi encombré que le sol, jonché d'un fouillis de papiers, de gobelets, de livres et de débris si épais qu'on en distingue à peine la surface marquetée. Nous farfouillons dans tous les tiroirs, tous les coins et recoins sans exception, jusqu'à ce que nous soyons convaincus que la chemise n'est pas cachée ici.

Damen se plante à côté de moi, l'air plus proche du renoncement que de la déception puisque, depuis le début, il se doutait que nous ne la retrouverions pas si facilement.

Il fait mine de partir, mais je ne suis pas encore prête à baisser les bras. J'ai beau faire, je ne peux m'empêcher de fixer la petite cave à vin dans l'angle de la pièce, dont la prise est débranchée et la porte grande ouverte, pendant au petit bonheur hors de ses gonds.

C'est un petit frigo tout ce qu'il y a de plus banal, excepté qu'il était autrefois rempli de bouteilles d'élixir, ça j'en suis certaine. Par contre, j'ignore qui a bien pu le vider.

Misa et Marco qui, la dernière fois que je les ai vus, sautaient par-dessus une clôture à toute berzingue, Marco les bras chargés d'un sac bourré de breuvages qu'ils venaient de dérober ?

Ou Rafe, que je n'ai pas croisé depuis si longtemps que j'en viens presque à me demander s'il est toujours en ville ?

Ou bien Haven, qui semble être devenue sérieusement accro à l'élixir ?

Et, plus important encore, est-ce que ça change quelque chose au fond, étant donné que mon seul souci ici c'est de retrouver la chemise ?

Prêt à lever le camp, Damen me donne un petit coup de coude. Et comme nous n'avons plus aucune raison de rester ni rien à y gagner, je jette un dernier coup d'œil autour de moi pour m'assurer que je ne suis pas passée à côté de quelque chose, puis le suis vers la porte et nous ressortons aussi discrètement et rapidement qu'à notre arrivée.

Pas tellement plus avancés, nous sommes loin d'avoir obtenu ce dont nous avons besoin, mais, paradoxalement, certains d'avoir en quelque sorte progressé.

Le petit monde de Haven ne présente pas seulement quelques failles, il commence carrément à se désagréger autour d'elle. Ce n'est plus qu'une question de temps avant qu'elle décide soit d'appeler à l'aide, soit de s'autodétruire complètement.

Dans tous les cas, je serai là.

trente-quatre

Notre virée à la boutique s'étant révélée un fiasco complet, je dépose Damen chez lui pour qu'il puisse aider Miles à répéter, avant de rentrer chez moi pour faire le point et, avec un peu de chance, trouver un nouveau plan d'action. Je suis plus que jamais résolue à dénicher cette chemise, surtout maintenant que Damen et moi sommes de nouveau soudés.

J'entre dans le garage et pousse un gros soupir de soulagement en le trouvant vide. La place inoccupée de Sabine indique qu'elle est soit retenue au bureau, soit de sortie avec Munoz, et m'assure dans un cas comme dans l'autre une maison déserte, un peu de temps pour moi, ô combien salutaire, quelques heures de répit dans le calme et la tranquillité, sans dispute – exactement ce dont j'ai besoin avant de ressortir.

Mais j'ai à peine franchi la porte de derrière et pris la direction des escaliers pour monter dans ma chambre qu'une rafale d'énergie me heurte de plein fouet.

La sensation est si cuisante et glaciale que cela ne peut signifier qu'une chose.

Je suis loin d'être aussi seule que je l'avais imaginé.

Je fais volte-face et, sans surprise, trouve Haven plantée devant moi. Elle tremble de la tête aux pieds, ne tient pas en place, et son visage auparavant magnifique est désormais réduit à un agencement de pommettes creuses d'une pâleur effroyable, d'un nez sévèrement pointu, de lèvres tristement rabougries et d'yeux si plissés, si enfoncés dans leurs orbites et si rouges que j'ai l'impression d'être face à une photo de cadavre.

Cette vision devient encore plus horrible à la seconde où sa bouche se tord d'une façon épouvantable.

— Où est-ce que tu l'as planqué, Ever ? lâche-t-elle d'un air mauvais.

Dès lors, je sais exactement qui a dévalisé le frigidaire de la boutique et la raison pour laquelle elle est ici.

Misa et Marco l'ont cambriolée pour lui voler ses réserves d'élixir, tout est clair comme de l'eau de roche à présent.

Roman ne leur a jamais transmis sa recette et, sans lui, le stock des renégats sera bientôt à sec. Ils ne vont pas tarder à voir leurs pouvoirs décroître, et en fin de compte leur jeunesse et leur beauté s'envoler.

Je suis pour Haven sa seule chance de conserver ses nouvelles facultés, sa nouvelle vie.

Malheureusement pour elle, je n'envisage pas de lui faciliter la tâche. Surtout que cela pourrait bien être la solution à mon problème.

Elle veut quelque chose que je détiens, et vice versa. Dans ces circonstances, je suis plutôt bien placée pour négocier une sorte d'arrangement.

Simplement il va falloir y aller doucement, avec précaution. Je ne peux pas courir le risque d'éveiller son attention sur la valeur de la chemise au cas où elle l'ignorerait encore.

— Je ne sais pas de quoi tu parles, je réponds finalement en haussant les épaules avec désinvolture.

Je souris pour essayer de gagner du temps et de mieux cerner ses intentions, le temps d'élaborer un plan d'action.

Mais elle n'a pas l'intention d'entrer dans mon jeu, elle est bien trop pressée pour ça. Elle dépérit à vue d'œil, tient à peine sur ses jambes et n'a pas de temps à perdre avec ce genre de préambules hypocrites.

— Arrête de te foutre de moi et file-le-moi, c'est tout !

Elle râle à voix basse en roulant les yeux et secoue la tête si vigoureusement qu'elle en perd l'équilibre, ce qui l'oblige à agripper la rampe d'escalier pour se remettre d'aplomb.

Les yeux mi-clos, je continue de l'observer. Elle est à cran, terriblement agitée, si détraquée et fébrile qu'elle arrive à peine à tenir debout sans prendre appui sur quelque chose. Son plexus solaire m'apparaît comme le centre d'une cible au beau milieu de son buste, cible que je me sens capable d'atteindre s'il le faut, même si j'ai encore espoir que ça n'aille pas jusque-là. Puis j'essaie de sonder son énergie, ses pensées, pour savoir où elle en est et jusqu'où elle est disposée à aller pour obtenir ce qu'elle veut... mais mes efforts restent vains.

Elle est non seulement coupée de moi, mais aussi de tout ce qui l'entoure.

Plus rien ni personne n'a d'emprise sur elle.

Pas même elle — ou à peine.

Elle est comme un pays des Ombres à elle seule.

Plongée dans les ténèbres.

Seule au monde.

Et empêtrée dans un passé qu'elle est bien décidée à venger, bien que la vérité n'ait rien à voir avec la version des faits qu'elle s'est forgée.

— L'élixir, Ever ! Donne-moi ce foutu élixir !

Sa voix est mal assurée, plus râpeuse que jamais, preuve de la détresse qui l'habite.

— J'ai déjà fouillé tous les frigos, celui de la cuisine, celui du jardin près du barbecue, celui de rechange dans la buanderie, et j'étais sur le point de monter dans ta piaule quand tu as fait ton entrée. Alors maintenant que tu es là, autant que je te le demande gentiment... étant donné les bonnes amies qu'on était autrefois. Allez, Ever, en souvenir du bon vieux temps, de notre amitié, rends-moi ce foutu élixir que tu m'as volé !

— C'est ça que tu appelles demander gentiment ?

Les sourcils haussés, je la vois lorgner l'espace entre la rampe et moi, comme si elle projetait de s'y faufiler sans crier gare. Je m'empresse de la saisir pour lui barrer le passage.

Marmonnant, elle se cramponne de plus belle à l'extrémité de la rampe en la serrant si fort que ses articulations deviennent d'une blancheur extrême, tout en me fusillant du regard, les yeux si rouges qu'on croirait presque qu'ils saignent — signe indubitable qu'elle est à deux doigts de craquer.

— Rends-le-moi ! répète-t-elle.

J'inspire un bon coup et concentre tous mes efforts pour l'entourer d'un flux d'énergie apaisante, dans l'espoir que ça puisse la calmer, atténuer un peu sa colère et soulager sa souffrance. Je dois coûte que coûte éviter qu'elle explose. Même si elle ne représente plus vraiment une menace pour moi, elle en reste une bien réelle pour tous ceux qui l'entourent, donc je ne peux pas me permettre que la situation dégénère.

Mais voyant qu'une fois de plus ma bulle de paix ne parvient pas à l'atteindre et se heurte à elle comme à un mur, plus ou moins de la même manière que lors de ma dernière tentative, je décide de lui donner ce qu'elle veut. À mon sens, deux gorgées d'élixir ne pourront pas lui faire de mal. Ça devrait même plutôt contribuer à dompter la bête.

Lentement, je pivote sans brusquerie, soucieuse de ne pas la faire paniquer ou exploser d'une quelconque façon, et m'engage dans l'escalier en lui faisant signe de me suivre.

— Ça ne me dérange pas de partager, Haven, je lui lance en jetant un coup d'œil dans mon dos. J'en ai plus qu'il ne m'en faut, alors ne t'inquiète pas pour ça. Cela dit, juste par curiosité…

Je m'arrête sur le palier et me retourne.

— … pourquoi as-tu besoin de mon élixir ? Qu'est-il arrivé au tien ?

— Je suis à court.

Elle me lance un regard noir.

— Je suis à court parce que tu m'en as piqué une bonne quantité, et maintenant je compte bien me servir dans tes réserves !

Elle esquisse un large sourire, visiblement un tout petit peu assagie par la perspective d'étancher sa soif, bien que ses paroles me fassent froid dans le dos. J'ignore quelle quantité de breuvage Roman gardait à sa disposition, mais si elle était équivalente à celle de Damen elle devait être assez substantielle, de quoi tenir au moins un an. Étant donné qu'il doit obligatoirement fermenter lors de phases lunaires spécifiques, ce n'est pas comme si on pouvait en préparer en vitesse une tournée, sur un coup de tête. Et le fait que Misa et Marco aient filé avec seulement un sac plein signifie que Haven a réussi à épuiser le reste de son stock en un laps de temps extrêmement court, ce qui explique en grande partie son état.

J'entre dans ma chambre et me dirige droit vers le minibar installé au pied de mon coin cuisine pour y attraper une bouteille pleine bien fraîche.

— Je ne t'ai rien volé, Haven, dis-je en me retournant vers elle. Ton élixir ne me serait d'aucune utilité.

Les mains tremblantes, elle se plante devant moi d'un air scandalisé.

— Espèce de sale menteuse ! Tu me prends vraiment pour une idiote ? Comment aurais-tu pu survivre autrement ? Je sais tout sur les chakras, Roman m'a tout dit… tout ce que Damen lui avait raconté ! Ça date de l'époque où il le manipulait et où il l'avait persuadé de lui révéler toutes sortes de secrets. J'ai visé pile ton point faible, tu le sais très bien. Je t'ai frappée une première fois avant que tu t'écroules, puis une deuxième quand tu étais à terre, et même une troisième pour la forme, juste avant de te laisser pour morte. Ça aurait dû te tuer ! J'étais certaine de t'avoir anéantie pour de bon. Pour moi, si tu ne t'es pas désintégrée en un gros tas de cendres, c'est parce que tu n'étais pas aussi âgée que les autres. Mais maintenant je sais pourquoi tu es encore en vie…

Je la dévisage en repensant à la vraie raison qu'elle ignore : j'ai vu le film de mes vies se dérouler devant moi. J'ai vu la vérité de mes propres yeux. Grâce à quoi j'ai pu faire le bon et le seul choix possible, et surmonter mes faiblesses. C'est aussi simple que ça. Cela dit, je suis curieuse d'entendre sa version.

— Tu as bu l'élixir de Roman.

Comme elle agite la tête, les gemmes bleues ornant ses boucles d'oreilles s'entrechoquent en tintant doucement.

– Comme tu le sais, il est beaucoup plus puissant que le tien, et c'est bien pour ça que tu t'es servie. Voilà ce qui t'a sauvée !

Je ne réponds pas, absorbée par nos reflets que j'aperçois dans le miroir fixé au mur derrière elle, frappée par notre différence, par la noirceur qu'elle oppose à ma lumière. Le contraste est si saisissant que j'en suis bouleversée. Mais je me ressaisis aussitôt et détourne les yeux, déterminée à ne pas trop focaliser sur son triste sort. Je ne peux pas me payer le luxe de compatir, sachant que je vais peut-être devoir la tuer.

– Puisque cet élixir est si puissant, je rétorque en reportant mon regard sur elle, comment se fait-il qu'il ne te soit visiblement d'aucun secours ? Et pourquoi n'a-t-il pas pu sauver Roman non plus ?

Mais Haven en a visiblement assez de bavarder. Elle compte bien arriver à ses fins.

– Donne-le-moi.

Elle s'avance vers moi d'un pas lent et chancelant.

– Donne-moi l'élixir et je ne te ferai aucun mal.

– Je viens de te le dire, Haven…

Je garde la bouteille dans mon dos, hors de sa portée.

– … Tu ne peux plus rien contre moi. Tu n'as toujours pas compris ? Quoi que tu fasses, quels que soient tes efforts, tu ne peux pas m'atteindre. Alors, au lieu de me menacer, si tu essayais plutôt une tout autre approche, histoire de t'attirer mes faveurs ?

Mais elle se borne à sourire d'un air narquois. Ses joues s'étirent d'une façon effroyable, accentuant le creusement de ses yeux rougis.

– Je ne peux peut-être pas t'atteindre Ever, mais crois-moi, j'ai toujours la possibilité de nuire sérieusement aux êtres qui t'entourent et qui te sont chers. Et aussi forte et rapide sois-tu, je doute que tu aies le don d'ubiquité. Tu ne pourras pas sauver tout le monde.

C'est le moment qu'elle choisit pour passer à l'action. Profitant du choc momentané que j'éprouve à ses paroles, elle se jette sur la bouteille que je tiens serrée dans la main.

Mais, contrairement à ce qu'elle devait s'imaginer, mes réflexes sont toujours efficients.

Je balance l'élixir qui atterrit à l'autre bout de la pièce, bien loin, et bondis sur elle. Je me déplace à une telle vitesse et avec une telle assurance qu'elle ne voit rien venir. Elle n'a pas le temps de réagir qu'il est déjà trop tard.

Je la projette à terre et glisse prestement les doigts sous son méli-mélo de colliers pour enserrer sa gorge dépourvue du talisman que je lui avais donné.

Mais son visage a beau virer au bleu, j'ai beau l'asphyxier lentement mais sûrement, Haven rit. Un rire qui secoue sa gorge gonflée sous ma paume, un rire si sinistre et si effroyable que je suis tentée de la tuer rien que pour la faire taire.

Sauf que je ne peux pas me permettre d'agir sans réfléchir ou de commettre la moindre imprudence. Pas tant que je n'aurai pas obtenu ce que je veux, et si ça doit me coûter quelques bouteilles d'élixir, eh bien soit !

— Donne-moi ce foutu élixir ! hurle-t-elle à la seconde où je desserre ma prise.

Elle bat violemment des bras et des jambes, gesticule dans tous les sens en me labourant la peau avec ses ongles bleus pointus.

Elle se débat comme un diable.

Comme une bête enragée.

Comme une junkie en quête de sa dose.

À peine me suis-je relevée qu'elle se carapate tant bien que mal à l'autre bout de la pièce, attrape la bouteille qu'elle débouche d'une pichenette et la porte à ses lèvres d'un geste si brusque et violent qu'elle cogne ses dents de devant qui se cassent net.

Mais elle ne bronche pas, n'en a cure. Elle engloutit l'élixir à grand bruit, vide le flacon d'un trait avant de le jeter au sol. Elle retrouve un semblant de vitalité, bien que ses dents ne s'en remettent pas aussi vite – ce qui ne semble pas la déranger ou l'inquiéter.

– Encore ! me lance-t-elle en me regardant droit dans les yeux.

Elle se passe la langue sur les lèvres.

– Et donne-moi le bon cette fois, celui que tu m'as volé. Ton jus a un goût dégueulasse.

– Ça n'a pourtant pas eu l'air de te gêner.

Elle peut toujours courir pour que je la resserve. Qu'elle me donne d'abord ce que je cherche.

– Pour ce que ça me fait, tu peux prendre tout mon stock. Je ne suis pas accro comme toi.

Je la toise lentement, histoire qu'elle comprenne qu'elle ne m'impressionne pas du tout.

– Pour info, sache que ce n'est pas moi qui t'ai volé ton élixir, mais Misa et Marco.

Je perçois son trouble et vois son expression changer furtivement, tandis qu'elle réfléchit à mes paroles et évalue leur potentiel de crédibilité.

– Et on peut savoir comment tu le sais ?...

Elle me scrute d'un air méfiant, les mains posées sur les hanches.

Il ne faut pas que je tarde trop à lui répondre, bien que je ne sache pas très bien quoi. Si je lui dis que j'étais chez elle et que je les ai vus, alors elle saura que je cherchais autre chose, un objet dont elle n'a peut-être pas encore conscience de la valeur. Je me contente donc de hausser les épaules et me force à rester calme et paraître sûre de moi, autant par mon attitude que par mes paroles :

— *Primo*, parce que ce n'est ni moi ni Damen. *Secundo*, parce que ce n'est pas la raison pour laquelle j'ai survécu à ton assaut. Et *tertio*, parce que, quand on y réfléchit deux secondes, ça tombe sous le sens.

Elle me fixe, les sourcils froncés. Il ne m'en faut pas plus pour comprendre qu'elle n'en croit pas un mot. Elle reste convaincue que je suis à l'origine du vol.

— Ou qui sait… c'était peut-être Rafe ? j'ajoute en me souvenant brusquement de son existence. C'est vrai, depuis quand ne l'as-tu pas vu au juste ?

Mais je vois bien à sa tête que ma tactique ne fonctionne pas. Tout ce que je viens de dire est on ne peut plus logique. Hélas, ça ne m'avance pas à grand-chose, loin de là ! Et grâce à l'élixir qu'elle vient de boire, elle a maintenant juste ce qu'il faut de lucidité pour s'en rendre compte.

Elle lisse le devant de sa robe de sa main ornée de bijoux, ôte quelques peluches sur sa manche.

— Aucun problème, affirme-t-elle d'un ton détendu. Je m'occuperai d'eux plus tard. Mais en attendant, puisque je suis là, si tu me filais le reste de tes réserves ?

trente-cinq

Alors que Haven s'apprête à ouvrir la porte pour s'en aller, une bouteille d'élixir fermement serrée contre la poitrine, Sabine entre d'un pas énergique.

Jonglant entre son porte-documents dans une main et un sac de provisions dans l'autre, elle se fige dans son élan avec un air ébahi.

– Haven, c'est toi ? Ça alors, je ne t'ai pas vue depuis… une éternité. Tu as l'air…

Ma tante s'interrompt, examine rapidement Haven. Bien que cette dernière soit en bien meilleure forme qu'à son arrivée, il y aurait encore du boulot pour qu'elle soit un tant soit peu présentable. Et, pour ceux qui ne sont pas habitués à la voir dans sa nouvelle dégaine, j'imagine qu'elle doit être carrément flippante.

Amusée, Haven lui décoche un amical sourire édenté.

– Ne faites pas cette tête ! Je vous rassure, ma mère n'est pas fan de mon nouveau look non plus. D'ailleurs, ça fait partie des raisons pour lesquelles je me sépare d'elle.

Sabine nous regarde tour à tour, visiblement perplexe.

Haven s'empresse d'éclairer sa lanterne :

– Je me sépare de toute ma famille en fait, mes parents et mon petit frère. Sans oublier la femme de ménage, vu qu'elle fait partie des meubles !

Elle éclate de rire d'une manière affectée et troublante, qui met tout de suite Sabine à cran.

— Bref, pour faire court, j'ai déménagé. Je vais bientôt obtenir mon émancipation, comme ça je n'aurai plus à supporter leurs sermons merdiques.

Sabine fronce les sourcils d'un air que je lui connais trop bien, un air scandalisé qui indique qu'elle condamne farouchement cette décision.

Mais Haven est blindée contre ce genre de réactions. Ça l'incite même plutôt à en rajouter :

— Ils refusaient de m'accepter comme je suis, alors j'ai fait mes valises et leur ai dit *bye-bye* ! ajoute-t-elle en souriant de plus belle.

Le regard de Sabine oscille entre elle et moi, cherchant sans doute à déterminer mon éventuelle implication dans cette histoire, si j'ai soufflé cette tirade à Haven. Mais bien que ces paroles fassent effectivement écho à la façon dont ma tante me traite depuis un certain temps, je n'ai rien à voir avec tout ça. Haven n'a besoin de personne pour assurer le spectacle.

— Je suis sûre que tu leur manques beaucoup, rétorque Sabine en prenant son ton d'avocate à la cour.

Mais ce type de plaidoyer ne prend pas avec Haven. Inutile de se montrer poli et conciliant en faisant comme si de rien n'était, comme si tout allait finir par s'arranger en dépit des preuves qui s'accumulent contre cette hypothèse.

En outre, elle a dépassé depuis longtemps le stade du jeu de séduction vis-à-vis de la famille des amis : celui où l'on redouble d'efforts pour se montrer sous son meilleur jour et plaire aux parents, afin que ces derniers vous fassent confiance et vous invitent à revenir quand vous voulez.

Car Haven et moi ne sommes plus amies.

Sabine peut bien penser ce qu'elle veut, et même lui dire de ne pas remettre les pieds chez elle, Haven s'en contrefiche.

Elle hausse les épaules avec nonchalance et lève les yeux au ciel.

— Que je leur manque, ça, j'en doute !

Le regard de ma tante se durcit immédiatement et se braque sur moi comme si, d'une certaine façon, j'étais coupable, comme si mon silence et le fait que je ne fasse rien pour faire taire Haven signifiaient que j'approuve son attitude. Alors que, franchement, je n'ai qu'une hâte : qu'on en finisse. J'attends juste que Haven la boucle pour que Sabine laisse enfin tomber et parte ranger ses courses dans la cuisine, et pour achever de sceller l'accord que Haven et moi avons passé.

Malheureusement, Haven est loin d'en avoir assez. À l'évidence, elle se délecte de toute cette tension qu'elle a engendrée et meurt d'envie d'en remettre une couche.

— Remarquez, ils ne me manquent pas non plus, comme ça il n'y a pas de jaloux.

Sabine me scrute, sur le point de prendre la parole, mais Haven lui coupe le sifflet en agitant la main d'un geste dédaigneux. C'est alors que la bouteille lui échappe, dégringole, son contenu balloté d'une paroi à l'autre jetant de vives étincelles ; mais Haven tend le bras, paume ouverte, et la rattrape au vol. Son regard brille lorsqu'elle remarque l'air ahuri de Sabine qui cligne des yeux en secouant la tête, tentant de se persuader qu'elle a mal vu, que personne ne peut avoir de tels réflexes, qu'elle se méprend.

— Oups ! ricane Haven. Bon, je ne vais pas vous retenir plus longtemps. J'étais juste passée prendre cet élixir à Ever.

Elle brandit le breuvage devant elle en inclinant la bouteille d'un côté puis de l'autre pour le faire scintiller davantage, avant de lui montrer le carton que je tiens dans les bras et qui contient le reste de mes réserves.

— Tu… tu es passée prendre quoi ? bafouille Sabine, qui lutte pour comprendre.

Son regard furieux et méfiant oscille entre moi et la bouteille, jusqu'à ce qu'elle décide de se hisser sur la pointe des pieds pour jeter un œil à l'intérieur du carton, visiblement agacée de ne pas y avoir prêté attention jusqu'ici. Elle pose son sac sur le guéridon et s'apprête à attraper la bouteille que Haven lui tend volontiers. Si ça peut m'attirer des ennuis, elle se fera un plaisir de la lui donner.

Mais cette comédie est allée trop loin et je compte bien y mettre un terme.

Pas question que je laisse Sabine s'emparer de l'élixir, et Haven se payer ma tête de cette façon.

— C'est rien, je m'interpose en écartant le carton qui cogne violemment les côtes de Haven. C'est juste cette boisson énergétique dont je raffole, tu sais…

Mais Sabine n'est pas dupe. À sa tête, je vois bien qu'elle est passée en vigilance alerte rouge. Elle fait soudain le lien entre mon étrange comportement, mon refus de manger et toutes mes autres manies bizarres, inexplicables et passablement louches, présumant – quelque part à juste titre – que cette boisson est à l'origine du problème.

Hilare, Haven lui agite l'élixir sous le nez d'un air moqueur, l'incitant à céder à la tentation pour qu'elle juge par elle-même du goût fabuleux, rafraîchissant et revigorant de ce nectar qui vous change la vie dès la première gorgée.

Trompée par son regard charmeur et l'éclat du breuvage,

Sabine est sur le point de mordre à l'hameçon quand Haven ricane de plus belle et écarte brusquement la bouteille.

Abasourdie, Sabine redresse les épaules et se redonne vite une contenance.

– Tu ferais mieux de t'en aller, lâche-t-elle sans desserrer la mâchoire. Et plus vite que ça. Désolée de te le dire, Haven, mais tu es visiblement très perturbée et tu aurais sérieusement besoin d'aide. Et tant que tu n'auras pas trouvé une solution pour maîtriser ton comportement, je ne veux plus te revoir dans les parages, c'est clair ?

Elle attrape son sac de provisions sur la table et le cale contre sa hanche sans la quitter une seconde des yeux.

– Aucun problème ! lui sourit Haven avant de tourner les talons. Vous ne me reverrez pas de sitôt. Je n'ai plus rien à faire ici maintenant que j'ai ce qu'il me faut.

Elle se dirige vers la porte et je la talonne, déterminée à en finir aussi vite et aussi calmement que possible, avant que l'effet lénifiant du breuvage s'atténue et qu'elle pique une nouvelle colère.

Mais, alors que je m'apprête à sortir sur la véranda, Sabine me retient en m'agrippant le bras. Elle n'a pas l'intention de me laisser filer, certainement pas maintenant, et encore moins avec une fille qu'elle vient de bannir de chez elle.

Ses doigts glissent sur mon poignet qu'elle serre fermement.

– Où crois-tu aller comme ça ?

Nos regards se croisent, et je sais à cet instant que je n'ai qu'une solution : lui dire les choses de la façon la plus posée et la plus concise qui soit. Que ça lui plaise ou non, elle doit comprendre qu'elle ne m'empêchera pas d'aller au bout de mon idée.

– Écoute Sabine… je dois aller quelque part avec Haven. Ça ne prendra pas longtemps et je te promets qu'à mon retour on parlera autant que tu veux, mais là, je dois y aller.

– Tu n'iras nulle part, tu entends ? s'écrie-t-elle d'une voix stridente.

Elle resserre sa prise, mon poignet prenant une vilaine nuance pourpre qui aura à peine le temps de virer au bleu qu'elle se sera déjà estompée.

– Je viens de te dire que tu avais désormais interdiction de traîner avec cette fille. Je n'ai pas été assez claire ?

Je vais pour me libérer d'un coup sec en lui confirmant que si, elle a été parfaitement claire, mais que ce n'est malheureusement pas à elle de décider de mes fréquentations, quand je croise le regard rieur de Haven, qui me prend le carton des bras.

– Ne t'en fais pas, Ever. Reste avec ta petite tata, elle a l'air un peu fâchée. Je me charge de rapporter ça.

Je la regarde partir vers sa voiture, anciennement celle de Roman, poser le carton sur le siège passager et s'installer au volant, puis emballer le moteur en s'esclaffant comme une hystérique tandis qu'elle me fait au revoir de la main en reculant dans l'allée.

Sabine ne m'a pas lâchée, m'empêchant de faire la chose qui m'importe le plus, la seule qui pourrait mettre un terme à cette terrible malédiction et changer le cours de ma vie pour qu'elle mette enfin le cap sur le bonheur.

– Monte dans ta chambre ! hurle-t-elle, les joues cramoisies, le regard incendiaire et l'air si indigné que je me sens terriblement mal d'en être à l'origine.

Mais ce n'est rien comparé à ce que je ressens en m'écartant d'un coup. Mon geste est si brusque et rapide qu'elle

317

en lâche le sac de provisions duquel se déverse un déluge de boîtes de conserve, de fruits, de légumes, de boîtes d'œufs et de fromage blanc, qui s'éparpillent sur le sol en laissant une traînée de crème, de morceaux de pulpe et de jaunes d'œufs baveux sur le travertin brillant.

Ce n'est rien comparé à ce que je ressens en croisant son regard où je lis un épouvantable mélange de peine, de colère, de surprise et, pire, de peur...

Rien comparé au remords que j'éprouve en observant le désastre, regrettant de ne pouvoir le faire disparaître, tout effacer d'un simple tour de l'imagination pour faire comme si ce n'était jamais arrivé. Mais, consciente que ça ne ferait qu'empirer les choses, je laisse tout en plan et m'élance vers la porte.

Je dois à tout prix rattraper Haven qui vient de profiter de l'occasion pour rompre notre accord. Je ne sais pas où, mais il faut bien que je commence quelque part et sans perdre plus de temps.

– Je suis désolée, Sabine, sincèrement ! je lance dans mon dos. Mais il y a des choses que tu ne peux pas et que tu ne veux pas comprendre, et il se trouve que celle-ci en est une.

trente-six

À peine ai-je posé le pied sur la véranda que je pars en courant. Inutile de perdre du temps à aller dans le garage, démarrer ma voiture, enclencher la marche arrière pour sortir, bref, à me plier à toutes les obligations du numéro de fille normale que je m'échine à perpétuer ne serait-ce que pour apaiser Sabine (même si presque tout ce que j'ai fait jusqu'ici a servi à tout sauf à l'apaiser), et mieux vaut ne rien matérialiser tant qu'elle m'espionne par la fenêtre. Elle ne ferait que me mitrailler encore plus de questions, questions auxquelles je n'ai pas l'intention de répondre.

Elle me suit du regard – je sens ce dernier qui pèse sur moi et me couve d'un terrible sentiment de colère mêlé d'inquiétude et de peur.

La pensée est matière, une matière composée d'une forme d'énergie très palpable. Et les siennes me touchent en plein cœur.

Mais j'ai beau m'en vouloir énormément pour tout ce qui vient de se passer, ce n'est pas le moment de se lamenter, j'aurai tout le temps pour ça plus tard. Je vais sans doute ramer pour réussir à me faire pardonner, mais pour l'heure mon seul souci est de retrouver Haven.

Je bifurque en bas de notre allée et pars à toutes jambes dans la rue, soulagée de quitter enfin cette maison. Mais deux secondes plus tard, je me retrouve face à Munoz qui pile dans sa Prius qui fonçait droit sur moi.

Génial.

Il baisse sa vitre pour m'appeler, l'air sincèrement inquiet :

— Tout va bien ?

Je m'avance à sa hauteur avec un air renfrogné.

— Franchement, non. Il n'y a rien qui va. Rien du tout…

Il lance un coup d'œil vers la maison, les sourcils froncés.

— Je peux faire quelque chose ?

Je lui fais signe que non, prête à repartir, mais me ravise finalement.

— En fait, si : dites à Sabine que je suis sincèrement désolée pour tout… tous les problèmes que j'ai causés et pour lui avoir fait autant de peine. Elle n'en croira probablement pas un mot et ne voudra sans doute rien entendre, et je peux le comprendre, enfin, bref…

Je me sens un peu stupide de m'épancher comme ça, mais ne peux m'empêcher de continuer :

— Sinon, vous pouvez toujours lui apporter ceci…

Je ferme les yeux pour matérialiser un gros bouquet de jonquilles jaune vif, consciente que ce n'est pas très malin de faire ça devant lui, que ça ne va faire qu'engendrer tout un tas de questions auxquelles je n'aurai pas le temps de répondre, mais je le lui mets quand même dans les mains.

— Ce sont ses préférées… mais ne lui dites pas d'où elles viennent, d'accord ?

Il n'a pas le temps de répondre, ni moi d'évaluer l'ampleur du choc qui fige ses traits, que je tourne les talons.

Ayant déjà perdu bien assez de temps, je ferme encore les yeux pour faire apparaître une BMW noire, pareille à celle que Damen conduit. Complètement sidéré, Munoz me regarde partir dans son rétroviseur. Il reste les yeux exorbités, un air hagard du style « Est-ce que je viens bien de voir ce que je crois ? », tandis que je file comme l'éclair, hors de sa vue.

Je trouverai un moyen de m'arranger avec lui plus tard, me dis-je tandis que je m'engage sur Coast Highway et enchaîne les virages à vive allure en essayant de déterminer où Haven a bien pu aller…

Mon ventre vrille à la seconde où la réponse m'apparaît.

La chemise.

Maintenant qu'elle a ce qu'elle voulait, grâce à l'ingérence de Sabine, Haven n'a aucune intention de remplir sa part du contrat. Bien que cette chemise ait clairement une grande valeur sentimentale à ses yeux, elle me déteste tellement qu'elle préférerait mille fois la détruire puisque c'est la seule chose que j'ai demandée et même exigée en échange de l'élixir.

Pourtant, je suis certaine qu'elle ignore tout de l'espoir que la tache dessus représente pour moi.

Mais là n'est pas la question. Pour Haven, que je veuille cette chemise et sois prête à marchander pour l'obtenir est une raison suffisante pour la faire disparaître.

Je le sais à la façon dont elle m'a regardée. Elle avait beau trembler et ne pas tenir très solidement sur ses jambes, elle avait assez d'élixir dans le corps pour réfléchir et agir de façon à peu près rationnelle.

Alors, quand j'ai proposé de lui fournir une bonne réserve de bouteilles en échange d'un objet en sa possession, elle a adopté un ton désinvolte :

— OK, comme tu voudras. Mais dépêche-toi, qu'on en

finisse. C'est quoi, ce truc que tu veux à tout prix récupérer ?

— La chemise.

Plantée devant elle, je l'ai vue tiquer légèrement.

— Celle que Roman portait le soir de sa mort. La chemise que tu m'as arrachée des mains avant de me menacer et de me mettre dehors.

À son regard, j'ai tout de suite su qu'elle l'avait encore. Et aussi qu'elle ne comprenait pas du tout pourquoi je m'y intéressais, ni ce qu'il fallait en déduire. Pourvu qu'elle reste dans le flou le temps que je la récupère…

— Tu parles de la chemise qu'il portait le soir où tu l'as tué ? a rectifié Haven en me fixant comme une furie.

— Non.

J'ai gardé un ton calme et ferme, les yeux rivés sur elle.

— Je parle de la chemise qu'il portait le soir où il a tragiquement perdu la vie, dans une mort accidentelle, de la main de Jude.

Soutenant son regard, je me suis assurée que j'avais toute son attention avant d'ajouter :

— Donne-moi cette chemise blanche en lin qu'il portait, et celle-là, hein, pas une autre, Haven, parce que je t'assure que je le saurai si tu essayes de me rouler… Bref : je t'échange cette chemise contre la quantité d'élixir dont tu as besoin.

Son regard a longuement oscillé entre moi et le carton de bouteilles que je venais de remplir, carton que je lui présentais comme un acompte de bonne foi puisque c'était tout ce que j'avais sous la main. Elle crevait d'envie de refuser, mais elle était tellement dominée par sa dépendance et le besoin impérieux qui la rongeait qu'elle a fini par accepter à contrecœur.

322

– D'accord, ça marche. Allez, maintenant, qu'on en finisse !

Alors nous sommes redescendues dans la cuisine, Haven avec dans les mains une bouteille pleine qu'elle était bien partie pour vider d'un trait, et moi gardant le carton dans mes bras, déterminée à le lui donner seulement quand nous aurions procédé à l'échange.

Ensuite Sabine est arrivée et a tout fichu par terre.

Poussant un soupir, je reviens au présent et m'aperçois que je me suis arrêtée à quelques mètres de son ancienne maison, celle où vivent toujours ses parents et son petit frère. Se pourrait-il que, pour une raison ou une autre, elle y ait planqué la chemise, notamment parce que ce serait le dernier endroit où l'on irait fouiller ?

Brusquement, j'éprouve une pulsion irrésistible qui me pousse à repartir dans une autre direction.

Je ne sais si c'est un signe, un message subliminal, voire juste une folle intuition, mais je m'y fie quand même. Chaque fois que j'ignore mon instinct premier, je le regrette amèrement par la suite, alors cette fois j'effectue un rapide demi-tour et suis cette piste.

Quelle n'est pas ma déception quand je me retrouve devant une maison que j'ai déjà fouillée de fond en comble ! Miles et moi sommes déjà venus ici, mais tant pis, je me gare quand même. Alors que je me dirige vers la porte d'entrée, je ne peux m'empêcher de penser que, même si Haven prétend être chez elle ici, maintenant qu'elle y vit depuis des mois, pour moi cette maison reste celle de Roman.

À l'intérieur, mille souvenirs m'assaillent : je repense à toutes les fois où je suis venue ici, où j'ai défoncé la porte, me suis bagarrée avec lui, où j'ai failli succomber à son charme, où j'ai regardé Jude le tuer... Mais je repousse ces pensées tandis que je contourne un déroutant labyrinthe de meubles. Meubles qui, il y a encore peu, agrémentaient la boutique d'antiquités et qui encombrent désormais le couloir de l'entrée jusqu'au salon, lui-même si plein à craquer qu'il me faut un petit moment pour en faire le tour.

Mon regard se promène entre les armoires anciennes, les sofas en soie et velours, la table basse en Plexiglas vraisemblablement réchappée des années 1980 comme un article de rebut, et l'imposante collection de peintures à l'huile aux cadres dorés richement ornés, rangées les unes derrière les autres contre le mur du fond. De nombreux costumes de diverses époques lointaines sont disséminés sur quasiment toutes les surfaces disponibles, y compris sur le bar où Roman rangeait les verres à pied en cristal dont il se servait pour déguster son élixir. Et puis il y a ce canapé où, prisonnière de la flamme des ténèbres qui me rongeait de l'intérieur, j'ai tenté sans vergogne de le séduire en prenant temporairement l'apparence de Drina. Ce même canapé où tout a basculé, la nuit où j'ai fait boire à Haven le breuvage spécial de Roman.

Brusquement, après s'être attardé un moment sur tous ces objets, mon regard traverse la pièce, happé par la flambée qui crépite dans la cheminée en pierre... devant laquelle Jude est recroquevillé. Il semble à la fois terrifié, abasourdi, résigné et confus, alors que Haven, debout devant lui, agrippe son bras d'une main et la chemise tachée de l'autre. Une légère transformation semble s'être opérée, lui redonnant son ancienne apparence, du moins en ce qui concerne ses dents, bien qu'elle soit encore loin de ressembler à la Haven que j'ai connue jadis, étant toujours sous l'emprise tyrannique de la dépendance et de la colère.

— Bien, bien, bien… jubile-t-elle en se tournant vers moi, ses yeux rouges mi-clos. Alors, Ever, tu croyais vraiment que tu pourrais m'avoir ?

Je secoue la tête, incrédule, aussi incapable qu'elle d'expliquer cette situation.

Je leur lance des coups d'œil nerveux, non sans remarquer la façon dont Jude tremble de peur, prisonnier de sa poigne et manifestement horrifié de s'être fait surprendre — en train de faire quoi, ça je l'ignore. J'ai bien du mal à comprendre ce qui se passe ou quel pouvait être son objectif en venant ici.

Aurait-il deviné l'importance de la chemise, l'espoir qu'elle incarne, et tenté de la récupérer pour nous l'offrir, à Damen et moi, en gage de réconciliation ?

Ou alors, et c'est bien plus plausible, est-il venu pour la subtiliser et la détruire, après avoir fait mine de se montrer amical envers Damen, de lui avoir pardonné le passé, alors qu'en réalité il attend ce moment depuis le début, incapable de renoncer au plaisir d'une ultime revanche ?

Je n'ai pas le temps de trancher ou de réagir que Haven s'en prend à lui. Galvanisée par le nectar qui coule dans ses veines, nectar que je lui ai donné, elle lâche son bras pour mieux le saisir à la gorge. D'une main, elle le soulève, laissant ses pieds battre désespérément dans le vide, tandis qu'elle agite la chemise dans ma direction.

— Alors ? On peut savoir ce qui se passe ici ?

— Je n'en sais rien, je dis en veillant à rester impassible.

Je m'approche lentement, les mains levées dans un geste pacifique.

— Je t'assure, Haven. Je n'ai aucune idée de ce qu'il

fabrique ici. Pourquoi ne pas plutôt lui poser la question à lui ?

Du coin de l'œil, elle le voit écarquiller les yeux, le visage gonflé et tout rouge, et finit par le relâcher brusquement, non sans le rattraper fermement par le bras pour l'empêcher de filer. Crachotant et toussant d'une voix rauque, Jude tente tant bien que mal de reprendre haleine.

— Vous avez monté ce coup tous les deux ? lance-t-elle d'un air mauvais.

— Non, je rétorque.

Mais en parallèle, une question me taraude : *pourquoi faut-il toujours que Jude débarque au mauvais moment et fiche tout par terre ?*

Je n'ai pas de réponse, mais je sais avec certitude que ce n'est pas une coïncidence. Les coïncidences n'existent pas. L'Univers est bien trop équilibré pour se laisser aller à un tel hasard.

Oui, mais alors quoi ? Comment se fait-il qu'à chaque fois que je suis près du but Jude se pointe à l'instant crucial pour contrarier tous mes plans ?

Il y a forcément quelque chose que j'ignore, une raison précise, une explication sensée… laquelle ? ça, ça me dépasse.

Haven brandit la chemise, l'examine sous toutes ses coutures pour essayer de comprendre pourquoi je la voudrais, pourquoi Jude courait autant de risques pour la récupérer, quelle importance elle peut bien avoir…

Puis, reportant son attention sur nous, elle surprend le regard de Jude fixé sur la tache et le mien fixé sur lui. Et c'est là qu'elle percute.

Elle a le déclic, tous les morceaux du puzzle s'agencent.

Alors elle rit à gorge déployée.

Si fort qu'elle en perd presque tous ses moyens. Pliée en deux, une main sur le genou, elle se tape plusieurs fois la cuisse, à moitié secouée par une violente quinte de toux, jusqu'à ce qu'elle se ressaisisse et se redresse.

– Ça y est, j'y suis !

Elle laisse pendiller la chemise au bout de ses doigts tandis qu'un sourire hideux lui balafre le visage.

– Oh que oui, j'ai bien compris. Mais malheureusement pour toi, dit-elle en me fixant, ou peut-être pour toi…

Elle tourne brusquement la tête vers Jude.

– Il semblerait qu'Ever soit maintenant face à un gros dilemme.

trente-sept

— **Vous savez, au début je gardais** tout le temps la chemise sur moi, explique Haven en nous lançant des regards
furtifs. Je la trimballais partout, au lycée, à la boutique, je
dormais même avec pour ne jamais me séparer de son
odeur. Je la considérais un peu comme le dernier lien qui
m'unissait à Roman, la dernière chose qu'il me restait de
lui, la seule que j'aie vraiment possédée. Mais aujourd'hui,
je ne suis plus de cet avis. Tout ce que vous voyez ici
m'appartient. Roman n'avait pas prévu de mourir, donc il
ne s'était pas donné la peine de rédiger un testament. Autrement dit, personne d'autre ne peut revendiquer ses biens,
et je défie quiconque d'essayer. Mon lien avec Roman est
ici.

Elle agite la chemise devant elle, le tissu oscillant doucement tandis qu'elle nous indique la collection d'antiquités. De l'autre main, elle resserre sa poigne sur le bras
de Jude.

— Cette maison, ces objets… tout ça est à moi. Chaque
chose qui m'entoure me rappelle Roman, alors je n'ai vraiment que faire d'une stupide chemise. Moi je n'en ai plus
besoin, toi en revanche… Tout ça c'est à cause de la tache
et de ce qu'il reste du fameux antidote que tu étais à deux

328

doigts d'obtenir si ce mec n'était pas intervenu, n'est-ce pas, Ever ?

Elle serre encore plus fort le bras de Jude qui grimace de douleur mais refuse de protester, de crier pour ne pas lui offrir cette satisfaction.

— Décidément… on dirait qu'il a remis ça, ajoute-t-elle en se tournant vers lui.

Elle fait claquer sa langue d'un air moralisateur.

— Si ce type ne s'était pas mis en travers de ta route, tu coulerais des jours heureux à l'heure qu'il est, pas vrai ? Ou du moins, c'est ta version des faits. Alors dis-moi, tu maintiens ta position ? Tu es toujours déterminée à tout lui coller sur le dos ?

Je la fixe sans ciller, le corps tendu, prête à réagir. Cependant je ne réplique pas, refusant de tomber dans le piège qu'elle me tend.

Mais mon silence est loin de la dissuader.

— Peu importe. De toute façon, ce qui est fait est fait et au fond, que tu comprennes ou non ce qui se passe, ça m'est égal. Tu as réussi à te persuader en toute honnêteté que la solution à tes problèmes se résumait à ça…

Elle m'agite la chemise sous le nez.

— Une grosse tache verte sur une chemise blanche en lin ! Le pire, c'est que tu as vraiment l'intention de la confier à un labo de la police scientifique ou, mieux, de l'apporter toi-même au labo de chimie du lycée et de te faire mousser par le prof pour avoir réussi à identifier tous ses composants et reconstitué au passage la formule qui permettra « aux deux petites âmes sensibles que vous êtes Damen et toi de vous en donner à cœur joie ! », comme aurait dit Roman.

Elle s'esclaffe, son tatouage d'ouroboros apparaissant par intermittence tandis qu'elle secoue la tête et me décoche un regard atterré, l'air halluciné par tant de sottise.

– Alors, Ever, comment je m'en sors ? Je brûle ou pas ?

Mais bien qu'elle continue de me lorgner et qu'elle ait plus ou moins vu juste, je me garde de lui répondre. Je me contente de rester silencieuse, immobile, et d'un bref coup d'œil enjoins Jude de ne rien tenter de stupide comme la dernière fois, tout en surveillant Haven de près. Elle est loin d'être au top de sa forme, mais elle a encore suffisamment de ressource pour causer des ravages.

Prenant toutes les précautions du monde pour qu'elle ne s'aperçoive de rien, j'appelle du renfort en douce : par message télépathique, je transmets à Damen la scène qui se déroule sous mes yeux.

Je sais qu'il sera là d'ici peu.

En attendant, je dois juste essayer de gagner du temps.

– Écoute, Haven…

Mais elle ne me laisse pas aller plus loin.

Mon changement d'attitude ne lui a pas échappé.

Et pour cette raison elle ne me fera désormais plus de cadeau.

Je n'ai pas le temps de l'en empêcher qu'elle saisit à nouveau Jude à la gorge et dégage le paravent de cheminée d'un coup de pied, tandis que d'une main tremblante elle avance dangereusement la chemise à quelques centimètres du feu.

Les flammes jaillissent de plus belle, léchant et noircissant le bord du tissu.

– À quoi bon perdre encore du temps, Ever ? Si on allait droit au but ? C'est le moment de prendre une décision. À toi et toi seule de choisir. Qu'est-ce que tu préfères : une éternité de joyeuses parties de jambes en l'air ou… que Jude ait la possibilité de profiter d'une longue vie ?

Jude laisse échapper un cri en se débattant, mais quand il relève le visage vers moi, au lieu de m'appeler à l'aide il me supplie du regard de lui pardonner. Sa réserve d'oxygène s'épuise cruellement à mesure que Haven resserre sa prise, néanmoins il me laisse sonder ses pensées.

S'il est venu ici, c'est pour moi.

Uniquement pour moi.

Il voulait tenir sa parole, me prouver que la seule chose qui compte réellement pour lui c'est mon bonheur. Il voulait se rattraper pour toutes les erreurs qu'il a commises durant des mois et surtout ici même, dans cette maison. Et à présent il est prêt à mourir s'il le faut. Il est prêt corps et âme à se sacrifier pour être certain que j'obtienne finalement ce que je veux et que tout cet enfer prenne fin.

— *Fais-le !* m'implore-t-il en silence en me fixant d'un regard si chaleureux et aimant que j'en ai le souffle coupé. *Je t'en prie, je veux que tu sois heureuse, Ever. Et grâce à tout ce que tu m'as montré et tout ce que j'ai découvert dans l'Été perpétuel, je n'ai plus peur de rien. Considère ça comme un dernier cadeau de ma part. J'ai cogité pendant des jours pour trouver un moyen de me faire pardonner, quand soudain je me suis souvenu de la chemise de Roman et de ta réaction le jour où j'ai renversé mon café et l'ai épongé avec ma manche. J'ai fait le rapprochement, et compris que ce serait la meilleure façon de racheter mes torts.*

Il ferme les yeux, mais ses pensées ne s'arrêtent pas là :

— *Mais maintenant tout s'est aggravé par ma faute et j'en suis terriblement désolé. Je te le jure. Sache que mes sentiments pour toi ont toujours été sincères, et mes intentions pures. Jamais je n'ai voulu te faire de mal.*

Je ravale un sanglot, fais abstraction de la boule qui me noue le ventre et refoule les larmes qui me picotent les yeux, mon regard oscillant entre lui et la chemise que Haven maintient à quelques centimètres du brasier.

Tout ce qu'il me reste à faire pour obtenir la chose que je désire depuis si longtemps, c'est prendre la décision qu'ils sollicitent tous les deux.

Jude a déjà donné son accord. Il me supplie, pour ainsi dire, de passer à l'acte.

Quant à Haven... elle a du mal à cacher sa joie. C'est typiquement le style de scénarios dont elle raffole désormais. De drames dont elle se délecte en ce bas monde.

Alors je prends une profonde inspiration, le temps que ma pensée parvienne à Jude : *Pardonne-moi...*

Puis je me tourne vers Haven.

— Tu sais, c'est exactement le genre de petits jeux merdiques auxquels Roman adorait jouer. Mais comme je le lui ai dit un jour : sache que, moi, ça ne m'amuse plus depuis longtemps.

trente-huit

Haven en reste comme deux ronds de flan, n'en croit visiblement pas ses oreilles.

Alors je me répète pour dissiper ses derniers doutes :

— Je suis très sérieuse. Pas question que je fasse un choix. Je ne rentrerai pas dans ce jeu. Donc tu vas devoir trouver une autre combine et, avec un peu de chance, ce sera quelque chose de plus original, de plus personnel. Cela dit, prends ton temps, réfléchis.

J'esquisse un mouvement d'épaules volontairement calme et décontracté.

— Je ne suis pas pressée. En revanche, vas-y peut-être un peu mollo avec ce pauvre Jude, à moins bien sûr que tu aies finalement décidé de le tuer, auquel cas n'hésite pas à serrer plus, qu'on en finisse. Quoi que tu décides, je reste. Je ne bougerai pas d'ici tant que je n'aurai pas obtenu ce que je suis venue chercher.

La main de Haven commence à trembler à force de serrer, sa colère reprenant peu à peu le dessus. Elle m'adresse un regard haineux, plein de mépris.

— Je vais brûler cette chemise et tuer Jude, je le jure ! Et tu ne pourras rien faire pour m'en empêcher, Ever !

— Tu ne vas rien faire du tout.

Ma voix reste ferme, et mon regard inébranlable. Je

remarque d'ailleurs qu'elle a un tout petit peu desserré son étreinte, mais fais mine de n'avoir rien vu de peur qu'elle se ravise et décide de le remettre au supplice.

— Je peux te donner au moins deux bonnes raisons qui feront que tu ne vas même pas t'y risquer.

Elle me dévisage tandis que son corps tout entier se met à trembler rageusement, signe qu'elle est en train de perdre à vitesse grand V ce qui lui restait de sang-froid.

— *Primo*, parce qu'il s'est écoulé un petit peu trop de temps depuis ta dernière gorgée d'élixir et que tu commences déjà à être en manque.

Calant ma langue contre ma joue, je la toise d'un air désapprobateur et navré pour elle.

— Non mais, regarde-toi, Haven : tu trembles comme une feuille, avec tes yeux rouges et tes joues creuses… une vraie loque ! Il a sans doute fallu des années, voire des siècles, à Roman pour développer une sorte de tolérance physique et boire ce que tu as ingurgité en à peine quelques mois. Ton corps le gère très mal, tu es complètement dépassée. Regarde-toi, bon sang !

— Et *secundo* ? me coupe-t-elle d'une voix râpeuse, pleine de fiel, qui souligne son extrême agacement.

— J'y viens, je réponds calmement sans la quitter des yeux. *Secundo*, tu vas bientôt être en infériorité numérique. Damen est arrivé.

Je le sens. Je sens sa présence. Il se gare devant chez Haven, entre en catastrophe dans la maison, traverse en hâte le fouillis de l'entrée. Il demande à Miles de rester en retrait, de ne pas intervenir ni s'aventurer plus loin tandis qu'il fait irruption dans le salon. Haven lève brusquement la tête et le découvre à mes côtés. Miles, qui n'a pas tenu compte de sa mise en garde, observe la scène depuis le seuil.

— Oh, regardez-moi ça ! raille Haven. Damen a amené son propre renfort, comme c'est mignon !

Du coin de l'œil, je vois l'aura de Miles se ternir, ses épaules s'avachir, et je sens le regret qu'il éprouve d'avoir désobéi tandis qu'il découvre l'état désastreux dans lequel se trouve son ancienne meilleure amie.

Haven le foudroie du regard.

— Tu as mal choisi ton camp, Miles !

Les paupières plissées à l'extrême, ses yeux ne sont plus que deux fentes assassines.

— En fin de compte, tu es un sacré traître !

Miles ose affronter son regard, et s'il est terrifié il n'en laisse rien paraître. Au contraire il se redresse, droit comme un I, passe une main dans ses cheveux et, peu à peu, son aura reprend des couleurs et des forces quand il réplique :

— Je n'ai choisi aucun camp. C'est vrai, je n'approuve pas les récents choix que tu as faits et j'ai pris un peu mes distances, mais pour ma part je n'ai jamais cessé d'être ton ami. Sérieusement, Haven, regarde ! Jusqu'ici j'ai tout supporté : ta phase ballerine, ta phase BCBG, ta phase emo, ta phase gothique, et maintenant ta phase sorcière immortelle super flippante.

Il hausse les épaules avec lassitude tout en parcourant rapidement la pièce du regard.

— Et tu vois, je suis toujours là ! D'abord parce que je crois encore en toi, ensuite parce que je suis trop curieux de voir quel personnage tu vas choisir de jouer par la suite.

Haven lève les yeux au ciel avec exaspération.

— Désolée de te le dire, Miles, mais il n'y a pas de « suite » au programme. Que ça te plaise ou non, je suis telle que tu me vois. Et cette nouvelle version épanouie de moi-même est promise à de belles années. J'ai réalisé tout mon potentiel. Je suis exactement celle que j'étais destinée à devenir !

— Franchement, j'espère que tu te trompes, Haven. Tu t'es vue dans une glace récemment ?

Haven l'a parfaitement entendue mais choisit d'ignorer cette remarque, et reporte son attention sur Damen.

— Alors, cher Damen Auguste Esposito… sourit-elle avec affront, les yeux rouges et luisants à l'évocation de ce nom imposé à Damen il y a fort longtemps.

Cela remonte à l'époque du meurtre de ses parents, quand il a été confié à l'orphelinat où il a vécu jusqu'à ce que la région soit dévastée par une épidémie de peste dont il a réchappé grâce à sa fabrication de l'élixir. C'est un nom qu'il n'a pas utilisé depuis longtemps et je mets d'ailleurs un moment à faire le lien.

— Je sais tout de toi, Damen ! J'ignore si Ever te l'a dit, mais figure-toi que Roman consignait tout ce qu'il vivait dans un journal, et il n'était pas avare de détails ! Et en ce qui te concerne, eh bien… on peut dire que tu as été un très vilain garçon, n'est-ce pas ?

Damen veille à garder un visage impassible, affranchi de toute émotion.

— Je t'ai apporté d'autres bouteilles d'élixir, Haven. J'ai laissé un gros carton dans l'entrée et, fais-moi confiance, j'en aurai d'autres pour toi. Si tu venais avec moi pour en juger par toi-même ? Tu peux même y goûter si tu veux.

— Sois chou, apporte-le-moi ici plutôt, ça m'évitera de marcher, tu veux bien ?

Elle bat des cils en essayant de lui dégainer son fameux sourire d'antan : un sourire adorable, ravissant, charmeur et un brin excentrique. Mais il y a un tel fossé entre la Haven d'hier et celle d'aujourd'hui que son sourire se révèle juste affreux, glaçant.

— Comme tu vois, je suis un peu occupée là. Ever et moi étions en train de peaufiner les détails d'un petit marché que nous avons conclu et, sauf erreur de ma part, le fait qu'elle t'ait appelé signifie qu'elle ne me fait plus confiance. D'ailleurs, quand on y pense, c'est plutôt ironique, vu que non seulement c'est elle qui a fait de moi ce que je suis, mais aussi parce que, d'après tout ce que j'ai lu dans les carnets de Roman, elle n'a vraiment aucune raison de se fier davantage à toi, pas vrai ?

— Lâche-nous avec tes carnets ! je rétorque, commençant à perdre patience. Je sais tout, Haven. Ce n'est pas la peine de prendre tes grands airs, tu n'as plus de billes, alors autant…

— Ah, tu crois ça ?

Elle nous décoche un regard arrogant, comme si elle détenait un scoop qu'elle avait hâte de nous faire partager.

— Tu connais son passé avec Drina ? Tu sais qu'il a simulé sa mort dans un incendie ? Tu es au courant pour la pauvre esclave qu'il a enlevée à sa famille ? Tu sais tout ça ?

Son regard va de l'un à l'autre à l'affût d'une réaction, se tourne même vers Jude, qui se borne à le soutenir sans broncher.

— Oui, elle sait, Haven, intervient Damen. Et pour info, je n'ai enlevé personne, j'ai acheté cette esclave pour lui rendre sa liberté. Malheureusement, les choses fonctionnaient ainsi à l'époque. C'est une période très sombre de notre histoire. Mais quelque chose me dit que son récit ne va pas te passionner. Alors, s'il te plaît, arrête de raconter n'importe quoi et de nous faire perdre notre temps. Lâche Jude et donne-nous la chemise, maintenant.

— Maintenant ? répète-t-elle en écarquillant les yeux, un sourcil haussé avec ironie. Houla, non ! Je ne vais sûrement pas faire ça maintenant. Ni jamais d'ailleurs. Tu n'as pas très bien compris les règles de ce jeu, je crois. En fait, ce que tu proposes est même contraire aux règles. Mais comme tu as pris la partie en route, laisse-moi t'expliquer. En gros, une décision doit être prise. Tu peux choisir, A, de sauver Jude, B, de sauver la chemise. Alors, qu'est-ce que tu choisis : la vie d'une personne, ou ton propre intérêt ? C'est un peu le même jeu que Roman a joué avec Ever quand il l'a contrainte à me faire boire l'antidote, ici, dans cette même pièce, du moins d'après la version d'Ever en tout cas. Je ne peux rien affirmer avec certitude, vu que j'étais dans les vapes. En revanche, je me souviens parfaitement de la suite des événements et de la manière dont ils se sont terminés, ici même, sur ce canapé.

Elle désigne ce dernier du menton.

— Je présume que c'est pour cette raison qu'elle passe son tour cette fois. Un souvenir sans doute douloureux vu que, de toute évidence, elle regrette son geste. Apparemment, elle se dit qu'elle aurait mieux fait de me laisser mourir. Mais ce n'est pas parce qu'elle refuse de jouer que tu ne peux pas prendre sa place. Alors, Damen, qu'est-ce que tu décides ? Dis-moi et ton souhait sera exaucé !

Damen la fixe, prêt à charger et à la neutraliser pour mettre un terme à cette comédie qui a assez duré. Je sens son aura vibrer, changer, je vois le plan qui s'élabore dans son esprit. Mais je l'en dissuade immédiatement, le supplie de rester calme, de ne pas bouger et de ne rien tenter. Elle cherche à l'appâter, attend qu'il tombe dans son embus-

338

cade. Or l'enjeu est bien trop important pour adopter une telle stratégie.

— Personne ne va choisir quoi que ce soit, Haven, tu saisis ? j'interviens. Parce que personne n'a envie de jouer à ton petit jeu débile. Alors laisse Jude partir, donne-nous la chemise et essaie de te ressaisir, de reprendre ta vie en main ! Crois-le ou non, je suis toujours prête à t'aider, à laisser les mauvais souvenirs derrière nous pour que tu te rétablisses. Je t'assure. Donne-moi juste la chemise et... lâche Jude...

— Tu vas choisir, oui ! hurle-t-elle comme une folle.

Son corps est saisi de violentes secousses, si bien que je sens mon estomac vriller en voyant la chemise approcher dangereusement des flammes.

— Choisis, je te dis ! hurle-t-elle de plus belle.

Elle ne plaisante pas, je le devine à ses yeux rouges de rage ; pour autant je la fixe, impassible, et lui fais signe que non.

— Très bien ! fulmine-t-elle. Puisque vous ne voulez pas choisir, c'est moi qui vais le faire. Tant pis pour vous, vous avez laissé passer votre chance.

Elle se tourne vers Jude, ses lèvres s'entrouvrent comme si elle s'apprêtait à lui dire un truc du style « Adieu » ou « Bonne chance, bon débarras... », bref, quelque chose dans ce goût.

Mais c'est un coup de bluff.

Elle veut nous induire en erreur.

Nous faire croire que Jude n'en a plus pour longtemps alors qu'elle se contrefiche de lui.

C'est moi qu'elle veut atteindre.

Moi qu'elle veut détruire.

Et tous mes espoirs et mes rêves avec.

Alors je fonce.

Au moment même où Damen s'élance pour sauver Jude et où Jude se jette sur Haven pour la tuer.

Le poing serré, il vise le centre de son buste, son troisième chakra, son principal point faible, exactement comme je le lui ai appris.

Sauf que le coup n'atteint pas sa cible.

Damen l'intercepte par mégarde en plein vol et le coupe dans son élan à la dernière seconde.

Quant à Miles, n'écoutant que son instinct et son grand cœur, il se précipite bêtement pour m'aider et se retrouve pris au piège d'Haven. Elle écarte brusquement la chemise hors de ma portée et s'empare de son ami d'enfance.

Ses doigts se referment comme un étau autour de sa gorge alors qu'il lance des coups de pied, suffoque et se débat de toutes ses forces pour se dégager.

Un coup d'œil suffit pour comprendre que Haven est très sérieuse.

Elle est devenue mauvaise et cruelle à un degré incroyable.

Tout ce que Miles et elle ont partagé ne compte plus.

Elle a la ferme intention de le tuer, ne serait-ce que pour me faire du mal.

Pour me forcer à choisir, que ça me plaise ou non.

Elle m'adresse un ultime sourire diabolique en étranglant Miles si fort que ses yeux ne vont pas tarder à sortir de leurs orbites, cependant que, dans un cri de joie macabre, elle lâche la chemise dans le feu crépitant, où elle est voracement dévorée par les flammes.

Tout se passe à une vitesse fulgurante, en à peine une fraction de seconde, et pourtant j'ai l'impression de voir la scène se dérouler au ralenti.

Menaçante, haineuse, abjecte, elle se dresse devant moi

le regard luisant d'insolence, grisée à l'idée d'en finir avec moi.

Alors que Damen se dégage de Jude, je balance mon poing en arrière pour prendre mon élan. À cet instant, le souvenir de la reconstitution fictive de cette scène que j'ai répétée durant des mois me traverse l'esprit, et je constate qu'elle ne ressemble en rien à la version bien trop réaliste qui se déroule sous mes yeux.

Notamment car je n'éprouve aucun regret.

Je ne ressens aucun besoin de m'excuser.

Je n'ai d'autre choix que de la tuer si je veux sauver Miles.

Mon poing heurte violemment sa poitrine, en plein dans le mille.

Haven est stupéfaite, son regard vacille tandis que Damen écarte Miles d'un geste vif et que je bondis dans le feu.

Je sens ma peau roussir, se boursoufler et cloquer sous la brûlure atroce et fulgurante des flammes.

Mais je n'y prête aucune attention.

Les bras tendus dans le brasier, je continue de tâtonner à corps perdu.

Mes pensées sont tournées vers un seul et unique objectif : récupérer la chemise, même s'il est à l'évidence déjà trop tard.

Les flammes l'ont déjà engloutie, dévorée tout entière, sans en laisser la moindre trace.

Sous le choc, c'est à peine si j'entends les cris affolés de Miles et de Jude dans mon dos.

À peine si j'ai conscience des bras fermes de Damen qui s'emparent de moi pour me sortir du brasier et étouffer les flammes déchaînées qui consument mes habits, mes cheveux, ma chair.

Il me serre fermement contre lui, me chuchote à l'oreille que c'est terminé, tout ira bien. Il trouvera une solution. Peu importe la chemise. Ce qui compte, c'est que Miles et Jude soient indemnes et que nous soyons toujours ensemble.

Il me supplie de fermer les yeux, de regarder ailleurs pour éviter le spectacle sinistre de mon ancienne meilleure amie qui chancelle, suffoque, agonise.

Mais je n'en fais rien.

Je laisse mes yeux dériver jusqu'à elle.

Les cheveux en bataille, le regard fou de rage, le visage et le corps plus émaciés que jamais, elle hurle d'une voix remplie de haine :

— Tout ça c'est ta faute, Ever ! C'est toi qui m'as rendue comme ça ! Et maintenant tu vas le payer cher ! Je te le jure, tu vas...

Incapable de détourner les yeux, je la regarde s'écrouler, se désagréger et disparaître en un clin d'œil.

trente-neuf

— Tu n'avais pas le choix.

Damen me regarde la mine sombre, le front plissé, inquiet.

— Tu as fait ce qu'il fallait. C'était inévitable.

— On a toujours le choix, je soupire en relevant les yeux vers lui. La seule chose qui me rend triste, c'est ce qu'elle était devenue, ce qu'elle avait décidé de faire de ses pouvoirs et de son immortalité. Je ne regrette pas mon geste. Je sais que je devais le faire.

J'enfouis mon visage au creux de son épaule et il glisse un bras autour de ma taille. J'ai beau être convaincue d'avoir pris la bonne et la seule décision possible vu les circonstances, la réalité n'est pas plus facile à accepter. Toutefois je préfère garder cela pour moi, afin de ne pas inquiéter davantage Damen.

— Vous savez, un de mes profs de théâtre disait souvent que la manière dont une personne gère les situations de stress intense est très révélatrice de sa personnalité.

Miles nous lance un regard, le cou encore rouge et à vif, la voix rauque et éraillée, mais heureusement il va déjà nettement mieux.

— D'après lui, la vraie nature des gens se révèle selon la façon dont ils réagissent face aux grandes épreuves de la vie. Je suis on ne peut plus d'accord avec lui, et je pense que cette théorie peut aussi s'appliquer à la façon dont on gère le pouvoir. Ça m'ennuie de le dire, mais au fond je ne suis pas vraiment surpris par le revirement de Haven après sa transformation. Je crois qu'on sait tous qu'elle avait ça dans le sang. On se connaissait depuis la maternelle et, aussi loin que je m'en souvienne, elle a toujours eu ce côté très noir, a toujours été dominée par sa jalousie et ses craintes et… bref, ce que j'essaie de te dire, Ever, c'est que tu n'y étais pour rien. Ce n'est pas toi qui l'avais rendue comme ça.

Dans ses yeux injectés de sang, je lis la détresse qu'il éprouve d'avoir perdu son amie d'enfance et d'avoir failli mourir entre ses mains, mais aussi sa détermination à me convaincre.

— Elle était comme ça, c'est tout. Quand elle a pris conscience de ses pouvoirs et commencé à croire qu'elle était invincible, sa vraie nature a pris définitivement le dessus.

D'un signe de tête, je le remercie en silence.

Puis je jette un coup d'œil à Jude qui s'est éloigné pour fouiller dans les peintures à l'huile entassées contre le mur, déterminé à se faire oublier tant il se sent responsable de tout ce qui vient de se produire, pestant intérieurement d'avoir de nouveau fait échouer mes plans, et cette fois de façon assez conséquente.

Bien sûr, j'aurais préféré qu'il s'abstienne de venir ici et qu'on évite ce désastre colossal, mais je sais qu'il ne l'a pas fait exprès. Il a beau avoir une fâcheuse tendance à s'immiscer dans ma vie, à s'interposer entre moi et la chose au monde qui compte le plus à mes yeux, je sais qu'il n'essaie

344

pas de me mettre des bâtons dans les roues. Que ce n'est jamais intentionnel.

En fait, on dirait presque que c'est plus fort que lui, un peu comme s'il était guidé par une force supérieure qui le poussait à agir… bien que moi-même je ne sache pas trop comment l'expliquer.

— Enfin, bref : qu'est-ce qu'on fait de tout ça, maintenant ? demande Miles après avoir aidé Damen à rassembler tous les carnets de Roman qu'ils ont pu trouver.

Il ne faudrait surtout pas que quelqu'un d'autre mette la main dessus et découvre le récit de la vie extravagante (d'une durée tout aussi absurde !) d'un individu haut en couleur, même si l'on penserait sûrement qu'il s'agit d'une œuvre de fiction au style lyrique.

— On emballe tout et on le donne aux bonnes œuvres, propose Damen en passant une main rassurante dans mon dos.

Il balaye d'un regard la pièce surchargée de toutes sortes d'antiquités. En somme, tout ce qui était jadis entreposé ou exposé à la boutique a atterri ici. Mais ce que Haven comptait en faire : mystère…

— Ou alors on organise un vide-grenier et on reverse les fonds à une association caritative, ajoute-t-il, l'air un peu découragé par l'ampleur de la tâche.

Contrairement à Roman, Damen n'a jamais été un maniaque de l'accumulation. Il a réussi à traverser les siècles en ne gardant que le strict nécessaire, en fonction de l'époque, et uniquement les objets chers à son cœur. Certes, il faut souligner que, quand il a besoin de quelque chose, il sait comment se le procurer. Il connaît la vraie richesse de l'Univers. À l'inverse, Roman n'a jamais réussi à maîtriser le pouvoir de manifestation ; il ne savait sans doute même pas que c'était possible, alors il est devenu cupide, un éternel insatisfait estimant probablement n'en avoir jamais assez et convaincu que, s'il ne s'emparait pas immédiatement de l'objet de sa convoitise, quelqu'un d'autre le ferait. Et si, en de rares occasions, il a été disposé à céder ou renoncer à quelque chose, c'était uniquement pour en tirer un plus grand profit.

— Cela dit, si vous voyez quelque chose qui vous tente, n'hésitez pas à le prendre, reprend Damen. Sinon, je ne vois aucune raison de nous encombrer, et pour ma part tout ça n'a aucun intérêt.

— Aucun, tu en es sûr ?

Pour la première fois depuis le drame, depuis que j'ai tué mon ancienne meilleure amie et l'ai directement envoyée au pays des Ombres, Jude prend la parole.

— Pas même ça ?

Je pivote brusquement, ainsi que Damen et Miles, et nous découvrons Jude, les sourcils haussés d'un air goguenard, les joues creusées de deux jolies fossettes, une toile dans les mains : le portrait sublime et éclatant de couleurs d'une jeune femme à la chevelure blond vénitien qui tournoie dans un champ de tulipes rouges s'étirant à perte de vue.

Je reste sans voix, le souffle coupé, mais la reconnais immédiatement : cette fille, c'est moi, à l'époque de ma vie à Amsterdam. Cependant, je ne suis pas certaine de l'identité de l'artiste.

— C'est beau, n'est-ce pas ?

Le regard de Jude va de l'un à l'autre puis s'arrête sur moi.

— Au cas où tu te poserais la question, il est de Damen.

346

Il me montre la signature griffonnée dans l'angle du tableau en bas à droite.

— J'étais plutôt doué dans le genre au cours de mon existence précédente, ça ne fait aucun doute. D'après ce que j'en ai vu dans l'Été perpétuel, Bastiaan de Kool n'était pas dénué de talent, loin s'en faut, et il en a plutôt bien vécu d'ailleurs ! précise-t-il en me souriant. Mais en dépit de tous mes efforts, je n'ai jamais réussi à coucher mon ressenti sur la toile comme Damen l'a fait.

Il hausse les épaules d'un air résigné.

— De toute évidence, j'étais incapable d'imiter… sa technique.

Il me tend le portrait que je continue d'embrasser du regard. Tout y est : moi, les tulipes, et même Damen dont je sens d'ici la présence bien qu'il n'apparaisse pas à l'image.

Chacun de ses coups de pinceau est une preuve de l'amour qu'il me portait.

— À votre place, j'y regarderais à deux fois avant de tout emballer à la hâte, suggère Jude. Qui sait quel autre trésor renferme ce fouillis ?

— Du genre de celui-ci ? lance Miles en enfilant la veste d'intérieur en soie noire que Roman portait le soir de mon dix-septième anniversaire.

Il s'en était fallu de peu cette fois-là, les choses auraient pu très mal tourner si je n'avais pas finalement puisé au fond de moi le courage, la force de le repousser.

— Je la garde, à votre avis ? insiste Miles en nouant la ceinture autour de sa taille.

S'ensuit une série de poses de mannequin qu'il imite à merveille.

— On ne sait jamais : peut-être qu'un jour je devrai faire

un essai pour le rôle de Hugh Hefner, auquel cas j'aurais pile le costume de l'emploi !

Je m'apprête à protester.

Je suis à deux doigts de lui demander d'enlever cette veste et de la reposer où il l'a trouvée en lui expliquant qu'elle réveille en moi trop de mauvais souvenirs.

Mais je me remémore ce que Damen m'a dit un jour : nous sommes tous hantés par des souvenirs.

Et comme je refuse d'être obsédée par les miens, je décide plutôt d'inspirer un bon coup et d'acquiescer avec un sourire :

— Tu sais quoi ? Je trouve que ça te va à ravir. Tout à fait d'accord pour que tu la gardes.

quarante

– **Tu crois que quelqu'un a déjà fait ça ici ?**

Je m'agenouille, mes genoux s'enfoncent dans le monticule de terre que je viens de bêcher pour creuser un trou, puis relève les yeux vers Damen. En appui sur le coussin moelleux que m'offre cette terre fertile et humide, je me penche pour déposer le petit coffre tapissé de velours qui contient tout ce qu'il reste de Haven : ses habits, ses bijoux.

– L'Été perpétuel est un très vieil endroit, soupire-t-il d'une voix tendue, vibrante de gêne et de sollicitude. Je suis certain que presque tout a déjà été tenté au moins une fois ici.

La main qu'il pose sur mon épaule me fait sentir à quel point il s'inquiète pour moi. Persuadé qu'au fond je suis loin d'aller aussi bien que je l'affirme, il redoute que je fasse seulement semblant, et qu'en vérité je regrette amèrement mes actes.

Mais bien que j'éprouve une tristesse infinie suite à cette tragédie, je ne doute pas une seconde d'avoir pris la bonne décision.

Tergiverser, ce n'est plus pour moi.

J'ai changé.

J'ai enfin appris à me faire confiance, à écouter mon instinct, à tenir compte de mes premières impressions, et grâce à cela je suis en paix avec le choix que j'ai fait, qui, je le sais, était inévitable. Même si ça signifie qu'une âme perdue de plus a échoué au pays des Ombres, Haven était devenue bien trop dangereuse pour qu'on la laisse faire.

Pour autant, je veux lui rendre hommage.

Je veux garder une lueur d'espoir à son égard.

Étant moi-même passée par là récemment – grâce à elle ! –, je sais exactement ce qu'elle endure en ce moment même. En chute libre dans le vide des ténèbres, elle est contrainte de revoir toutes les erreurs de son passé défiler en boucle devant ses yeux. Et si moi j'étais prête à en tirer une leçon pour en sortir grandie, pourquoi pas elle ?

Le pays des Ombres ressemble à un voyage sans fin en solitaire au cœur d'un abîme, mais qui sait ? ce n'est peut-être qu'une impression.

Peut-être qu'on peut réellement obtenir une seconde chance à un moment donné, que les âmes fraîchement désintoxiquées ont droit à une tentative de rédemption ?

Je soulève le couvercle du coffre pour contempler une dernière fois les bottes vertigineuses de Haven, sa minirobe moulante, son imbroglio de colliers bleus, ses longues boucles d'oreilles et sa kyrielle de bagues, y compris celle ornée d'une tête de mort en argent qu'elle portait le jour de notre rencontre.

Aucune de nous n'aurait pu imaginer à cette époque que notre amitié s'achèverait ainsi…

Juste avant de rabattre le couvercle, je ferme les yeux pour matérialiser un cupcake nappé de coulis rouge et saupoudré de pépites roses que je pose sur la pile. C'était son gâteau préféré, un de ces nombreux caprices inoffensifs qu'elle s'autorisait allègrement autrefois.

Damen s'agenouille près de moi en fixant le cupcake avec étonnement.

— C'est pour quoi faire ?

Je prends une profonde inspiration, jette un dernier coup d'œil au contenu du coffre puis le referme. Et je m'empresse de ramasser des poignées de terre à pleines mains, que je laisse couler librement entre mes doigts au-dessus du trou.

— Rien. Juste un petit souvenir de l'ancienne Haven telle que je l'ai connue.

Damen m'observe attentivement, l'air hésitant.

— Et… à qui est-il destiné, ce souvenir : elle ou toi ?

Je me tourne vers lui pour détailler les contours de son visage, ses pommettes, son nez, ses lèvres, gardant le meilleur pour la fin : ses yeux.

— Aux forces de l'Univers. Je sais, c'est idiot, mais j'espère juste qu'un petit souvenir sympa les convaincra d'être indulgentes envers elle.

quarante et un

– **Et maintenant, destination ?...**

Damen essuie la terre sur son jean tandis que je regarde autour de moi sans trop savoir quoi répondre. Aller à la rotonde est exclu, ce serait déplacé après ce qui vient d'arriver. Et inutile de dire que je ne suis pas pressée de rentrer chez moi !

Il me dévisage d'un air surpris juste après avoir capté cette pensée. Alors je décide de passer aux aveux :

– Je sais que je vais devoir rentrer un jour ou l'autre, mais crois-moi, ce jour-là on va en baver des ronds de chapeau.

Rapidement, je laisse la terrible scène avec Sabine émaner de ma mémoire et lui parvenir mentalement, y compris la séquence qui a suivi mon départ mouvementé de la maison, quand j'ai fait apparaître un bouquet de jonquilles et une BMW sous le regard éberlué de Munoz – vision qui arrache inévitablement une grimace à Damen.

Soudain j'ai une toute nouvelle idée, bien que je ne sache pas trop comment la présenter :

– Et si on...

Je sais d'avance que ça ne va pas lui plaire, mais tant pis, je me lance :

– Enfin je me disais qu'on pourrait peut-être retourner explorer la zone obscure ?

Du coin de l'œil, je le vois me regarder d'un air de dire : « Tu es dingue ou quoi ? » Bon, certes, c'est possible. Cela dit, dans ma grande folie, j'ai aussi une théorie que je serais très curieuse de vérifier.

– Écoute… il y a juste un truc que j'aimerais voir, j'explique, consciente qu'il est encore loin d'être acquis à ma cause.

– Attends, que je comprenne bien, me coupe-t-il en passant une main nerveuse dans ses cheveux. Tu veux qu'on aille faire un tour dans ce coin sinistre de l'Été perpétuel, où ni magie ni pouvoir de matérialisation, bref, où rien n'a droit de cité, hormis un crachin constant, un minable bosquet rachitique, des kilomètres d'un marécage boueux qui se transforme en sables mouvants à la moindre incartade… ah ! et aussi une vieille sinistre qui n'a visiblement plus toute sa tête et de surcroît fait une fixation sur toi ?

J'acquiesce sans mot dire. C'est assez bien résumé.

– Tu préfères aller là-bas plutôt que d'affronter Sabine ?

J'acquiesce encore, avec un haussement d'épaules penaud.

– On peut savoir pourquoi ?

– Bien sûr, dis-je avec un sourire. Quoique je ne puisse sans doute pas te l'expliquer avant d'être là-bas… alors fais-moi juste confiance, d'accord ? Il faut d'abord que je vérifie quelque chose.

Je vois bien à son regard qu'il n'est pas du tout disposé à me suivre, mais il n'a pas plus envie de me laisser partir seule. Il s'empresse de matérialiser un cheval que nous enfourchons aussitôt tandis que je ferme les yeux pour lui

indiquer notre destination : *la zone la plus sombre et morne
de l'Été perpétuel.*

Je n'ai pas le temps de dire ouf que nous y sommes.
Notre monture freine brusquement des quatre fers, nous
obligeant à nous cramponner pour ne pas tomber. L'étalon
se cabre, décoche de violentes ruades, martelant le sol de
ses sabots jusqu'à ce que Damen lui murmure quelques
mots à l'oreille pour le rassurer, lui promettre que personne
ne l'obligera à aller plus loin. Dès qu'il s'est calmé, nous
nous laissons glisser à terre et observons les environs.

— Tu vois, rien n'a bougé ! constate Damen, impatient
de mettre les voiles le plus vite possible en faveur d'un
endroit moins hostile et lugubre.

— Ah, tu trouves ?

Je m'aventure au bord du marécage, tapotant délicatement du pied les premières coulées de boue pour en évaluer
la consistance, l'épaisseur, et essayer de déterminer si un
quelconque changement s'est opéré.

— Je ne comprends pas ce que tu cherches, Ever.

Damen m'étudie d'un air perplexe.

— Moi, ce que je vois, c'est que c'est toujours aussi
humide, désert, boueux et déprimant que la dernière fois
qu'on est venus.

— C'est vrai, j'approuve en hochant la tête. Mais tu ne
trouves pas quand même que… ça paraît plus grand ? Un
peu comme si, je ne sais pas… comme si ça s'était étendu,
propagé ?

Il me fixe les yeux mi-clos, sans trop comprendre où je
veux en venir. Bien que je risque de passer pour une folle
ou, au pire du pire, pour une paranoïaque grave, je décide
malgré tout de me confier à lui, notamment parce que j'ai
besoin de son avis.

– J'ai une théorie…

Il me dévisage, de plus en plus confus.

– Bon…

J'inspire un grand coup en regardant tout autour de moi.

– Voilà : je ne peux pas m'empêcher de penser que je suis peut-être à l'origine de tout ça.

– Qui ça, toi ?

Damen semble dérouté.

Mais je n'en tiens pas compte et m'empresse de poursuivre. Il faut à tout prix que j'aille au bout de ma pensée et que ça sorte avant que je prenne deux secondes pour réfléchir à ce que je dis et que finalement je me dégonfle.

– Écoute, je reprends d'une voix nerveuse et pressante. Je sais que ça peut paraître stupide mais, s'il te plaît, écoute-moi avant de dire quoi que ce soit.

Il hoche la tête en levant les mains, paumes face à moi, signe qu'il me laisse toute la liberté de m'exprimer.

– L'idée m'a traversée que peut-être… peut-être cet endroit a pris forme quand les catastrophes ont commencé à s'enchaîner.

– Quelles catastrophes ?

– Tu sais… quand j'ai tué Drina, par exemple.

– Ever… objecte-t-il pour m'ôter cette idée de la tête, cherchant à tout prix à dissiper ma culpabilité.

Mais je ne le laisse pas finir.

– Tu te rends ici régulièrement et depuis très longtemps, n'est-ce pas ?

– Oui, depuis les années 1960.

– OK. Donc, j'imagine que depuis tu as eu tout le temps d'explorer les lieux de fond en comble, particulièrement au début ?

Il acquiesce.

– Et tu confirmes que tu n'as jamais vu un endroit pareil, c'est bien ça ?

Il opine de la tête en soupirant, toutefois prompt à nuancer :

– Mais je te le répète : l'Été perpétuel est un endroit immense. Pour ce que j'en sais, il est même probablement infini. À vrai dire, je ne suis jamais tombé sur le moindre mur d'enceinte ou la moindre frontière, donc il est fort possible que cette zone existe depuis toujours et que je sois passé à côté.

Je détourne les yeux en faisant mine d'être tout à fait disposée à laisser tomber si tel est son souhait, mais je suis la première à ne pas y croire.

C'est plus fort que moi. Quelque chose me dit que je suis en partie responsable de ce qui se passe ici ou que je suis censée y découvrir quelque chose, voire les deux. Au fond, c'est bien ce qui m'a amenée ici la première fois. J'avais simplement demandé à l'Été perpétuel de me montrer ce qu'il voulait que je sache et j'avais atterri là. Pourquoi ? Ça, je n'en ai toujours pas la moindre idée.

Est-ce que, d'une certaine façon, ça a un rapport avec toutes ces âmes qui, par ma faute, se sont retrouvées au pays des Ombres ?

Est-ce que ce sont elles qui contribuent, en quelque sorte, à la croissance de ce lieu ?

Comme si on ajoutait de l'engrais sur de la mauvaise herbe ?

Et, le cas échéant, cela signifie-t-il qu'il va continuer à gagner du terrain, et peut-être même envahir tout l'Été perpétuel ?

– Ever ! m'interrompt Damen. Ce n'est pas que je refuse d'aller explorer un peu, si tu y tiens tant on y va, mais tu vois bien qu'il n'y a pas grand-chose à découvrir, non ? Ça m'a tout l'air d'être partout pareil, tu n'es pas d'accord ?

J'examine de nouveau les environs, rechignant à abandonner aussi facilement et pourtant pas tout à fait certaine de savoir ce que je cherche, ni même comment m'y prendre pour étayer ma théorie. Alors je commence à faire demitour pour revenir sur mes pas quand soudain je l'entends.

La chanson.

Je l'entends qui dérive jusqu'à moi comme portée par un vent lointain, et pourtant impossible de s'y tromper.

Cette voix, ces mots, cet air étrangement obsédant...

Même de dos, je sais que c'est elle.

Et en me retournant, je découvre son doigt pointé sur moi, sa main crochue et noueuse levée tandis qu'elle psalmodie :

De la vase il surgira,

S'élevant vers de vastes cieux enchanteurs,

Tout comme tu t'élèveras toi, toi, toi...

Seulement, cette fois, elle ajoute quelques couplets qu'elle s'était bien gardée de chanter lors de notre première visite :

Des profondeurs des ténèbres,

Il se hisse péniblement vers la lumière

Animé par un seul désir :

La vérité !

Celle de son existence !

Mais le laisseras-tu faire ?

Le laisseras-tu s'élever, s'épanouir et grandir ?

Ou bien le condamneras-tu aux ténèbres ?

Banniras-tu son âme lasse et éreintée ?

Et au moment où je crois que c'est fini, elle accomplit un geste des plus étranges.

Elle tend les bras vers le ciel, les mains en coupe, comme dans l'attente d'un sacrifice et, tout à coup, Misa et Marco surgissent dans son dos et l'encadrent.

Tous deux me fixent avec intensité pendant que la vieille femme ferme les yeux, l'air extrêmement concentrée, comme si elle essayait de matérialiser quelque chose de spectaculaire.

Mais ses efforts n'aboutissent qu'à une gerbe de cendres qui émane de ses paumes et retombe en douceur à ses pieds.

Lorsqu'elle relève les paupières, son visage n'est plus qu'affliction ; ses yeux sont braqués sur moi, accusateurs.

Damen m'attrape par le bras et s'empresse de m'entraîner dans sa course, loin d'elle, loin d'eux, prêt à tout pour fuir ce spectacle angoissant.

Nous ignorons l'un comme l'autre qui elle est, d'où elle vient, quelle signification peut bien avoir cette chanson macabre, et quels peuvent être ses liens avec Misa et Marco.

En revanche, nous avons tous les deux la même certitude : cette chanson est un avertissement.

À moi de tenir compte de ses paroles.

À moi d'en décrypter le sens.

Elle continue de chanter d'une voix douce, mélodieuse, nous poursuivant des mêmes mots tandis que nous courons à perdre haleine vers notre cheval.

Vers des cieux plus cléments où la magie et la beauté sont reines.

Puis vers la sécurité toute relative du plan terrestre, où nous atterrissons côte à côte sur une plage morne et déserte.

Les mains vaguement jointes, nous nous étendons sur le sable, peinant à reprendre notre souffle, tandis que chacun tente de donner un sens à ces paroles, à la scène bouleversante dont nous venons d'être témoins.

Au-dessus de nous, le ciel de la nuit est privé de lune et du moindre éclat scintillant.

Mon étoile a disparu.

Et, l'espace d'un instant, je suis assaillie par le terrible pressentiment que je ne la reverrai jamais.

Mais, très vite, la voix de Damen qui chuchote mon nom brise le silence et mes sombres pensées.

Je me tourne vers lui et vois son visage, son regard empli de respect, d'amour et de bonté... et alors un immense soulagement m'envahit.

Si mon étoile a disparu, c'est parce que je n'en ai plus besoin.

Damen et moi brillons tous les deux pour elle.

— Cette chanson s'adresse à moi, tu sais...

Je prononce à voix haute ces mots qui, au fond de moi, éveillent une certitude.

— La mort de Haven, la chemise perdue...

Je m'interromps pour inspirer profondément et sens la chaleur apaisante de son doigt qui dessine doucement le contour de ma joue.

— Tout ça fait désormais partie intégrante de mon karma. Et apparemment, je suis maintenant censée agir en conséquence.

Damen cherche aussitôt à réfuter cette hypothèse, à me rassurer, à dissiper mon inquiétude.

Je l'interromps en posant un doigt sur ses lèvres.

Je n'ai pas besoin de ses paroles de réconfort.

Quelle que soit la menace proférée par la vieille femme, je suis prête à l'affronter.

Mais plus tard, pas maintenant.

— On s'en sortira, je souffle contre sa joue en attirant

Damen à moi. Ensemble, on fera face à tout. Mais pour l'heure…

Ma bouche se pose sur la sienne et s'y attarde quelques secondes, le temps de savourer la douceur et la sensation presque réelle de ses lèvres.

– Estimons-nous déjà heureux de l'instant présent.

Découvrez l'histoire de Riley, la sœur d'Ever,
dans la nouvelle série d'Alyson Noël

ENTREZ DANS LA LUMIÈRE ÉTERNELLE

Composition PCA
44400 – Rezé

Impression réalisée

pour le compte des Éditions Michel Lafon